NARRATORI MODERNI

ANNA VERA VIVA

QUESTIONI DI SANGUE

Un'indagine nel cuore segreto di Napoli

Garzanti

Prima edizione: marzo 2022

Per essere informato sulle novità del Gruppo editoriale Mauri Spagnol visita:
www.illibraio.it

Published by arrangement with Berla & Griffini Rights Agency, Milano

ISBN 978-88-11-00136-2

Printed in Italy

www.garzanti.it

QUESTIONI DI SANGUE

Ai miei cari

Alla memoria del sangue

PROLOGO

Le due volanti percorrevano via Fontanelle a sirene spente.

Da quando avevano imboccato via dei Vergini era scattato un sotterraneo passaparola e, a mano a mano che procedevano, le strade si facevano sempre più deserte. La polizia in giro per il quartiere incuteva sempre sospetto e preoccupazione.

Nella seconda volante, l'assistente sociale si guardava intorno. In quei tre mesi di servizio a Napoli si era trovata a intervenire spesso sul territorio, ma quella era la prima volta che operava nella Sanità. Di quel rione conosceva solo quanto i film neorealisti avevano descritto. Ma erano ambientati quasi tutti negli anni Quaranta, e ora stentava a riconoscerne le atmosfere.

Il servizio che doveva svolgere la angosciava. Togliere un bambino alla famiglia d'origine era un trauma che si rinnovava ogni volta, sebbene sapesse che, in molte situazioni, era la soluzione migliore, l'unica scelta possibile.

E questo era un caso urgente: il minore aveva sei anni, era orfano di madre e il padre era stato arrestato poche settimane prima per reati di camorra. Adesso viveva col fratello maggiore, un diciassettenne che aveva già collezionato numerose denunce per piccoli e medi crimini. Un pessimo soggetto, aveva dedotto dai suoi incartamenti, un altro destinato alla galera. Ai due avvisi di comparizione del tribunale non c'era stata risposta, quindi bisognava procedere al prelievo forzato.

La donna si guardò intorno. I panni stesi sui balconi, che

correvano da un lato all'altro della strada, sventolavano come bandiere. E, come bandiere, parevano rivendicare il territorio.

La casa degli Annunziata era un *basso* – come i napoletani chiamavano le costruzioni sottostanti i vecchi palazzi. Piccole stanzette fatiscenti che si aprivano direttamente sulla strada e che spesso avevano come unica fonte d'aria e di luce la porta d'ingresso. Era normale trovarli spalancati, con gli inquilini seduti sul marciapiede a svolgere svariate attività, dalla pulizia delle verdure al rammendo, in una naturale estensione della casa nella strada.

L'uscio era aperto e, all'interno, in un unico ambiente che fungeva da cucina e camera da letto, un bambino guardava la TV seduto su una poltrona di logoro velluto verde. Doveva essere il minore che cercavano, Raffaele Annunziata.

L'assistente fece segno ai poliziotti di rimanere indietro, non voleva spaventare il piccolo più del necessario.

La prima cosa che la colpì fu il forte tanfo di muffa, poi l'ordine che regnava nella stanza, quasi innaturale per un luogo così degradato e, per di più, abitato solo da due ragazzini. Qualcuno probabilmente li stava aiutando. Il bambino non aveva ancora notato la sua presenza, immerso com'era nella visione di un cartone animato.

Lo chiamò a bassa voce.

Quando gli ebbe spiegato la sua funzione e il fatto che sarebbe stato trasferito in una casa di prima accoglienza, dove si sarebbero occupati di lui, Raffaele iniziò a urlare, invocando l'aiuto dei vicini. In un attimo si era trasformato in una piccola furia, scalciava, mordeva, si dimenava, tentando in tutti i modi di evitare la presa dei poliziotti intervenuti per aiutare l'assistente sociale che, invano, cercava di spiegare che tutto questo era un bene per lui, che presto avrebbe trovato una brava famiglia pronta ad accoglierlo e ad amarlo.

Raffaele le sputò addosso e, nei suoi occhi, la donna lesse un disprezzo che la fece rabbrividire.

Fuori dal basso, intanto, si era radunata una piccola folla che, capito quanto stava accadendo, si era precipitata a dare sostegno al ragazzino. Nel quartiere, le forze dell'ordine erano detestate a prescindere, qualunque fosse l'impiego svolto. Quella di portare via un bambino dalla sua casa, poi, era considerata un'azione da criminali. Che cosa credevano, che sarebbe rimasto solo? Nella Sanità non sarebbe mai accaduto. Tutti si sarebbero occupati di lui.

Invettive e bestemmie continuavano a piovere sui poliziotti e su quella «puttana» con l'accento del Nord che era venuta a occuparsi di fatti che non la riguardavano.

Il bambino fu introdotto nell'auto, quando tra la piccola folla si fece largo un bel ragazzo, alto e bruno, che gli somigliava moltissimo.

Era Peppino Annunziata, il fratello di Raffaele.

La folla ammutolì, tutti volevano vedere la sua reazione. Ma il giovane raggiunse il basso, si fermò sulla soglia e non si mosse. Gli avvisi del tribunale li aveva ricevuti lui. Sapeva perfettamente cosa stava accadendo. Guardò nell'auto, il fratellino continuava a divincolarsi. Forse sarebbero dovuti fuggire, l'avrebbe dovuto nascondere, si disse. Ora, contro quattro poliziotti, non poteva fare niente.

Le volanti partirono. Raffaele si voltò a guardarlo dal lunotto e lui capì che gridava il suo nome. Le lacrime premevano dal fondo dello stomaco, ma si morse ferocemente un labbro. Lui era un duro e nessuno doveva vederlo piangere.

Usciti dal quartiere, il piccolo sembrava essersi calmato. L'assistente sociale aveva continuato a blandirlo e a tranquillizzarlo. Allungò leggermente le gambe, si sentiva dolorante per i calci ricevuti.

Pensò alla sua Torino, alle strade larghe e dritte, ai bei viali alberati, alla vita regolare e ordinata. Non vedeva l'ora di tornarci. L'esperienza napoletana l'aveva affascinata, ma ne era già stanca, era come vivere con la pressione sempre altissima, con i battiti costantemente accelerati, con una sensazione di emergenza che stimolava la continua produzione d'adrenalina. Ci si sentiva scoppiare di vita – è vero – ma non erano ritmi che si potessero tenere a lungo senza subire danni irreparabili. Per sopravvivere senza lesioni bisognava nascere con gli anticorpi, pensò. Bisognava nascere napoletani.

~ Napoli, 1982 ~

Il vecchio medico continuava a rigirarsi nel letto, indeciso se quell'incessante scampanellio fosse parte del suo sogno o se dovesse a malincuore arrendersi alla realtà.

Cercò al buio le pantofole e si diresse verso la porta.

«Che succede? Chi è a quest'ora?» Voleva essere un grido, ma venne fuori un suono rauco e sommesso.

«Dottore, è un'emergenza.» La voce all'esterno era bassa e concitata.

"Qualche casino", pensò.

Da quando, ancora giovane e bisognoso di denaro, aveva prestato i suoi primi servizi a gente poco raccomandabile, si era sparsa la voce. Ora, era il riferimento per tutti i delinquenti del quartiere e non poteva più dire di no. Ma pagavano, e pagavano bene, questo importava. Sogni e fuoco sacro li aveva messi da parte già da tanto tempo.

Tolse tutti i chiavistelli e aprì. Si ritrovò davanti a un gruppetto di uomini che sosteneva un giovane sui trent'anni, con una guancia aperta a metà. Perdeva molto sangue e molto doveva averne perso.

«Forza, dotto', fateci entrare.»

«Seguitemi», disse il medico, e fece strada verso il piccolo ambulatorio.

Dopo avergli dato uno sguardo, fece stendere il ferito sul lettino. «Avreste dovuto portarlo in ospedale», disse preparando i ferri, «la guancia è completamente aperta, non posso fargli l'anestesia e non ho neanche il filo giusto. Gli rimarrà un brutto segno per tutta la vita.»

Peppino Annunziata aprì gli occhi. Il suo sguardo sembrava pietra lavica.

«Non fa niente», disse roco, «fate voi, dottore. Il dolore lo so sopportare bene e della cicatrice non m'importa. Preoccupatevi piuttosto di ricordarvi che a me, qua, non mi avete mai visto.»

Il dottore abbassò la testa. "Che bestia", pensò. Nonostante fosse in quelle condizioni e avesse bisogno di lui, trovava ancora la forza per minacciarlo.

Peppino richiuse gli occhi e, se la faccia non gli avesse fatto così male, avrebbe pure sorriso. Pasquale Malatesta di coltellate ne aveva ricevute due, e tutte dritte al cuore. Il capo era lui, adesso, e quella cicatrice era la sua consacrazione. Andando via gli aveva dato un ultimo sguardo. La pioggia, che aveva cominciato a cadere sul corpo steso nel vicolo, mischiava già sangue e polvere.

~ Roma, 1982 ~

Raffaele Iacono era impaziente.

Sul grande palco del Teatro dell'Opera, Mimì sembrava non morire mai. La bohème *era una delle sue opere preferite. Per quanto finisse male, quei giovani artisti squinternati, che vivevano la vita con leggerezza, li aveva sempre invidiati. A lui, quella leggerezza dentro mancava del tutto.*

Ma ora aveva fretta.

Si augurava che suo padre prendesse bene la notizia che stava per dargli. Aveva aspettato quella serata per approfittare del momento in cui condividevano la loro passione comune, la lirica.

Roberto Iacono era stato davvero un buon padre, tranquillo, affettuoso, disponibile con il figlio adottivo, che tranquillo, invece, non era stato mai.

Raffaele malediceva le proprie inquietudini, la propria irruenza e il senso di rabbia repressa che lo accompagnava da sempre. Ma non poteva farci niente. Il mondo per lui era di un bianco e nero esasperato, senza sfumature.

Nonostante negli anni avesse coltivato l'amore per lo studio e per i grandi filosofi, e nonostante il padre lo avesse avvicinato all'opera, tutto questo non aveva modificato che di poco la sua natura selvaggia.

Però, ora aveva una speranza: padre Bernardo, il suo insegnante di latino, di cui era uno degli allievi più brillanti, gli aveva fatto una proposta. Perché non continuare gli studi in seminario? Ci avrebbe pensato lui a farlo entrare.

La filosofia e la teologia lo interessavano tanto, avrebbe potuto approfondirne lo studio.

Il vecchio prete gli era stato molto vicino in quegli anni, aiutandolo a superare tutti gli ostacoli derivati da una prima educazione rozza e popolare. Gli aveva insegnato a dominare le pulsioni ribelli e a riversare tutte le energie represse nello studio e nella ricerca. Era convinto che nell'animo del ragazzo dimorassero una grande bontà e un vivo senso di giustizia, virtù che andavano aiutate a emergere. Raffaele, da parte sua, trovava rasserenante il rapporto col prete, e lo studio della teologia lo calmava.

Ma suo padre che ne avrebbe pensato di questa decisione? Raffaele era figlio unico, e la strada del seminario impegnativa. L'idea che andasse a vivere in un convitto lontano da casa avrebbe potuto dispiacere a Roberto. Sperò che lo appoggiasse, sentiva il bisogno di avere il suo sostegno. Tanto, poteva stare tranquillo, la loro separazione sarebbe durata solo pochi anni, giusto il tempo di terminare gli studi. Lui, a farsi prete, non ci pensava proprio.

1.

Raffaele aveva scelto un treno che partiva all'alba, con tempi di percorrenza brevi ma non brevissimi. Un paio d'ore, così da metabolizzare un ritorno che, ormai da decenni, credeva non sarebbe mai avvenuto e del quale, nonostante i quasi tre mesi di preavviso, conservava intatte inquietudini e paure.

Come potevano d'altronde, una manciata di giorni, risolvere tutti i dubbi e le preoccupazioni che quella notizia aveva innescato?

Di sicuro non lo avrebbero fatto neanche quelle due ore, ma lui, pur sapendolo, se lo nascondeva.

Quarant'anni erano trascorsi, un tempo lunghissimo, in cui aveva creduto che i fantasmi del passato non sarebbero ricomparsi. Ma ora, tornando a Napoli, nel suo vecchio quartiere, si sarebbe trovato di fronte a scelte che pensava di non dover affrontare mai più.

Aveva lottato a lungo per cercare di raggiungere la pace interiore cui anelava da sempre. E si era convinto che il primo passo fosse annullare completamente il passato. Rimuoverne le radici, corrotte e violente. Ma né la sua nuova famiglia romana né tantomeno il seminario e il sacerdozio parevano dargli pace. La sua breve infanzia, o forse il suo sangue, l'avevano marchiato a fuoco.

Finito il seminario, dopo anni in cui il suo animo era stato diviso tra la voglia di riprendere i contatti con la famiglia d'origine e la paura del pericolo che essa poteva rappresentare per l'equilibrio al quale così faticosamente lavorava, aveva chiesto con discrezione informazioni sul fratello.

Ciò che aveva saputo confermava ogni suo timore. Peppino era diventato il boss del quartiere. Prostituzione, azzardo e pizzo passavano esclusivamente per le sue mani.

La speranza di riabbracciarlo, che per un attimo era nata in lui, era stata definitivamente messa da parte. Raffaele, nel tempo, aveva sviluppato tutte le doti che padre Bernardo, in gioventù, aveva visto nascoste in lui. Era un uomo energico, forte e profondamente giusto. Disprezzava quello che il fratello rappresentava, ma temeva anche i sentimenti che sarebbero potuti rinascere dentro di lui contaminando il suo giudizio.

Meglio rimanere lontani, aveva deciso.

Ma, chissà per quale disegno divino, ora gli era stata assegnata l'antica chiesa del suo quartiere, la basilica di Santa Maria alla Sanità, e si era chiesto quale prova Dio avesse in serbo per lui. Probabilmente quella decisiva, per misurarne forza e fede.

L'obbligo di invertire la rotta dopo quarant'anni lo aveva fatto sentire come un edificio che crolla in ogni sua parte. Tutto quello che aveva costruito, con fatica e dedizione, i mattoncini di un'anima dilaniata dal dolore e dalla separazione che con cura e sofferenza aveva recuperato e impilato in una forma stabile e nota, erano sparsi tutt'intorno.

La deflagrazione non aveva risparmiato niente. Le scelte, le decisioni, tutti i percorsi che davano una certa forma alla sua esistenza non valevano più.

A Raffaele pareva di essere stato strappato dal punto di un romanzo che si avviava a una conclusione certa e priva di colpi di scena e ributtato nel primo capitolo della sua vita dove, ancora una volta, tutte le variabili erano sconosciute e che, certamente, lo avrebbero portato a scrivere un finale completamente diverso.

Il mondo che conosceva, quello che il caso e la sua forza di volontà nell'affrontarlo avevano costruito, non c'era più. Al suo posto, gliene riproponevano uno di cui conservava pochi brandelli di ricordi. Quelli che aveva salvato, che si erano salvati, che aveva potuto salvare.

I suoi bagagli erano partiti prima di lui e probabilmente

lo attendevano altrettanto ansiosi, impilati in ordine. La moltitudine di libri e di dischi accumulati negli anni, affollata nel buio degli scatoloni, si poneva sicuramente domande simili alle sue, in attesa che la luce le rivelasse quest'altro destino.

Aveva scelto quell'ora acerba per arrivare quasi di soppiatto. Prima che il quartiere fosse del tutto sveglio. Come a voler sfuggire, almeno per il momento, a chissà quali pericoli.

Lo aspettavano? Sicuramente sì.

Le notizie facevano il giro del rione in un attimo, questo lo ricordava bene. Il suo ruolo, inoltre, era tra quelli più in vista. Per tutti sarebbe stato uno straniero e, tutto sommato, non avevano torto. Dei pochi anni della sua infanzia trascorsi a Napoli non era restato niente. Né l'accento né l'aspetto e, forse, neanche la persona.

Il rione, che la storia e la conformazione urbanistica avevano completamente isolato dal resto della città e reso un organismo a parte, riconosceva all'istante gli intrusi e, proprio come un corpo contaminato che abbia sviluppato un eccellente sistema immunitario, avrebbe reagito mettendo in atto semplici eppur complicate strategie di difesa.

Immaginò che la curiosità di fare la sua conoscenza fosse argomento di conversazione, o meglio d'*inciucio* – chissà come gli era tornato in mente quel termine, succoso e universale all'interno della Sanità. Nessuno sapeva chi fosse. Il suo cognome era cambiato al momento dell'adozione. Le strade percorse da allora erano lontane anni luce da quei luoghi. Una grande diffidenza era di certo ad attenderlo.

Un prete romano, Dio ce ne scampi.

Scorrevano intanto, dai finestrini, paesaggi sconosciuti. I verdeggianti panorami del basso Lazio si erano esauriti in fretta e, nonostante niente fosse lì a segnarla, capì, a un certo punto, di aver superato la linea invisibile che divideva le due regioni. Era la prima volta che ripercorreva quei luoghi a ritroso e, a mano a mano, i passeggeri che salivano intorno a lui cambiavano d'accento. E la vecchia musica di quella lingua cominciò ad aleggiare tutt'intorno. Se ne sentì invaso, rapito e capì che forse era meglio abbandonarsi. Chiuse gli occhi e lasciò che gli altri viaggiatori lo trasportassero, prima ancora d'arrivare, in quei posti del cuore che tanto amava e temeva.

Fuori dalla Stazione centrale regnava una confusione degna delle metropoli asiatiche. Dopo aver rifiutato l'invito di svariati tassisti abusivi, si era messo in coda alla fermata di quelli ufficiali. Ma l'ordine di partenza dei mezzi non era assolutamente intuitivo come in qualunque altro luogo – e cioè nella sequenza in cui erano disposti, dal primo all'ultimo. No. Una moltitudine d'intermediari dirottava i passeggeri verso taxi che potevano essere in qualunque punto della fila, secondo una graduatoria conosciuta a loro soltanto, che provocava intoppi e litigi tra chi si sentiva illecitamente sorpassato, e strombazzate affinché le macchine davanti, vuote, facessero spazio a quelle di dietro, piene, in un caos che rallentava le operazioni a tal punto che gli ci volle più di mezz'ora per montare sul veicolo che un giovanotto scuro e nervoso gli aveva destinato.

Tutto nuovo, neanche i nomi delle strade principali ricordava. E poi perché avrebbe dovuto...? Magari non c'era mai stato. Raramente si spostava dal quartiere a quell'età. I lavori in corso costrinsero l'autista a cambiare strada e lui si chiese quanto fossero ancora lontani dalla meta. Poi, però, vide il mare ed ebbe una fitta così forte che si sentì mancare. Faceva parte dei ricordi più belli, quelli che meglio e con più cura aveva conservato. Le passeggiate con la madre, durante le quali respirava sale, allegria e un amore che, a tutt'oggi, ancora lo proteggeva.

Nel frattempo aveva cambiato idea, un poco perché si era fatto molto più tardi di quanto avesse previsto e un poco perché il progetto di nascondersi non gli piaceva più. Se doveva affrontare quella prova meglio farlo subito e di petto, come suggeriva la sua antica indole, che pareva risvegliarsi a contatto col suolo natio. Così disse al tassista di lasciarlo all'imbocco dei Vergini, l'unico ingresso al rione Sanità. Il lungo percorso che lo avrebbe condotto alla basilica che gli era stata assegnata lo avrebbe tagliato per intero.

Sarebbe stata una specie di sfilata e se, come pensava, tutti erano ansiosi di conoscerlo, li avrebbe accontentati.

Padre Raffaele Iacono – non più Raffaele Annunziata – veniva da Roma, non da un piccolo borgo sperduto nel nulla. Questo avrebbe dovuto renderlo un uomo di mondo, preparato e avvezzo alle più diverse manifestazioni delle umanità che affollano le grandi città e ai meccanismi da formicaio che naturalmente scaturiscono nei contesti gremiti di vita.

Per non parlare del fatto che quella era la terra da cui proveniva e della quale avrebbe dovuto conservare memoria. Ma quarant'anni di un'altra vita e di altre abitudini avevano gettato una coperta d'oblio su tutto e, già dai primi passi, sentì che qualcosa d'insolito e diverso lo circondava; e non erano solo i suoni, i colori, le bancarelle o la moltitudine delle persone che, intorno a lui, si muoveva disordinatamente in ogni direzione. Erano i loro gesti, le conversazioni, gli alterchi.

Non c'era distanza tra gl'interlocutori. Non c'erano barriere tra i ruoli. Nel frastuono, udiva brandelli di conversazioni, scrutava i dialoghi tra gli ambulanti e i clienti, e si avvide che regnava una totale assenza di gerarchia. Ogni relazione si svolgeva attraverso un contatto fisico e psicologico fortissimo, tutto era violento, personale, passionale.

Ogni contatto era un contatto da ring.

Lo percepì subito, quel rapporto viscerale che scorreva tra le persone, e pensò che era unico, come uniche erano quelle antiche viscere della città.

D'un tratto riconobbe quella sensazione d'urgenza, quell'elettricità continua nell'aria che pareva annunciasse costantemente che qualcosa stava per accadere. Se la ricordava, l'aveva vissuta ogni minuto durante la sua infanzia, ma era troppo piccolo per analizzarla. Ora ne capì l'origine. Non essendoci gerarchie, mancava qualunque tipo di controllo sugli eventi ed effettivamente, in ogni istante, poteva succedere di tutto.

Camminava e scrutava, il prete nella sua lunga veste, e a sua volta era scrutato e analizzato con sospetto e diffidenza. Il corpo estraneo era stato riconosciuto all'istante e gli anticorpi erano all'erta.

Quelli sarebbero stati i suoi nuovi fedeli, pensò, e intuì all'istante che la sua quasi trentennale esperienza nella chiesa romana non gli sarebbe servita a nulla.

Era da tanto che il rione non vedeva un prete in veste talare camminare per le strade e, se gli adulti ne conservavano comunque memoria, per i ragazzetti era una novità assoluta.

Un gruppetto di monelli tra i sette e i dieci anni cominciò a insidiarlo avvicinandosi sempre di più. Tra battute e domande impertinenti, formulate in un dialetto così stretto da sembrargli arabo, presero a infastidirlo tirandogli la tunica di qua e di là.

Blandirli non servì a nulla.

«Smettetela», tuonò allora Raffaele irritato, provocando ancor più risa e lazzi.

La cosa continuò per qualche minuto senza che nessuno degli adulti che osservavano la scena facesse mossa d'intervenire.

Gli strattoni s'intensificavano, incoraggiati dalla mancanza di risposte vere da parte del prete.

Non era solo voglia d'infastidire, era anche il loro modo di chiedere, domandare, cercare un contatto. Provare a capire chi avevano di fronte tramite le reazioni suscitate.

Fu un attimo e, senza che fosse preceduto da un pensiero o da un'intenzione voluta, Raffaele fece un mezzo giro su sé stesso mollando con le mani un paio di scappellotti mentre il piede alzato puntò dritto verso il culetto del capobanda.

Per un attimo tutti intorno restarono immobili. Adulti e bambini si guardarono stupefatti come se le risposte da loro cercate arrivassero puntuali e precise a illuminare la via.

«Rosario, lassa sta' o prevete. E vuje, guagliu', jatevenne tutte quante», gridò quello che doveva essere il padre di uno degli scugnizzi.

Fu come se, stracciato il velo delle apparenze, s'infrangesse anche il muro della diffidenza e la gente lo riconoscesse nella sostanza come uno di loro.

Loro lo riconobbero e lui si riconobbe. E, riconoscendosi, tremò. Le distanze romane, le abitudini, le sovrastrutture tra le quali si era mosso per quarant'anni erano miseramente crollate dopo appena pochi passi nel suo mondo. A muovere mani e piedi non era stato padre Raffaele Iacono ma, riallacciatosi in un istante a quello che era, il piccolo Raffaele Annunziata aveva ripreso il cammino dallo stesso esatto punto in cui si era interrotto. Figlio da sempre e per sempre di quella terra di passione, fuoco e sangue.

2.

Nel sangue, ce li aveva. Nel sangue.

Raffaele guardava la sua gente ritrovata, mentre camminava lentamente nel mercatino del rione Sanità, scansando come poteva merci e persone.

Muovendosi tra le bancarelle, teneva con una mano un lembo della lunga veste, sollevandola all'occorrenza nell'attraversare le piccole pozze d'acqua piovana che, mischiate agli scoli dei pescivendoli, riducevano al minimo lo spazio praticabile. Il prete, alto e muscoloso, con tratti marcati e mascolini, pareva, in quella tenuta, ancora più imponente. Faceva pensare a un buttafuori, uno che per scherzo avesse deciso d'indossare un costume di carnevale. Benché fosse cosciente di quello stridore, non aveva mai optato per le divise semiborghesi che rendono la funzione religiosa di chi le indossa quasi invisibile, convinto che, se uno una scelta la fa, debba anche renderla più che evidente.

Tornava da via Foria, dove era stato chiamato per impartire un'estrema unzione. Quando era arrivato, il vecchietto era spirato da poco e i parenti erano preoccupati che l'intervento del sacerdote non servisse più.

«Dio non è tipo da badare a queste sciocchezze», aveva detto lui. «Non saranno pochi minuti a decidere della salvezza di un'anima.» E aveva amministrato il sacramento.

Quando era uscito non pioveva più e, come spesso accadeva a Napoli, in un attimo il sole aveva ripreso a scaldare la città. Via dei Vergini, che fino a un'ora prima era grigia e desolata, si era trasformata in un brulicante caleidoscopio. Gli scooter correvano all'impazzata sollevando schizzi d'acqua, tra urla e risate, rendendo quasi del tutto inutile il tentativo di riparare la veste dalle pozzanghere.

Don Raffaele imboccò via Sanità, diretto verso la basilica. *La mia basilica.* Gli sembrava così strano e così giusto usare quel possessivo.

Scansò l'immondizia che la pioggia aveva trascinato per strada, allontanandola dal grande cumulo che si era formato vicino ai cassonetti. Così aveva ritrovato dopo quarant'anni la sua città, sommersa da un'altra piaga che l'inefficienza del sistema, ormai quasi completamente sottomesso agli interessi della camorra, stentava a risolvere.

C'era una cosa che desiderava fare: il pellegrinaggio dei ricordi e dei sentimenti. L'aveva pensato da subito, ma aveva titubato, quasi temesse che avventurarsi per quella strada potesse sconvolgergli il cuore. Ma l'incertezza dell'animo perse il confronto con la decisione dei passi, che lo stavano già guidando per lo stretto vicolo.

Raffaele trattenne il respiro nell'avvicinarsi, poi s'arrestò sorpreso.

Il piccolo basso non esisteva più, al suo posto c'era un bar.

Iniziò a fissare la brutta insegna, l'ingresso in penombra, poi altre immagini si sovrapposero. Per un attimo rivide, con gli occhi della memoria, Peppino fermo sulla soglia mentre lui veniva portato via. Si chiese dove fosse andato ad abitare e rise di sé.

Come aveva potuto immaginare di trovarlo ancora lì, in quelle stanzette umide e buie? Adesso era un uomo importante, a modo suo.

La voglia di cercarlo tornò prepotente, ma non si sentiva ancora pronto.

Raffaele non era un uomo da rimandare i problemi, non lo faceva mai, ma quella volta pensò che sarebbe stato meglio derogare alla regola.

"La Sanità, un quartiere nato per guarire", si disse. Secoli prima, la sua particolare posizione, che da Capodimonte scendeva a valle in un susseguirsi di orti e rigogliosa vegetazione, sorgenti e fonti d'acqua, lo rendeva particolarmente salubre. Ma si parlava anche di miracoli e di guarigioni ottenuti per intercessione dei santi che vi erano sepolti. Così, famiglie ricche e nobili avevano deciso di costruire lì il proprio palazzo. Ma quanto poco era durato quello splendore! Prima la costruzione del lazzaretto, poi quella della grande fossa comune che doveva servire a contenere le migliaia di persone falcidiate dalle epidemie che, come punizioni, si abbattevano a intervalli regolari sulla città, avevano stravolto completamente il ridente volto del quartiere. La morte si era stratificata nel sottosuolo, dalle catacombe paleocristiane al cimitero delle Fontanelle. E i morti si erano mischiati, le vittime delle epidemie con i poveri che non potevano permettersi altra sepoltura che la gigantesca cava di tufo. Anche le catacombe sotto la basilica erano state riaperte e riutilizzate dai frati domenicani per nuove sepolture, vendute a carissimo prezzo ai notabili della città che, desiderando una strada privilegiata per il paradiso, compravano una tomba in un posto sacro e si sottoponevano alla «scolatura», un macabro trattamento del cadavere che ne avrebbe purificato i resti.

La terra salubre si era trasformata in un immenso cimitero.

L'umile popolo che vi si andava a mano a mano insediando aveva creato leggende, culti e riti intorno alla morte con cui così intimamente conviveva. E questi culti e questi riti servivano ancora a dare coraggio a un rione in cui la camorra imperava su tutto, dove le faide tra «famiglie» producevano decine di vittime ogni anno. Dove la povertà, l'emarginazione e la difficoltà del riscatto sociale erano presenti ovunque.

Dove l'aiuto tanto atteso non era mai arrivato.

Non c'era posto ora, più di quello, dove la morte s'intrecciasse così strettamente alla vita.

Ecco Santa Maria alla Sanità, ce l'aveva di fronte.

La pensò all'interno, scarna nella sua severità, il legno scuro, la madonna nera, gli imponenti scaloni di marmo che salivano verso l'alto, verso il punto in cui lui credeva convergessero tutto il dolore e la speranza della sua gente.

Quando entrò nella canonica, il profumo dei moscardini lo investì penetrante. Assuntina doveva essere al lavoro già da un pezzo.

«Don Raffae', siete voi?» L'aveva sentito entrare, aveva orecchie allenatissime.

«Sì, Assuntina, sono l'unico ad abitare qui.» Sorrise.

«Vabbè, non si può mai sapere», rispose la perpetua, cui toccava, per diritto divino, l'ultima parola.

Assuntina era stata il miglior dono e la peggiore disgrazia che gli fossero capitati dal giorno del suo arrivo a Napoli. Una chiacchierona che aveva la mania di riportargli ogni più piccolo pettegolezzo del quartiere, spesso senza chiedere il suo consenso, più spesso ignorando abilmente il suo dissenso. Ma lei era fatta così e non c'era nulla da fare. Tutto sommato, gli faceva piacere conoscere meglio le vite dei suoi parrocchiani, ma avrebbe preferito un modo più pacato rispetto ai fiumi di parole con cui lei lo travolgeva.

Raffaele la raggiunse in cucina, da dove proveniva un profumo che gli aveva messo un grande appetito. Nel farlo, dovette scansare le numerose sedie che Assuntina aveva disseminato in posizione strategica nella canonica , per salirci sopra quando la sua statura, che non superava il metro e quaranta, non le consentiva di arrivare a qualcosa.

«Freschi freschi li ho trovati, don Raffae', si muovevano ancora. Adesso buttiamo un bel vermicello e col sughetto vi condisco la pasta.»

Le sorrise. Quella donna tozza e bruna gli metteva allegria e lui sentiva che era un'anima rara: onesta, operosa e di una pratica saggezza popolare, concreta ed essenziale. Soprattutto, era una cuoca eccellente. Alla vista dei piccoli polipetti adagiati nella bella salsa rossa, l'appetito del prete si trasformò in una fame vorace. Assuntina si voltò verso di lui, lasciando per un attimo i fornelli e sottolineando con un sorriso che l'impresa meritava immediati complimenti.

«Bravissima, Assuntina», disse prontamente il parroco, «nessuno è capace più di te a scegliere il pesce migliore.»

Ottenuto il tributo dovutole, Assuntina ritornò gongolante al lavoro.

Aveva le guance perennemente arrossate. Ombre nere baluginavano su braccia e gambe quando, muovendosi, gli abiti scoprivano un po' degli arti che lei celava sempre con grande cura. Il prete ricordava ancora le punture che aveva sentito sul volto, il giorno che l'aveva baciata sulla guancia per ringraziarla di una caprese particolarmente riuscita.

Don Peppino ascoltava attento il racconto dei suoi uomini. Seduto dietro la grande scrivania, giocherellava con un fermacarte. Le voci si sovrapponevano e lui si stava innervosendo.

«Fermi. Ricominciamo. Fatemi capire bene com'è iniziata», disse il boss, «e per favore, parlate uno per volta.»

Il più alto dei due prese immediatamente la parola: «Allora, il poliziotto» – poi specificò – «'o Zuzzuso, stava camminando vicino al bar, quando Gennaro l'ha chiamato: "Ommo 'emmerda, vieni un attimo qua", gli ha detto. Voi lo sapete com'è Gennaro, no? Perde la ragione subito subito. E pare che Nennella, la fidanzata, gli aveva appena detto che Renato si pigliava troppe confidenze, diciamo accussì.»

«E poi è scoppiata la rissa?» chiese il boss.

«No», rispose subito il più basso. «Nennella ha detto a Gennaro: "Genna' lascia stare, non ti mettere con quello". Ma intanto il poliziotto si era già avvicinato. "Come mi hai chiamato?" ha detto, e gli ha dato un pugno nello stomaco. Poi ha aggiunto: "Statti accorto, che io lo so bene quello che fai. E a me, chi ti protegge, non mi fa nessuna paura". Si riferiva a voi, don Peppino», disse l'uomo enfatizzando il suo sdegno.

«E poi è scoppiata la rissa?»

«Sì, don Peppi'», disse quello alto, «poi Gennaro s'è buttato 'ncuollo a Capece e se le stavano dando di santa ragione, quando siamo arrivati noi e li abbiamo separati. Non è stato facile, nessuno dei due voleva saperne di smetterla. Dopo che li abbiamo allontanati, continuavano a gridarsi maledizioni e bestemmie. Vuje che dicite? Volete che ci pensiamo noi a fargli passare la voglia di fare tutte queste prepotenze, al poliziotto?»

Peppino li guardò. Glielo avrebbe affidato volentieri quel lavoretto ai ragazzi, erano stupidi ma fedeli e sapevano bene come far passare la voglia di sfidarlo a chiunque. Perché era anche lui che il poliziotto aveva sfidato, questo era chiaro.

«Lasciate stare per ora, ma tenetelo d'occhio», disse congedandoli.

I due tirapiedi non replicarono, non avrebbero mai osato, ma si allontanarono delusi e perplessi: che il capo, di fronte a un'offesa pubblica, non prendesse nessun provvedimento, proprio non riuscivano a capirlo.

Ma Peppino, per ora, aveva le mani legate e non poteva dare spiegazioni.

Raffaele si accomodò sulla poltrona della sala da pranzo. La perpetua non lo voleva tra i piedi mentre cucinava e glielo aveva fatto capire chiaramente.

«Don Raffae', fatemi la cortesia, levatevi di torno che non mi fate combinare niente. Tra un quarto d'ora metto tutto in tavola.»

Si era allontanato con la coda tra le gambe, ma non senza aver prima abilmente sottratto una fetta di palatone dal cestino del pane, rimasto stranamente incustodito.

Mentre addentava quello che, con la sua crosta doppia e croccante e la cottura nel forno a legna, meritava il trofeo di miglior pane del mondo, cercò di pensare ad altro. Quei quindici minuti sarebbero pur passati.

Il passo pesante di Assuntina che avanzava con in mano la zuppiera fumante di vermicelli lo scosse

Raffaele scattò in piedi e si diresse verso la tavola.

«Padre Raffae', vi siete lavato le mani?»

La perpetua lo trattava come un bambino discolo, e questo lo faceva ridere.

«Sì, Assuntina, già fatto.»

Si accomodò al suo posto mentre lei riempiva il piatto. Recitò una breve preghiera di ringraziamento e si accinse a mangiare. Assuntina occupò il posto di fronte a lui. Raramente mangiavano insieme. Lei viveva perennemente a dieta, in un mondo fatto di strane insalate che consumava a orari improbabili. Ma non era solo quello. Raffaele spesso aveva l'impressione che la perpetua mettesse in atto una strategia tutta sua per essere libera di propinargli le chiacchiere che altrimenti lui avrebbe interrotto. Lo prendeva quando era più indifeso, mentre mangiava. Non c'era rimedio contro di lei.

Stava appunto assaporando la prima forchettata di quei divini vermicelli, quando lei attaccò.

«Don Raffae', avete saputo quello che è successo oggi?»

Scosse la testa, intento a masticare.

«Gennaro 'o 'Nsisto e Renato Capece si sono picchiati davanti a tutti, per strada.»

«E chi sono?» chiese il prete tra un boccone e l'altro.

«Gennaro è il proprietario del bar Garden, quello che sta qua vicino, in via Sanità, prima della piazza. Lo chiamano 'o 'Nsisto perché tiene un brutto carattere, si piglia collera facile facile. E poi è uno che si vendica subito se qualcuno gli fa un torto. Tutti sanno, poi, che il bar è una facciata, in realtà Gennaro gestisce una bisca clandestina per conto di don Peppino.»

«Don Peppino chi?» chiese ingenuamente Raffaele per poi capirlo da solo prima che Assuntina parlasse.

«Il boss che controlla questa zona. Quello che si occupa di tutte le cose illegali del rione», rispose lei con una naturalezza che lo sconvolse. Ma per quanto scioccato non la interruppe, il discorso cominciava a farsi interessante.

«Insomma», proseguì Assuntina, «Gennaro è fidanzato con Nennella, una bellissima ragazza che tutti chiamano 'a Frangese, il perché di questo, mo, non ve lo so spiegare. Ma siccome anche alla mamma la chiamavano così, penso che avranno qualche francese tra gli antenati.»

«Vabbè, Assuntina, andiamo avanti», disse lui mentre faceva la scarpetta.

«Renato Capece, invece, fa il poliziotto. Ma è davvero un brutto soggetto, prepotente e arrogante. E poi, tutti sanno che fa il cravattaro, presta soldi a interessi altissimi alla povera gente, e tante volte la rovina.»

«E perché nessuno lo denuncia?»

«Eh, don Raffae'... denunciare! Ma in che mondo vivete? La gente ha paura. Che ne sanno di che cosa gli potrebbe succedere? E, a parte questo, lui è furbo a scegliersi i clienti. Sono tutte persone che si arrangiano, sapete com'è qua, magari a volte lo fanno un poco illegalmente e quindi lui, come poliziotto, li può ricattare. E poi, ditemi, quanto vale la parola di un poverello, magari un poco disonesto, di fronte a quella di un agente di polizia? Niente, e lui lo sa.»

La perpetua aveva assunto il tono di chi deve spiegare una cosa ovvia a un bambino ingenuo e un poco sveglio e lui si disse che forse era proprio così. La vita che aveva condotto fino a quel momento l'aveva tenuto al riparo da molti dei meccanismi perversi che muovevano la sua città.

«Comunque, questo Renato, che tutti chiamano 'o Zuzzuso – ed è facile capire il perché –, non si limita mica solo a questo. È un uomo a cui piace fare prepotenze, soprattutto con le donne. In questo caso ha preso di mira a Nennella. La molesta ogni volta che gli si presenta l'occasione. Ma la ragazza si deve essere scocciata e l'ha riferito al fidanzato. Così, oggi, Gennaro l'ha fermato per strada e c'è stata una scazzottata e, se non arrivavano gli uomini di don Peppino a fermarli, secondo me, si ammazzavano. Due belve sembravano, mi dovete credere.»

Inghiottì l'ultimo moscardino. Il nome del fratello, ripetuto più volte, glielo fece sembrare amaro.

3.

Renato Capece si guardò nello specchio soddisfatto. La cravatta di seta blu a fiorellini bianchi di Marinella gli dava il tocco di classe necessario. L'ambiente di cui stava per entrare a far parte era molto attento ai dettagli.

Pregustava il momento in cui, quella sera, avrebbe fatto il suo primo ingresso nei saloni del Circolo della Staffa, con Anna d'Arco al suo fianco.

L'esclusivo club dei titolati si era visto costretto a spalancargli le porte.

Si osservò a lungo, e quello che vide gli piacque. Non era poi così assurdo, si disse, che una donna proveniente da una famiglia ricca e prestigiosa si fosse innamorata di lui e avesse accettato la sua proposta di matrimonio. Era alto, bello e sprigionava mascolinità e forza da tutta la persona. E poi era un grande amatore, poteva contare su centinaia di testimonianze. Qualche volta gli piaceva essere un po' sopra le righe, certo, la brutalità lo eccitava. Ma con Anna era stato molto attento a controllarsi, non poteva rischiare. Tanto, per le altre cose, c'erano sempre le puttane.

Sorrise al pensiero, mentre allacciava il cinturino del prezioso orologio.

Adesso che frequentava i signori doveva comportarsi da signore, ed era sicuro che presto il suo nuovo mondo avrebbe saputo apprezzarlo.

L'unico che non avrebbe desistito dal mettergli i bastoni tra le ruote era il padre di Anna: quel pallone gonfiato lo guardava dall'alto in basso e lo analizzava con aria di sufficienza. Era evidente che non lo riteneva all'altezza della figlia. Ma glielo avrebbe fatto vedere lui, di cosa era capace. Se pensava di rovinare la sua vittoria si sbagliava di grosso.

Anna era innamorata pazza e non avrebbe dato ascolto a nessuno. Tra l'altro, non era nemmeno ricattabile: la madre morendo le aveva lasciato una cospicua eredità che l'aveva resa del tutto indipendente. E poi anche lui era ricco, ora; la sua ricchezza non l'aveva ereditata, se l'era fatta da solo, come tutti quelli che valgono qualcosa. Non avevano davvero bisogno di nessuno.

Il grande professore avrebbe preferito quel manichino di Massimiliano Monti, l'ex fidanzato di Anna. Brillante avvocato, figlio di un noto principe del foro, destinato come il padre a una grande carriera. Pedigree perfetto. Massimiliano che, quando lui e Anna lo incrociavano in società, faceva finta di non vederlo, per non doverlo salutare. Ma si sarebbero dovuti ingoiare questo rospo. Tutti quanti.

Pensò alla bella villa a strapiombo sul mare di Posillipo, dove sarebbero andati ad abitare dopo le nozze. Un paradiso. Sentiva che stava per entrarci in tutti i sensi, in paradiso.

Anna sarebbe diventata sua moglie e nessuno avrebbe potuto farci niente.

Chesta è 'a zita e se chiamma Sabella. Renato rise al detto usato per descrivere gli eventi che bisognava accettare per forza.

Girò velocemente la chiave nella toppa, doveva scendere subito e andare a prendere l'automobile in garage. Si sentì toccare la spalla da qualcuno, si girò e vide Totore. Forse gli stava portando le rate arretrate.

«Muoviti che ho fretta, ce li hai i soldi?»

Riaprì la porta e rientrò nella casa vuota. Totore s'infilò dietro di lui. Chinò la testa, non aveva il coraggio di guardarlo negli occhi: «Don Renato, voi mi dovete capire... nun 'e riesco a truva' tutte 'e sorde, perché...».

«Tu ti permetti di venire qua senza una lira, con tre rate che mi devi, e mi vorresti pure dare delle spiegazioni?» lo interruppe l'altro minaccioso.

«Non ci riesco, capitemi, 'o sapite ca tengo nu figlio autistico e le cure costano assai.»

«Non me ne importa niente dei tuoi problemi. Non lo curare più, allora, ma a me i soldi me li devi dare. Quando me li hai chiesti, io sono stato chiaro. Le condizioni le conoscevi bene: precisione e puntualità.»

«Don Renato, vuje tenite ragione ma, credetemi, non so proprio dove prenderli, quello che vi devo è tre volte quello che mi avete dato! Capitemi, vi chiedo sulamente nu poco 'e pacienza.»

Renato lo afferrò per il colletto e avvicinò il viso a quello dell'uomo. «Sienteme bbuono», bisbigliò, «hai una settimana per restituirmi tutto quello che mi devi, centesimi compresi. Sennò ti denuncio per lo spaccio di droga che fai sottobanco e andrai in galera come ti meriti. La licenza di ambulante a quel punto te la leveranno per sempre, e credo proprio che i figli tuoi finiranno in mano agli assistenti sociali. Quindi, vedi come devi fare.» Poi gli diede uno spintone per allontanarlo da sé, e Totore finì fuori dall'uscio in malo modo.

Roberto d'Arco faceva su e giù per il salotto. Anna, dal divano, lo guardava con aria di sfida, come se fosse un nemico. Era figlia unica, cresciuta come una principessa e, dopo la morte della moglie, la sua sola ragione di vita. Era sempre stata una ragazza ragionevole ed equilibrata, incline a chiedere i suoi consigli su tutto, a valutare le sue opinioni. Non gli aveva mai dato nessuna preoccupazione. Fino a quel momento. Fino all'arrivo di Renato Capece.

Anna era irremovibile, farsi ascoltare su quell'argomento era diventata un'impresa titanica. Ingenua e sognatrice, era completamente infatuata. Eppure, lui lo vedeva con tale chiarezza che stava per commettere un errore madornale. Come poteva sua figlia non rendersene conto? Non era solo la differente estrazione sociale di Renato Capece a preoccuparlo; aveva intuito in quell'individuo qualcosa di selvaggio e poco pulito, sotto l'ipocrita deferenza con la quale lo trattava. Aveva chiesto informazioni sul suo conto, ma non era riuscito a sapere niente di preciso. In questura, il poliziotto viveva un po' defilato, uno dei tanti. Nessun encomio, nessun richiamo. Eppure a lui non piaceva per niente. Nella superficiale ripulita che aveva provato a darsi si aprivano crepe enormi, dalle quali fuoriusciva la sua vera indole.

«Anna, tu mi devi stare ad ascoltare, io non posso rimanere fermo a guardarti mentre ti rovini la vita.»

«Sarò felice, papà, devi credermi.»

«Non potrai essere felice, figlia mia, tu non ti rendi conto di chi sia quell'uomo. Di quanto sia diverso da te, da noi. La tua è un'illusione, Anna. Ti risveglierai con l'amaro in bocca, e io ho il dovere d'impedirlo», disse sconsolato.

«Papà, lo so che tu sei affezionato a Massimiliano, ed è questo che non ti fa accettare Renato. Ma te ne devi fare una ragione. Massimiliano è un bravissimo ragazzo, ma io amo Renato e intendo sposarlo», disse lei con un tono che non ammetteva repliche.

«È vero, Anna, Massimiliano come genero mi sarebbe piaciuto molto. Lo conosco da quando era un bambino e so bene com'è stato cresciuto. È un ragazzo educato e intelligente. È uno di noi. Ha modi gentili, classe, ed è pazzamente innamorato di te. C'è tutto quello che serve a renderti felice. Ma non è questo. Io avrei accettato chiunque altro tu avessi scelto, anche se non mi fosse piaciuto, se solo avessi capito che era l'uomo giusto per te. Perché la tua felicità mi sta a cuore più di qualunque altra cosa. E Renato Capece, appunto, non è assolutamente la persona adatta a una ragazza come te. Non lo è per le sue origini. E non lo è per il suo carattere. Sulle origini, forse, ci sarei pure potuto passare sopra, sebbene la mia esperienza mi abbia insegnato che quando si viene da mondi diversi e da educazioni differenti è difficile intendersi. Ma è il suo carattere quello che mi spaventa di più. È un uomo vanesio, arrogante e presuntuoso. Come tutte le persone piene di sé, non imparerà mai niente. Bisogna essere umili per evolversi. Questi difetti, che ora cerca abilmente di nascondere, dopo il matrimonio verranno fuori, perché le persone non possono fingere in eterno. Quando ti troverai a dover fare i conti con la sua prepotenza e il suo egocentrismo, soffrirai e ti chiederai perché io non ti abbia fermata.»

Non parlò della sensazione di losco e poco pulito che Renato gli suscitava. Non aveva prove e quindi non poteva usarla come argomento di dissuasione.

«Senti, papà, Renato non nasconde proprio nulla. Lui mi ama moltissimo e me lo dimostra continuamente. Le sue origini per me non contano, e il suo carattere mi piace. È un uomo forte e orgoglioso e, grazie alla sua intelligenza, imparerà a stare nel nostro mondo al meglio. Se così non fosse, se qualcuno non dovesse accettarlo, vuol dire che sarò io a non voler frequentare quel qualcuno. E questo vale per tutti.»

Anna si alzò dalla poltrona e si avvicinò alla grande vetrata spalancata sul golfo. «Ti prego, papà, sono così felice, non rovinare il più bel momento della mia vita.»

Il professore si dovette arrendere all'evidenza che tutti i suoi discorsi non cambiavano di una virgola le intenzioni della figlia.

Bisognava trovare un altro modo.

4.

Le notti avevano ripreso a essere inquiete, i suoi incubi di bambino avevano ricominciato a tormentarlo. L'abbandono, la lacerazione, la solitudine verso cui neanche l'amore dei genitori adottivi aveva potuto niente, erano elementi portanti del suo inconscio. Di giorno, però, provava a rimuovere tutto per dare il meglio che poteva alla sua gente. E il meglio, per Raffaele, era il coraggio dell'onestà, verso gli altri e verso sé stessi.

La chiesa era particolarmente affollata quel giorno e padre Raffaele ne aveva approfittato per fare un'omelia più lunga del solito, che i fedeli avevano ascoltato molto attentamente. Aveva parlato del libero arbitrio, dei doveri verso sé stessi e verso Dio, dell'importanza di non piegarsi alle scelte più facili, ma d'inseguire quelle giuste.

Aveva ribadito a tutti la necessità di ribellarsi ai soprusi, denunciando chi, con la forza della violenza e dell'intimidazione, s'impadronisce delle vite altrui per spingerle verso il baratro del peccato. «Si è sempre in tempo», questo concetto lo aveva ripetuto almeno tre volte, «si è sempre in tempo, fino alla fine si è in tempo.»

In tempo per cambiare il corso delle proprie vite.

I fedeli si erano comunicati numerosi e, in silenzio, avevano abbandonato la chiesa.

Il prete si stava spogliando dei paramenti in sagrestia, quando sentì qualcuno dietro di sé. Un uomo alto e bruno, con una cicatrice che solcava per il lungo tutta la guancia sinistra, lo fissava dalla soglia.

Alle sue spalle due rozzi figuri, uno molto alto e uno più basso, perlustravano la stanza con lo sguardo.

«Prego? Non vi ho sentiti bussare.» Seccato, sottolineò la loro maleducazione.

«Ci scusi, padre, i miei uomini sono un po' maldestri. Permetta che mi presenti, Peppino Annunziata.» L'uomo aveva teso la mano.

Raffaele restò immobile, gli indumenti ancora tra le mani. "Eccolo", si disse, "non c'è stato neppure bisogno di andarlo a cercare."

Il boss ritirò la mano, di fronte al prete che non accennava né a muoversi né a stringergliela.

«Ero ansioso di conoscere il nostro nuovo parroco e di augurargli buon lavoro», disse Peppino, sorvolando sull'evidente scortesia del suo interlocutore.

Raffaele continuava a non muoversi, la voglia di buttargli si tra le braccia era frenata da quella brutta scena, da quegli sgherri, da quell'uomo velatamente minaccioso.

Ma che cosa si aspettava? Lo sapeva, no, cosa era diventato? Sì, lo sapeva, ma constatarlo con i propri occhi era come scoprirlo per la prima volta. Lo fissò e fu certo di non essere stato riconosciuto.

Peppino proseguì: «Nell'augurarle buon lavoro, vorrei anche darle qualche consiglio e, mi creda, i miei consigli sono preziosi affinché la sua missione si svolga serenamente e senza intoppi».

Raffaele si riscosse. Sebbene fosse un prete e fosse cresciuto tra gente buona e tranquilla come gli Iacono, dentro di lui il sangue degli Annunziata continuava a scorrere violento. Strinse i pugni per dominarsi.

«E sente il bisogno di farsi accompagnare da questi due sgherri, per venirmi a dare i suoi consigli? Le sembro tanto pericoloso?»

Peppino sobbalzò, ma solo con gli occhi.

«Aspettatemi fuori», disse ai due.

«Don Peppino, se volete, noi...»

Il boss li interruppe subito: «Vi ho detto di aspettarmi fuori, e chiudete la porta».

Attesero entrambi che uscissero.
«Ero venuto in amicizia», riprese Peppino, «per dare qualche giusto consiglio a un prete che è nuovo della zona, e che deve ancora imparare a muoversi in questo quartiere. Qui è molto pericoloso non sapersi muovere. Oggi, per esempio, la sua omelia è stata una mossa azzardata.» Lasciò che il silenzio sottolineasse le sue parole.
Raffaele fece cadere i paramenti a terra e si avvicinò a un palmo dal viso di Peppino.
«Ma cosa crede lei» – la voce usciva strozzata per la fatica di trattenersi dall'urlare – «lei che viene coi suoi modi da mafioso e i suoi tirapiedi decerebrati a minacciarmi dentro la mia chiesa? Crede forse che io mi lasci intimorire? Che Dio si lasci intimorire? Quale essere fiacco e codardo pensa di avere davanti?»
La rabbia lo accecava, si doveva difendere da un bieco camorrista, e quel camorrista era suo fratello.
Sapeva che stava sbagliando. Stava perdendo il controllo e questo lo alterava ancora di più. Le stesse cose avrebbe dovuto dirle con calma e padronanza, come aveva sempre cercato di spiegargli padre Bernardo. La violenza e l'eccesso che covavano in lui andavano dominati.
«Io farò tutto quello che è in mio dovere, e dirò ai miei fedeli quello che la coscienza m'impone di dire. Questa croce ha vinto ben altre battaglie, signor Annunziata.»
Peppino era stato ad ascoltarlo. Quel prete, temeva, si sarebbe rivelato un problema più grosso di quanto avesse supposto, ma in qualche modo rispettava la sua temerarietà.
«Allora faccia in modo che i suoi doveri si limitino alla cura dello spirito e ai campi che le competono, come ha fatto padre Michele prima di lei. Un brav'uomo, padre Michele, uno che è morto tranquillo nel suo letto. Se lei ha letto Cervantes, sa bene a cosa si arriva se ci si incaponisce contro i mulini a vento.»
«Vada via, vada via subito», disse Raffaele con tono roco. «Lei può venire qui a minacciarmi anche con un esercito, ma non mi fermerà. Il mio compito è quello di salvare gli

uomini, nell'anima e nel corpo, e di condurli verso la giustizia e la grazia divina. Di salvare chiunque me ne dia modo, compreso lei. Mi faccia sparare, se crede, ma non venga mai più a minacciarmi. Torni in chiesa per ascoltare la parola di Dio, magari. E ci torni da solo. La chiesa è aperta anche a quelli come lei. Soprattutto a quelli come lei.» Poi si voltò per entrare in canonica senza aspettare alcuna risposta.

Peppino rimase fermo per un attimo, poi raccolse i paramenti da terra, li posò su una sedia e si avviò verso l'uscita.

Era stato un ingenuo, non poteva dirsi altrimenti. Questo pensava Raffaele seduto sulla sua poltrona, sfinito e amareggiato. Aveva creduto che Peppino fosse un camorrista da favoletta. Aveva immaginato che si sarebbero incontrati, abbracciati, e che lui l'avrebbe convertito con un bel discorso. L'aveva voluto credere per placare il proprio cuore e la propria ansia. E intanto, i dubbi che covava dentro gli avevano fatto rimandare l'incontro. Ora la realtà si era presentata più cruda di un pestaggio.

Peppino rappresentava quello che lui detestava più di ogni altra cosa: sopraffazione, prepotenza, brutalità. Ma la cosa più spaventosa era che, durante tutto lo scontro, aveva sentito d'amarlo in modo potente. Non come era tenuto ad amare tutti gli uomini, lo amava di quell'amore carnale, totale, con cui si amano le persone del proprio sangue. E anche se non c'erano giustificazioni per quel che era diventato, stava cercando disperatamente di trovarne.

Che ne sapeva di cosa era stato di quell'adolescente che aveva lasciato sulla soglia, intento a trattenere le lacrime? Che pressioni aveva subito? Contro cosa era stato costretto a lottare? Che scelte di vita aveva avuto fruibili, veramente fruibili?

Il suo amore, già grande, per i giovani si gonfiò nel petto fino a traboccare. Li aveva sempre aiutati, perché è a quell'età che vanno indirizzati, sostenuti. Tutte le sue iniziative erano sempre state rivolte a loro. Meglio di ogni altro, sapeva come basti muovere un pezzo nel modo giusto, all'inizio della partita della vita, perché si risulti vincitori anziché perdenti. Aveva notato che il fratello aveva citato Cervantes, e questo l'aveva sorpreso. Da quanto ricordava, quando si erano separati Peppino aveva già lasciato la scuola. Chissà se qualcuno lo aveva indirizzato verso la lettura o se, e in quale momento della sua vita, avesse avvertito questa necessità. Era un terreno comune sul quale si sarebbero potuti incontrare?

Non lo sapeva, il cumulo di sentimenti lo lasciava confuso e sconfortato. Un'altra cosa l'aveva colpito generando una cascata di dubbi e riflessioni angoscianti: l'altra versione mai compiuta di sé. Quella versione che il caso, per mano degli assistenti sociali, aveva abortito il giorno in cui lo aveva strappato a quei luoghi.

Si riscosse. Assuntina lo chiamava a bassa voce credendolo addormentato.

«Don Raffae', di là ci sono due persone. Sono venute per l'iscrizione al corso d'informatica.»

Raffaele era soddisfatto. Il corso era stata la sua prima iniziativa per i giovani del quartiere. Lo aveva pubblicizzato per giorni con volantini e passaparola, e ora s'incominciavano a vedere le prime iscrizioni.

Ne aveva tenuto uno anche a Roma nella parrocchia di Santa Maria in Vallicella ed era andato benissimo. I ragazzi adoravano l'informatica, era un mezzo sicuro per avvicinarli. Certo, i fedeli della sua parrocchia romana erano completamente diversi, l'estrazione sociale e culturale permetteva loro fin da piccoli qualsiasi sogno, qualsiasi ambizione. Ma anche quelle erano vite che andavano curate con attenzione, i privilegi non le esimevano da passi falsi, da cadute rovinose. Diversi, forse, da quelli a cui ora assisteva quotidianamente, ma non meno tragici. Sgambetti che avevano il potere di stravolgere un'esistenza.

Per comprare i computer che gli occorrevano aveva dato fondo al conto della parrocchia e ci aveva anche messo parecchio di suo. Quello che sentiva giusto fare l'avrebbe fatto, a qualunque costo.

Si avvicinò alla donna.

«Buonasera, padre, sono Amalia Capece e questo è mio

figlio Federico.» Parlando si piazzò davanti a lui, al suo fianco un ragazzino bruno sui tredici anni lo fissava silenzioso.

«Ciao, allora sei qui per il corso d'informatica», disse Raffaele per rompere il ghiaccio. Federico gli sembrava molto timido.

«Sì, padre, ne abbiamo sentito parlare e Federico vorrebbe iscriversi, lui è un grande appassionato di computer. Diciamo pure che al PC ci passa tutto il tempo che gli rimane dopo lo studio.»

Era sempre la madre a parlare, il figlio continuava a rimanere in silenzio.

«Accomodatevi», disse Raffaele, «così trascrivo i dati del ragazzo.»

«Federico Capece», disse la donna frettolosamente, senza accennare a sedersi, «nato a Napoli nel 1999. Se ha bisogno di altre informazioni, magari torno in un secondo momento. Da sola», e fissò il prete negli occhi.

«Non si preoccupi, basta questo, se avrò bisogno d'altro la contatterò.»

Aveva capito che qualcosa non andava e che non era il caso d'insistere.

«Federico, allora puoi cominciare domani. Le lezioni si tengono il martedì e il giovedì dalle sedici alle diciassette e trenta. Ognuno ha una sua postazione al PC, devi solo portare una chiavetta USB personale, dove memorizzare i tuoi dati.» Parlava direttamente al ragazzo ora, aveva volutamente escluso la madre.

«Va bene, padre, la ringrazio. Ci vediamo domani.» Il suo tono era sommesso, ma ben educato.

«A domani, allora», disse Raffaele congedandosi. «E non si preoccupi, signora, il ragazzo lo faccia venire da solo, poi magari lo passa a prendere alla fine della lezione. È inutile che venga anche lei.»

«Grazie di tutto, padre, allora domani le mando Federico. Arrivederci.»

Amalia gli sorrise salutandolo. Era davvero una bella donna, pensò Raffaele. Ma con quel figlio doveva stare attenta. Ne aveva visti di danni fatti da queste mamme-chiocce. I ragazzi, per crescere forti, dovevano imparare a cavarsela da soli.

Rientrato in canonica, trovò Assuntina sul piede di guerra.

«Don Raffae', ma avete capito chi erano quelli?» La perpetua lo guardava con gli occhi sgranati.

«No, Assuntina, chi sono?»

Stavolta era interessato, lo strano atteggiamento della madre di fronte alle domande sui dati del ragazzo l'aveva incuriosito.

«Sono la sorella e il nipote di Renato Capece.» La perpetua, dopo l'esclamazione, lasciò cadere un silenzio significativo.

Renato Capece. Sentì che quel nome doveva dirgli qualcosa.

«Il poliziotto della rissa di cui mi hai parlato?»

«Esattamente», rispose Assuntina, «ma non vi credete che sono come lui, queste sono brave persone. Non si vedono mai, se ne stanno sempre in casa. Lei, da quanto so io, è una ragazza madre. Vennero ad abitare qui un po' di tempo fa. Forse perché nella Sanità il Capece teneva molti dei suoi affari e li voleva controllare da vicino.»

Se lo sapeva Assuntina, pensò Raffaele, poteva considerarsi Vangelo, ed ecco spiegato l'imbarazzo di Amalia. Temeva domande sul padre del ragazzo. Il silenzio pensoso del prete fece capire alla perpetua che era autorizzata a continuare.

«Vi dicevo che, pure se sono parenti di quello schifoso, pare che sono brave persone. Certo, nessuno li vuole frequentare, per via di Renato, ma non sono cattivi. Il ragazzo, per esempio, non è di quelli che stanno a ciondolare tutto il giorno per strada, anzi. So che va bene a scuola e che passa tutto il suo tempo a studiare. Lei, pure, è una che non esce mai. Sta sempre appresso al figlio e alla casa. Antonietta, una brava ragazza che abita qua vicino, va a darle una mano per le faccende e mi ha detto che è una maniaca della pulizia e dell'ordine. È capace di farle rifare una cosa mille volte, se non è venuta brillante come dice lei. Sta sempre a mettere a posto. Però è parecchio tirata, anzi, diciamo che è proprio tirchia. Che poi è strano, se si pensa che i soldi non le mancano di sicuro, visto che vive assieme al fratello. E lo sanno tutti che quello si è fatto una posizione facendo lo strozzino. Ma lei non spende una lira. Pensate che se Antonietta va via dieci minuti prima che finisca l'orario di lavoro, lei glieli conteggia e non glieli paga. Cose dell'altro mondo!»

Raffaele ritenne di aver saputo abbastanza. Non frenare Assuntina avrebbe significato continuare ad ascoltarla per ore. Quel giorno, invece, lui si sentiva stanco e non vedeva l'ora di andare a rilassarsi con la sua musica.

«Ti ringrazio, Assuntina, vado a mettermi di là, mi sta venendo un forte mal di testa, sarà meglio che mi riposi un poco.»

Si avviò verso il salottino, sapeva già cosa voleva ascoltare.

Prese il CD di Verdi e scelse *Sperate, o figli*, un'aria dal *Nabucco*. Questo era l'augurio che faceva a quel ragazzo, e a tutti gli altri.

Peppino si fermò fuori dal bar Garden. Non era sua abitudine farsi vedere con chiunque fosse in affari con lui. Una prudenza maturata negli anni gli aveva insegnato che sui sentito dire si costruisce ben poco. Erano sempre i fatti a lasciare tracce e lui era bravissimo a non seminarne mai.

Stavolta, però, sapeva che il mancato intervento nei confronti di Renato sarebbe stato notato dai suoi uomini e, in qualche modo, senza spiegare niente, voleva che sapessero che lui c'era e che era dalla loro parte. Questo sarebbe bastato a restituire una fiducia che non voleva vacillasse.

Tra l'altro a un suo possibile intervento, ci stava pensando, valutandone modi e rischi.

«Don Peppino, quale onore.» Gennaro vedendolo si era precipitato ad accoglierlo. «Che posso fare per voi?»

«Un buon caffè, Genna', come lo sai fare tu.» Il boss si guardò intorno soddisfatto.

«Volete accomodarvi al tavolino?» L'uomo stava già trafficando con la miscela.

«No, grazie. Me lo prendo al banco. Che si dice qua intorno?» domandò.

«Niente di nuovo, don Peppi'. Niente che non sappiamo gestire.»

«Già. Niente che non sappiamo gestire», ripeté il boss.

I due uomini si guardarono per un attimo e tanto bastò. Gennaro era sveglio e Peppino lo apprezzava per quella sua capacità di tradurre fiumi di parole in uno sguardo. Si erano capiti. Era tutto a posto.

~ Napoli, 1971 ~

«Come ti senti oggi, Rafe'?» Peppino accarezzò i riccioli sudati del fratellino.

«Bene. Posso uscire con te?» Aprì gli occhi ancora assonnati e gli sorrise sdentato.

«Verimme che dice mammà, va bene?»

Il piccolo annuì.

Nel minuscolo basso una pentola sul fuoco impregnava l'aria di un buon profumo di ragù, messo a cuocere all'alba per rispettare le tradizionali otto ore di cottura.

Ma della cuoca nessuna traccia.

In quell'unica stanza che fungeva da sala da pranzo, soggiorno, cucina e camera dei ragazzi, il letto del maggiore era già stato chiuso e presto anche quello di Raffaele si sarebbe trasformato in un divano.

«Mi aiuti a vestirmi?» Il bambino si era messo a sedere velocemente. Resosi conto dell'assenza della madre, aveva pensato che era meglio farla trovare davanti a un dato di fatto per vincere le eventuali resistenze.

«Rafe', aspettiamo, che poi mammà se piglia collera, 'o ssaje. Ieri tenevi ancora trentasette.»

Troppo presto Peppino si era sentito addosso la responsabilità di quel fratello. Troppo presto aveva sentito il dovere di sostituire le assenze di un padre che erano diventate sempre più lunghe, intervallate da brevi periodi di libertà durante i quali era, però, sempre indaffaratissimo a progettare il prossimo crimine da compiere. Ma, giustamente, dovevano pur campare.

Raffaele, a cinque anni, quel padre quasi non lo conosceva. Per lui esisteva solo Peppino. Forte, serio, sveglio. Padre, fratello, idolo adorato. E la mamma, rifugio amoroso e allegro per entrambi.

«Eccomi qua.» La porta si era spalancata senza rumore e la donna esile e bionda entrò carica di buste della spesa.

Il maggiore scattò per toglierglíele dalle mani.

«Mammà, posso uscire con Peppino?»

«Buongiorno anche a te, Raffaele.» Sorrise. «Ma quanta fretta tieni. Aspetta, famme vere'.» Si avvicinò e gli posò le labbra sulla fronte. «Mi sembri fresco, ma è meglio se ti metti il termometro.»

In un attimo il piccolo se lo ritrovò sotto un'ascella ma restò quieto senza protestare.

«Se non tiene niente me lo porto, un poco di sole gli fa bene, che dici?» Peppino lo disse mentre si apprestava a intingere nel sugo ribollente un pezzo di palatone appena rapinato dalla spesa.

«Allontanati da quella pentola che mi lasci le molliche nel ragù», rise lei.

Peppino fece finta di non aver sentito e inzuppò goloso il pezzo di pane.

Anche lei fece finta di non vedere. «Sì, hai ragione. Un poco di sole e di aria gli possono solo fare bene.»

Tutti erano stati accontentati e non c'era posto che gli sembrasse più bello e desiderabile di quel buio basso fatiscente. Erano insieme.

Era ancora la felicità.

5.

Come avrebbe fatto a trovarli? Totore non riusciva a pensare ad altro. Indagava ogni via, ogni modo per procurarsi i soldi che gli servivano per saldare i debiti con Renato. Terrorizzato dalle minacce del poliziotto e dalle conseguenze delle stesse, era ossessionato dalla ricerca, ma senza frutti. La sua era l'economia precaria di un'esistenza altrettanto precaria, e pure la malasorte si era divertita a tormentarlo. Lo scoglio peggiore che gli aveva messo davanti era quel figlio. Quel figlio che parlava poco e al quale bisognava parlare con delicatezza, che aveva bisogno di cure continue, esercizi, logopedisti, riabilitatori che risucchiavano ogni centesimo che lui riusciva a mettere da parte. Quel figlio che s'incantava a guardare per quanto fosse apparentemente perfetto, luminoso, bellissimo. La rabbia feroce che provava nel chiedersi, senza potersi rispondere, perché un involucro così splendido racchiudesse un essere così fragile e perché quella disgrazia fosse toccata proprio a lui. La vita, la vita, avrebbe dato pur di aiutarlo a guarire. Pur di tornare a casa ed essere accolto dagli schiamazzi di un vivace scugnizzo e non da un silenzio rotto da urla che non parevano manco umane. E forse gli sarebbe toccato di darla veramente la vita, perché a sospendere le cure al ragazzo, come gli aveva suggerito quel bastardo, non ci pensava proprio.

La messa delle sei era da sempre la meno affollata e quella mattina non faceva eccezione. Le poche vecchiette presenti stavano andando via e Raffaele si accingeva a tornare in sagrestia.

«Padre, posso disturbarvi un attimo?» La giovane donna coi capelli rossicci era sbucata da dietro a una colonna, doveva essere stata lì tutto il tempo perché lui, per l'intera durata della messa, non l'aveva vista.

«Certo, dimmi pure.»

«Voi non mi conoscete ancora, padre. Mi chiamo Rosetta Cimmino.»

La giovane gli pareva esitante.

«Cosa posso fare per te, Rosetta? Volevi confessarti?»

«Magari un'altra volta, padre. Vedete, voi non sapete ancora chi sono io, ma presto qualcuno del quartiere si premurerà di dirvelo.»

Chissà perché Raffaele ebbe subito la visione di Assuntina.

«E cosa mi dovrebbero dire?»

«Che sono una prostituta, padre. E diciamo che il mio non è un mestiere ben visto. Non piace a nessuno, credo, tranne che ai miei clienti e a chi se ne approfitta. Ora è lungo spiegarvi come e perché io sia finita a fare questa vita. Ma tant'è, ormai è questa e me la tengo. Ciò non significa, però, che io non sia una brava cristiana, o che non provi a esserlo. Padre Michele mi aveva fatto capire chiaramente che lui in chiesa non mi ci voleva. Come se poi qui non entrassero comunque delinquenti d'ogni tipo. A quelli, però, non teneva il coraggio di cacciarli. A me, invece, sì. Ho sentito parlare molto di voi, anche se siete qui da poco. E si dice che siete un prete, diciamo, vicino alla gente. Io volevo chiedervi il permesso di venire a messa, magari quella di prima mattina, ché c'è poca gente. Perché, mi dovete credere, padre, a me la parola di Dio mi dà grande conforto.»

Raffaele era sbalordito. E così il prete che lo aveva preceduto si era permesso di allontanare quella giovane dalla casa del Signore. Si era arrogato il diritto di ergersi a giudice al posto di Dio?

«Mia cara ragazza», disse, «non spetta a noi preti giudicare i peccati e gli errori che gli uomini commettono. Quel compito spetta a Dio. Noi non siamo altro che umili intermediari. Neppure abbiamo il diritto di allontanare chicchessia dalla celebrazione della messa. Al contrario, è proprio chi sbaglia o pecca di più che noi dovremmo privilegiare. Sono queste le anime alle quali nostro Signore tiene maggiormente. Per cui, Rosetta, ogni volta che ne sentirai il bisogno, io sarò felice di vederti tra i banchi della mia chiesa, a qualunque ora e in qualunque giorno. Se poi, una volta, decidessi di voler parlare con me dei tuoi problemi, mi troverai sempre pronto ad ascoltarti. Non per giudicarti, ma per provare, con l'appoggio di Dio, ad aiutarti come posso.»

Rosetta lo guardò con gli occhi pieni di lacrime.

«Vi ringrazio tanto, padre, veramente.»

«Sono io che ringrazio te, per la fiducia che mi hai dimostrato. Ti aspetto a messa.»

La ragazza si fece il segno della croce e si allontanò sorridendo.

Forse era vero che 'o Munacone faceva miracoli, come le aveva sempre detto la mamma. Ché quella statua di San Vincenzo che stava là dentro e che una volta aveva fermato il colera, forse stavolta aveva guardato pure a lei. E quest'anno sarebbe andata sicuro a fare la processione dietro al Munacone, il primo martedì di luglio quando si ripeteva il corteo che fermò l'epidemia. Perché adesso sapeva che i miracoli succedono davvero.

La tavola era apparecchiata per la colazione. La moka fumante lo aspettava, insieme a una frolla profumatissima. Assuntina lo viziava e lui intendeva lasciarglielo fare all'infinito.

Il passo trotterellante della perpetua fece eco dalla cucina, l'aveva sentito arrivare.

«Don Raffae', avete fatto più tardi del solito, il caffè si stava raffreddando. C'è qualche novità?» domandò con finta aria ingenua.

«Assunti', già le sai le novità, fammi mangiare questa bella frolla in santa pace e di' quello che devi dire.»

La perpetua fece la faccia offesa. «E che so io, don Raffae', io non so niente. Vi ho solo visto parlare con Rosetta.»

«Appunto», disse il prete versandosi il caffè.

«Povera ragazza. E che voleva?»

"Un mastino sarebbe meno tenace", pensò Raffaele.
Si chiese cosa l'avesse portata a fare quella vita, una vita dove l'unica eccitazione veniva dalle vite degli altri. O almeno questo aveva dedotto dopo poche settimane di convivenza. Era stato facile capire a fondo quella piccola donna così dritta e trasparente. Lei non ne parlava mai e considerata la loquacità, lui credeva che preferisse dimenticarlo. E non si sbagliava.
Un'anziana parrocchiana gli aveva raccontato che la perpetua era stata davvero molto poco avvenente in un'epoca in cui alle donne non veniva chiesto che di essere belle. La sorella minore, tanto bella che pareva partorita da altri, aveva fatto un ottimo matrimonio e si era trasferita al Nord. Che fare ora del brutto anatroccolo di casa? La famiglia misera e molto religiosa le aveva trovato quella che a loro era sembrata un'ottima soluzione, assistere padre Michele come perpetua, ignorando totalmente lo spirito acuto e brillante della ragazza che ne avrebbe fatto un'ottima studiosa in qualsiasi campo, e lei aveva accettato ignorandolo al pari loro.
«Assuntina, sono confidenze a un prete, lo vuoi capire? Non ne posso parlare. Raccontami tu qualcosa, magari.»
Di fronte a quella richiesta, la perpetua perse quell'aria imbronciata e s'illuminò.
«Allora, don Raffae', Rosetta è rimasta orfana che era ancora ragazza e purtroppo fece una brutta conoscenza. S'innamorò di un delinquente, che prima si approfittò di lei e poi la costrinse a prostituirsi. Dopo qualche anno lui morì sparato, se mi ricordo bene, ma lei ha continuato a fare l'unico mestiere che conosceva. Però non è più andata sulla strada. Lo fa a casa sua e paga il pizzo a don Peppino.»
A Raffaele il caffè andò di traverso. Pensò che il nome del fratello era sempre associato a qualcosa di losco.
«Inoltre, Rosetta si frequenta con Renato Capece. Anzi, per essere più precisi, è Renato che va da lei, e non so quanto Rosetta ne sia contenta. Perché credo che lui sia proprio un animale. Tant'è che dopo uno di questi incontri Rosetta è dovuta andare al pronto soccorso per le violenze

che ha subito. Non c'è stata nessuna denuncia, ma il fatto si è saputo lo stesso.»

Più Raffaele sentiva parlare di questo Renato, più si diceva che era uno di quelli a cui l'avrebbe volentieri fatta pagare, prete o non prete che fosse. C'erano momenti in cui la sua carità cristiana si faceva da parte. E questo lo spaventava. Perché lui, quando era accecato dalla rabbia, non ragionava più. Quel sentimento, poi, lo faceva patire a lungo, ma non riusciva in nessun modo a soffocarlo; a niente era servito il lungo sacerdozio. L'odio, la rabbia e la volontà di opporsi alle ingiustizie che aveva di fronte vivevano in lui di una vita tutta loro che era sicuro rispondesse al richiamo della voce del sangue. Questo era uno di quei casi. Quella parte autonoma di lui cominciò a ragionare su come impedire a Capece di continuare a perpetrare la sua malevolenza sulla comunità.

«Comunque», aggiunse Assuntina, «gli incontri continuano, anche se non si è più verificato nessun episodio del genere. Forse Renato è stato ripreso da don Peppino, che non vuole che la sua merce sia rovinata.»

"E bravo Peppino", pensò ironico Raffaele, "si difende la merce."

«Ma non ne sono sicura», continuò Assuntina, «non si è saputo di nessuna ritorsione contro Renato. Ed è davvero una cosa assai strana. Perché don Peppino è un uomo duro contro chi sbaglia nei suoi confronti. Se devo dirla tutta, in un certo qual modo è anche un galantuomo. Uno d'altri tempi, diciamo. Non tollera nessun tipo di violenza gratuita.»

Quella definizione del fratello lo sorprese. Allora Peppino aveva in sé, anche se distorto, un minimo di codice morale?

«Insomma, io, a Renato Capece, mi aspettavo di vederlo morto o almeno in ospedale, e invece non è successo niente. Che cosa abbia fermato don Peppino dal dargli una lezione coi fiocchi non lo so, ma di una cosa sono certa: il poliziotto deve tenere parecchi santi in paradiso.»

Raffaele la guardò.

«Deve tenere protezioni assai in alto», specificò la perpetua, con aria cospiratrice.

6.

Raffaele aspettava fuori dall'aula del corso d'informatica. Voleva accogliere personalmente tutti gli iscritti. Si sentiva fiero di quell'iniziativa, convinto che in quel territorio fosse più che necessaria, data l'assoluta carenza di strutture capaci di tenere i ragazzi lontani dalla strada, dove crescevano impregnati di illegalità, con il mito dell'eroe negativo, cercando di imitare modelli malavitosi, che spesso erano proprio le famiglie a inculcare nei figli. L'evasione scolastica era altissima. Il disagio economico e sociale rendeva preferibile che anche i più piccoli, in qualche modo, portassero soldi in casa. I ragazzi, soprattutto i minorenni al di sotto dei quattordici anni, erano merce pregiata per la camorra, la loro impunibilità li rendeva adatti a essere arruolati per svolgere mansioni a rischio, dallo spaccio all'estorsione, fino a essere assunti come killer. Per questo era ai più giovani che aveva pensato quando gli era venuta l'idea del corso.

Guardava con disgusto alle istituzioni, che non si erano mai date la pena di intervenire in modo massiccio e radicale per tentare di arginare il fenomeno della criminalità minorile. Se ne parlava solo quando diventava eclatante, per un qualche fatto di sangue che lo portava all'attenzione di tutti. Dopo di che, si scriveva qualche articolo, si procedeva a degli arresti e tutto continuava esattamente come prima.

Gli alunni cominciavano ad arrivare a gruppetti, li salutò e li fece accomodare alle loro postazioni. Federico, invece, arrivò da solo, e ricordò quanto gli aveva riferito Assuntina: il ragazzo non aveva amici. Accompagnò anche lui al suo posto.

Ormai c'erano tutti.

Presentò Vincenzo De Martino, un anziano professore di matematica che si era offerto di tenere quel corso gratuitamente, poi si mise in un angolo e lasciò che la lezione cominciasse.

Dopo un quarto d'ora, pensò di aver visto abbastanza, e tornò in canonica.

Noioso, noioso, noioso. Li avrebbe fatti scappare via tutti. Raffaele si sentiva sconfortato, il professor De Martino era stato una pessima scelta. Ma, pensandoci bene, lui di scelta non ne aveva avuta. Era l'unico che si fosse offerto. Per di più gli stava antipatico, non ci poteva fare niente ma, a pelle, non lo sopportava. Immaginò che anche i ragazzi avessero provato quei sentimenti e gli parve una catastrofe.

«Don Raffae', che succede? Vi siete mangiato una tarantola?»

Mentre spolverava la credenza, Assuntina lo fissava attentamente.

«Che dici, Assuntina?»

«Dico che tenete una brutta faccia, è successo qualche cosa?»

A quella donna non sfuggiva niente, pensò. Nel KGB avrebbe fatto una carriera folgorante. Ma stavolta aveva voglia di sfogarsi. Si sentiva davvero scoraggiato.

«Il professore d'informatica. Non va bene. Non sa parlare con i ragazzi, è noioso e usa paroloni incomprensibili. Se ne andranno via tutti.»

«Don Raffae', io non ve lo volevo dire, che sennò poi dite che m'impiccio di fatti che non sono i miei. Ma già lo sapevo che non poteva funzionare. Il professore è un brav'uomo, ma è vecchio, anzi è antico, e qua i ragazzi so' scetati. Svegli, capite a me», e fece una smorfia eloquente.

«E adesso dove lo trovo un altro?» Lo disse ad alta voce, ma era in fondo una domanda a sé stesso.

«Be', io uno da suggerirvi ce l'avrei, ma non so se lui vuole. E se voi siete d'accordo.»

Assuntina fece una pausa, aspettava indicazioni.

«Parla, Assuntina, non ti far pregare.»

«È un ragazzo, il figlio del fornaio De Luca, quello che sta all'inizio di via Sanità. Tutti sanno che è un mostro coi computer. Ha lasciato la scuola da poco e passa il tempo a scorrazzare sullo scooter o al bar con i suoi amici. È uno che tutti i ragazzi ammirano, perché è sveglio e sa farsi valere come capo. Non è proprio un delinquente, anzi, diciamo pure che non lo è ancora. Il padre è proprio una brava persona, ma sta sempre nel forno e il ragazzo gli sta sfuggendo di mano. Però se voi riusciste a convincerlo, ai ragazzi gli piacerebbe assai.»

«E come si chiama?»

«Non lo so. Tutti lo chiamano Skizzo.»

Carmela stava ricontando i soldi per la terza volta, erano quasi tutti pezzi da cinque e dieci euro, e non voleva sbagliare. "Maledetto", ripeteva dentro di sé senza sosta. "Maledetto!" Non ne sarebbe venuta mai fuori. Gli interessi lievitavano alla velocità della luce e lei non ce la faceva a stargli dietro, figuriamoci se sarebbe mai riuscita a ripagare il capitale. Lei campava col contrabbando di sigarette e su quello doveva già pagare la percentuale a don Peppino. Ormai le sigarette non rendevano più come vent'anni prima, e lei era una delle poche rimaste a fare quel commercio. Gli altri, dopo che lo stato si era messo in testa di fare fuori il contrabbando, erano passati quasi tutti allo spaccio di droga. Ma lei era già anziana e non se l'era sentita. Le sigarette erano una cosa, la droga un'altra. Aveva dei figli e ora aveva anche dei nipoti. Non voleva dover pensare, un giorno, di averli uccisi con le sue stesse mani.

Eccolo, stava arrivando. Seduta sulla soglia del suo basso, Carmela vide Renato svoltare l'angolo.

Schifo le faceva. Schifo. Con quell'aria da guappo e quel sorriso da iena. Sempre pronto, come un avvoltoio, a divorare i resti della povera gente.

«Buongiorno, donna Carmela, avete preparato tutto?» Renato era arrivato vicino alla porta.

Lei non rispose e tirò fuori le banconote.

Il poliziotto le contò velocemente.

«Vi siete sbagliata, donna Carmela. Qua mancano cento euro.»

«Non è possibile, li ho contati tre volte.»

«Ne sono sicuro, ma avete dimenticato quello che vi ho detto la volta scorsa. Siccome ci state mettendo troppo tempo a restituirmeli, gli interessi sono aumentati di un altro due per cento.»

«Voi non state bene con la testa! Io pago già il trenta per cento!» Era furiosa.

«Donna Carme', voi, quando mi avete chiesto i soldi, eravate d'accordo sulle condizioni.» Renato sibilava. «Siete tutti uguali. Quando vi serve qualcuno che vi aiuti, che rischi i suoi soldi per voi, state lì a pregare e vi va bene tutto. Quando poi si tratta di restituirli, fate un sacco di storie. Così non va bene, donna Carme', vi avverto…»

«Ma voi i soldi me li avete prestati al dieci e ora siete arrivato al trenta!» La contrabbandiera aveva alzato il tono della voce. Che le importava se la sentivano, tutto il quartiere doveva sapere quello che il poliziotto stava combinando. «Voi lo state facendo apposta. Volete mettermi nelle condizioni di dovervi pagare per tutta la vita!»

«Sentite, i soldi li rischio io, e devo tutelarmi. Nessuno vi ha obbligato a chiedermeli. Voi volevate fare una festa per la comunione di vostra nipote, volevate che sembrasse la festa di una principessa, e invece siete dei morti di fame. Vi andavate a fare una pizza e oggi non vi trovavate in queste condizioni. Vi siete voluti fare belli agli occhi del quartiere coi soldi miei, pure il cantante avete chiamato. Bomboniere, pranzo a Posillipo per cento persone. Che vi credevate, che io dopo i soldi non me li prendevo? Comunque», proseguì senza darle la possibilità di ribattere, «un modo per risolvere la questione ci sarebbe. Datemi quel basso che tenete a vico San Felice e io vi cancello il debito.»

La proposta di Renato esplose come una bomba.

«Ma voi siete caduto con la testa per terra? Là ci abita mia figlia con tutta la famiglia, e la casa vale assai di più di quanto vi devo! Ma che vi credete, che so' scema?»

«Calmatevi, donna Carme', non ci sta bisogno di fare tutta questa ammuina. Io vi stavo facendo una buona proposta, vostra figlia ve la potete prendere in casa con voi. E per quanto riguarda il valore di quel basso fetente, vi sbagliate. Non vale niente. Sono io che mi sono messo a disposizione e vi voglio risolvere il problema. Ma se non siete d'accordo, non fa niente. Continuate a pagare e non vi lamentate. Adesso datemi i cento euro, ché vado di fretta.»

«Mo non li tengo, dovete ripassare.»

«Statevi attenta, donna Carme', vedete di non farmi perdere la pazienza. Ricordatevi che io so bene del commercio di vestiti falsi che fa vostro genero. Non vorrei che si trovasse a doversi fare qualche anno di galera. Quei cento euro vuol dire che me li aggiungete alla prossima rata. E contatela giusta questa volta. Nel frattempo, ripensate alla mia proposta, e capirete quanto vi conviene.»

Carmela era ammutolita, quel porco la voleva mettere con le spalle al muro. Morto, lo doveva vedere. Morto.

Raffaele passeggiava per il quartiere. Assuntina gli aveva descritto bene il ragazzo, e lui stava cercando di rintracciarlo nei luoghi dove era solito intrattenersi. Non si era posto troppe domande. Chissà perché aveva intuito da subito che la proposta di Assuntina poteva rappresentare la soluzione a più problemi messi insieme. Ma, comunque, doveva prima conoscere questo Skizzo.

Già il nome gli era simpatico, rimandava alla velocità, e lui adorava le persone veloci. Nel ragionamento e nell'azione.

Lo riconobbe subito, fermo su uno scooter di grossa cilindrata, stava fumando una sigaretta. Era identico a come Assuntina glielo aveva fatto immaginare. Un fenomeno, quella donna.

Alto, abbronzato, con i capelli fissati in una specie di cresta e due brillantini alle orecchie. Chiacchierava con un gruppo di ragazzi conciati e abbigliati nello stesso modo. Si distingueva dagli altri solo per l'atteggiamento. S'intuiva che era lui il capo.

Raffaele capì che doveva aspettare, avvicinarlo mentre era insieme al suo gruppo poteva essere un errore. Così si mise pazientemente a gironzolare lì attorno, attendendo che si presentasse il momento opportuno. Andare ad aspettarlo a casa sua non era il caso, non sapeva a che ora sarebbe rientrato. Viste le abitudini, potevano volerci ore.

Ma quando le cose devono andare bene ci pensano da sole a organizzarsi.

Skizzo salutò gli amici e con la moto si diresse verso di lui. Raffaele alzò una mano e lo chiamò.

Il ragazzo in un primo momento non capì e sembrò superarlo, poi frenò bruscamente.

«Avete detto a me?» domandò

«Sei tu Skizzo?» chiese il prete.

«Perché?» rispose diffidente. «Che volete?»

«Mi occorre una persona che sia brava con i computer, e mi hanno parlato benissimo di lui. Ecco perché lo cerco», continuò il prete tenendogli il gioco.

«E perché vi serve uno bravo coi computer?» disse ancora sospettoso, non accennando neanche lontanamente a scendere dalla moto.

«Perché mi piacerebbe che tenesse un corso per me. Ho un gruppo di ragazzi a cui vorrei che insegnasse quello che sa.»

Skizzo era pensieroso, il parroco voleva da lui la cosa che più amava fare al mondo. Ma non voleva farsi vedere in giro con un prete e, soprattutto, doveva capire bene fino a che punto l'avrebbe immischiato in cose di chiesa.

«Sono io Skizzo, ma è meglio che ci parliamo da qualche altra parte.»

«Va bene, io sono il nuovo parroco di Santa Maria alla Sanità, mi chiamo padre Raffaele. Se sei libero stasera, puoi passare in canonica, all'ora che vuoi.»

«Ok, passo stasera», e senza aggiungere altro ripartì con una lunga impennata.

«Quindi l'avete conosciuto. Che vi è sembrato?» Assuntina gli parlava di spalle, intenta a friggere i fiorilli.

«Assunti', che ti devo dire, ha una faccia intelligente, e mi ha ispirato subito simpatia. Ma lui mi pare molto diffidente. Comunque stasera passerà da qui e ci conosceremo meglio.»

Mentre parlava, gironzolava intorno alla perpetua. Seguiva attentamente tutti i movimenti di Assuntina, che prendeva i fiori di zucchina, li riempiva di ricotta, li inzuppava nella pastella e delicatamente li immergeva nell'olio bollente. Sembrava un gatto, pronto a coglierla in un attimo di distrazione per riuscire a rubarle un fiorillo fritto.

Dispotica come un generale di corpo d'armata, quella donna, nonostante gli arrivasse a stento all'ombelico, lo faceva tornare bambino. Della madre non ricordava molto, ma scene simili, con lui e Peppino che la insidiavano mentre friggeva, gli erano rimaste impresse nella memoria.

Pensare al fratello, come sempre, lo rattristò.

Probabilmente, si disse, se non li avessero mai divisi, oggi sarebbe stato esattamente come lui.

«Insomma, don Raffae', quello schifoso un matrimonio da re si è organizzato!»

Assuntina aveva preso posto davanti a lui e, come sempre, approfittava della sua totale attenzione al cibo che stava gustando.

«Pensate che si è preso i ristoratori più famosi di Napoli, che non costeranno meno di trecento euro a persona. Il ricevimento glielo fanno in una villa a Posillipo e si dice che ci saranno più di quattrocento invitati. E le bomboniere. Si è saputo che sono degli angioletti di argento massiccio. E questo, don Raffae', lo fa coi soldi della povera gente che ha rovinato. Infatti, stanno tutti col sangue agli occhi. Vedere quel farabutto mentre sbandiera i loro soldi in questo modo e pensare a tutti i sacrifici che hanno fatto per guadagnarseli, li sta facendo ammattire.» Assuntina era sdegnata e Raffaele non poteva che darle ragione. «Poi non vi dico la sarta, Pinuccia, come sta intossicata. Lei pensava che Amalia, la sorella di Renato, si sarebbe fatta cucire il vestito da lei, come ha sempre fatto. Così, almeno, qualcuno guadagnava qualcosa da questo matrimonio. Ad Amalia ha sempre cucito tutto lei, anche per la comunione del figlio e pure per il matrimonio del comandante di Renato. In quell'occasione, addirittura, gliene cucì uno con dei tessuti di Dior preziosissimi. Venne fuori un abito di cui tutti parlano ancora. E Renato ne fu contentissimo. Pensate che era stato lui, personalmente, a raccomandarsi con Pinuccia. Sapendo bene quanto è tirchia la sorella, era andato da lei per dirle di non badare a spese e di scegliere il meglio. Poi, era pure passato a ringraziarla dicendole che avevano davvero fatto una bella figura. Quindi, la poverina era sicurissima che, per il matrimonio del fratello, Amalia si sarebbe rivolta a lei. Invece no. Quando Pinuccia ha visto che non l'aveva ancora chiamata, è andata lei stessa a chiederle se non voleva che le preparasse il vestito. E Amalia le ha risposto che per questa occasione se lo sarebbe comprato già fatto. La povera donna è rimasta senza parole. Ci contava su quei soldi. E poi ormai si sa, i vestiti confezionati, pure quelli che costano, tutti in Cina li fanno. Quindi si è sentita pure insultata. Perché lei si sente un'artista, e nella sua bottega ci va gente da tutta Napoli.»

Assuntina si era fermata giusto un attimo per dare aria ai polmoni.

«Assunti', per favore, preparami un caffè, che mi sento di scoppiare», disse Raffaele che aveva appena terminato l'ultimo fiorillo. Chissà se l'avrebbe ammazzato prima con le sue pietanze o con le sue chiacchiere.

Erano quasi le dieci e probabilmente Skizzo, per quella sera, non sarebbe più venuto. Forse aveva letto male quando gli era sembrato di vedere un lampo d'interesse nel suo sguardo.

Seduto sulla sua comoda poltrona, Raffaele fece un giro per i vari canali nazionali. Ogni volta che vedeva quello che proponevano si domandava se non ci fosse dietro la volontà di crescere un popolo di deficienti. Passò sulla TV a pagamento, lì almeno qualche documentario o un bel programma di storia si poteva ancora guardare. L'aveva fatta installare soprattutto per il calcio, ne andava pazzo. Nonostante avesse vissuto quasi tutta la vita a Roma, la sua squadra se l'era portata nel sangue e l'aveva seguita in tutte le sue vicissitudini, dalla gloria dello scudetto all'infamante discesa in serie C. Ed erano ancora in gara per la coppa Italia. Lo squillo del campanello interruppe i suoi pensieri da tifoso. Si alzò subito per andare ad aprire.

Allora non si era sbagliato.

«Buonasera.»

«Ciao, Skizzo, accomodati pure», gli sorrise il prete.

Il ragazzo era fermo sulla soglia e titubava, come se chissà quali pericoli potessero nascondersi all'interno della canonica.

«Forza, andiamo a mangiarci una fetta di dolce mentre parliamo, la mia perpetua ha preparato un babà buonissimo.»

Raffaele fece strada verso il salottino e il ragazzo lo seguì riluttante.

Lo fece accomodare e gli servì una fetta del babà che Assuntina aveva lasciato sul tavolo.

Skizzo sembrava molto a disagio e teneva il piattino in una mano senza mangiare.

«Sentite padre, io ve lo dico subito. Io di cose di chiesa nun sacc' niente. L'ultima volta che so' entrato in una chiesa è stato quando mi sono fatto la prima comunione.»

Raffaele prese la sua porzione e si sedette di fronte a lui.

«E di che ti preoccupi? Non ho bisogno di uno che sappia di "cose di chiesa". Per quelle basto io. A me serve qualcuno che conosca i computer come le sue stesse mani e che sia capace di insegnare quello che sa ai ragazzi del mio corso. Possibilmente rendendo la lezione appassionante. E questo può farlo solo uno che questa passione ce l'ha nel sangue. E mi hanno detto che tu ce l'hai.»

«E allora io c'aggia fa, praticamente?»

«Praticamente, tu dovresti venire qui due volte a settimana e, per un'ora e mezzo, insegnare ai ragazzi quello che sai. Avresti anche un piccolo stipendio.» Skizzo andava incoraggiato in ogni modo.

«E basta?» domandò il ragazzo ancora un po' sospettoso.

«Tutto qui, Skizzo, da te non mi serve nient'altro.»

«Vabbè, affare fatto! Buono questo babà.»

Raffaele sorrise, il ragazzo si era rilassato e aveva preso a mangiare con gusto. Una ventata nuova stava per soffiare sul suo corso d'informatica.

7.

Padre Raffaele stava concludendo la messa mattutina. Lei, da quando le aveva detto che sarebbe stata la benvenuta, non se ne era persa una. Arrivava ogni mattina verso le sei meno un quarto, prima che le vecchie bigotte facessero il loro ingresso, e si andava a sedere in fondo alla chiesa. Rosetta stava bene lì, si sentiva confortata. Da quando era morta la madre non aveva più trovato nessuno che si interessasse a lei con affetto, che le volesse bene, che intendesse proteggerla. Aveva incontrato solo persone pronte a sfruttarla e maltrattarla. E pensava che, magari, pure se faceva una brutta vita, stando in quella chiesa, Dio, per sbaglio o per distrazione, potesse ogni tanto posare su di lei il suo sguardo benevolo.

Era tutta indolenzita, quel maiale la sera prima l'aveva picchiata come una bestia. Era da un bel pezzo che si manteneva calmo e lei proprio non se l'aspettava. Poi, quando gli aveva detto di aver saputo del suo matrimonio, lui era impazzito. Come si permetteva una troia come lei di nominarlo solamente, il suo matrimonio.

Si era chiesta tante volte se Renato fosse pazzo. La sua perversione, il suo sadismo, il piacere che provava nell'umiliare gli altri. E quegli scatti di violenza cieca, improvvisi, imprevedibili. Ogni volta che entrava in casa sua, lei tremava, non poteva mai sapere in che condizioni l'avrebbe lasciata, andando via.

Poi si era detta che no, non era pazzia. Chiamarla pazzia avrebbe scusato in parte quel modo di essere. Quella di Renato Capece era cattiveria pura. E lei, con la sua esperienza, aveva capito che al mondo ne esiste tanta di gente così. Del tutto sana di mente, ma irrimediabilmente cattiva. Solo che ammettere questa verità faceva paura. Convincersi che ci fossero esseri umani votati lucidamente al male era spaventoso. E così aveva notato che la gente preferiva credere che fossero pazzi.

Come fare a liberarsi da quel mostro non lo sapeva proprio. Persino don Peppino, al quale lei pagava una percentuale sulle marchette, non era intervenuto quando Renato l'aveva mandata in ospedale. Si aspettava che gli desse una bella lezione, in fondo lei era una di quelle che rendevano di più. Anzi, come prostituta il suo rendimento era paragonabile quasi a quello dei trans, che ormai si erano presi la fetta più grossa del mercato e avevano le quotazioni più alte.

Invece niente, don Peppino non si era mosso.

Neanche il suo protettore la proteggeva. Questa riflessione le provocò un riso amaro.

Intanto Renato continuava a tornare.

Si sfiorò delicatamente il viso. Gli zigomi erano gonfi e dei brutti lividi avevano fatto la loro comparsa. Aveva provato a nasconderli col fondotinta, ma l'effetto non era stato un granché. Sicuramente non avrebbe potuto lavorare per diversi giorni.

Tutta quella cattiveria andava punita, pensò. Qualcuno si doveva prendere la briga di farlo.

Raffaele aveva notato subito i lividi, fin da quando era entrato in chiesa. Chissà cosa le era successo. Che fosse stata picchiata era chiaro, ma da chi?

Tremò all'idea che potesse essere stato il fratello. Assuntina gli aveva detto che Rosetta lavorava per lui. Ma aveva anche affermato che Peppino non era uno che picchiava le donne, anzi, odiava la violenza gratuita.

Ma cosa significava «violenza gratuita» per il fratello? Per il ruolo che ricopriva era facile capire che la violenza era connaturata strettamente alla sua funzione. Non era possibile mantenere la posizione di boss senza l'uso della forza. Quindi per Peppino «gratuita» poteva solamente significare una violenza che non lo interessava, che non produceva frutti. Poi gli tornò in mente quello che la perpetua gli aveva raccontato sull'abitudine di Renato di malmenare la prostituta. Poteva essere stato lui.

Subito dopo l'«andate in pace», si avviò velocemente verso Rosetta, non voleva che se ne andasse prima di averle parlato. Era inginocchiata sulla panca, aveva l'abitudine di pregare ancora qualche minuto, dopo il termine della funzione.

Attese che sollevasse lo sguardo.

«Ciao, Rosetta.»

«Buongiorno, padre.» La donna cercava di tenere il viso in ombra.

«Non ti nascondere, figlia mia, con me non ce n'è bisogno. Che ti è successo?»

«Nulla padre, non vi preoccupate.»

«Rosetta, tu sei stata picchiata, e anche ferocemente. Chi è stato?»

«Uno. Che importa il nome. Quando si fa il mio mestiere sono cose che capitano.» Aveva le lacrime agli occhi.

«No, Rosetta, non devono capitare. Ti sei rivolta alla polizia?»

Rosetta rise. «Padre, lasciate stare, veramente. Lo so che le vostre intenzioni sono buone e che volete aiutarmi, ma non è possibile. In questo caso nessuno può farci niente. Vedete, è stato proprio uno di loro.»

Il suono amaro e desolato di quelle parole, e la sensazione d'impotenza lo riempirono di rabbia.

«Renato Capece, scommetto.» Lo disse con l'impeto di chi avrebbe voluto trovarselo tra le mani per fargli provare esattamente lo stesso dolore che aveva inflitto a quella povera ragazza e non aveva dubbi che lo avrebbe assalito senza farsi nessuno scrupolo.

Rosetta non rispose, con le guance rigate di lacrime si fece il segno della croce. Poi, prima di voltarsi per andar via, gli sorrise. «Vedete padre, non c'è bugia più grossa di quella che dice che ognuno ha la libertà di scegliersi la vita che vuole. Solo i ricchi ce l'hanno questa libertà. Gli altri si devono tenere la vita che gli è capitata.»

Raffaele non trovò il coraggio di replicare.

«Don Raffae', davvero non volete fare colazione? Non vi sentite bene forse?»

Assuntina aveva un tono preoccupatissimo. Che il parroco fosse inappetente era inconcepibile per lei.

«Mi sento benissimo, grazie, ma vado di fretta. Anzi dimmi una cosa, sai per caso dove abita Peppino Annunziata?»

«Ma chi, don Peppino? Lo volete andare a trovare?» Le antenne di Assuntina avevano raggiunto la massima estensione.

«Assunti', non t'impicciare che oggi non è giornata. Sì, proprio don Peppino. Lo sai o no, dove abita?»

«Sì, lo so», rispose. «Ma non vedo perché dovete essere così sgarbato con me. Voi state arrabbiato per i fatti vostri. Io non c'entro niente. Abita in fondo a via Fontanelle, dopo il cimitero, sotto la collina. Si è costruito una bella villa. Non potete non vederla, è l'unica.»

Raffaele camminava a passo veloce, aveva deciso di arrivarci a piedi, così avrebbe scaricato un po' di rabbia.

Come aveva immaginato, era stato proprio Renato a infierire in quel modo su Rosetta. E lui ora si trovava nelle condizioni di dover ricorrere all'aiuto di un camorrista, fratello o non fratello che fosse, per far cessare quelle brutalità. Rosetta aveva ragione, se si fosse rivolta alla polizia, nella migliore delle ipotesi, non le avrebbero creduto.

La strada era leggermente in salita e il prete sembrava la stesse scalando. La veste gli svolazzava dietro, e le braccia si muovevano a tempo di marcia.

Chissà se l'avrebbe trovato in casa e se sarebbe stato ricevuto. Ma era più preoccupato per la prima eventualità. A farsi ricevere ci avrebbe pensato lui.

Alcuni fedeli, che aveva incontrato lungo la strada, l'avevano salutato con calore. Lui aveva risposto a cenni. Non se la sentiva di fermarsi a parlare, aveva fretta. Ma dentro di sé era soddisfatto. Dall'affetto che gli dimostravano sembrava che stesse facendo un buon lavoro.

Mentre lo pensava ebbe, improvvisa e chiara, la visione di sé stesso diretto verso la casa di un camorrista al quale intendeva chiedere aiuto. Non fu più sicuro che la sua missione fosse così ben riuscita né – e di questo era più che certo – che i suoi metodi incontrassero l'approvazione di Dio. Quello che stava per fare era fuori da ogni regola, anche se l'obiettivo era nobile e caritatevole.

Era sicuro che Peppino potesse fermare quel bastardo, ma non altrettanto che il fine giustificasse lui e i mezzi che era pronto a usare. Solo pochi mesi prima, nella sua parrocchia romana, non gli sarebbe mai passato per la testa di osare un comportamento simile.

Per un attimo lasciò che i suoi dubbi lo bloccassero, al punto che si sentì vicino a desistere da quell'impresa scellerata.

Poi si disse che, se avesse lasciato perdere, nessun altro si sarebbe preso cura delle sorti di quella povera ragazza e se questo era l'unico modo possibile per aiutarla non si sarebbe tirato indietro. Di tutte le implicazioni per la sua coscienza e della collera divina se ne sarebbe occupato poi.

Riprese il cammino senza più esitazioni non potendo, però, fare a meno di chiedersi se quella terra lo stesse cambiando o se, semplicemente, si stesse rendendo conto che le regole cui si era attenuto fino ad allora lì non bastavano e non funzionavano e che, se qualche risultato si poteva ottenere, sarebbe arrivato solo muovendosi fuori dagli schemi e dai sentieri conosciuti.

La villa apparve quasi alla fine della strada; o meglio, quello che vide furono un alto muro di cinta e una vegetazione rigogliosa.

Il grande cancello in ferro era chiuso ermeticamente. Raffaele guardò bene, non c'erano citofoni né altro che servisse a comunicare con l'interno.

Peppino si era costruito una fortezza. Cose da temere doveva averne parecchie.

Guardò meglio i pali elettrici che costeggiavano il muro

di cinta e le due colonne che sostenevano il cancello e notò che c'erano diverse telecamere che monitoravano tutta la strada. Immaginò che, da qualche parte, ci dovesse essere una sentinella a controllare le riprese, e cominciò a sbracciarsi e a fare cenni verso una delle telecamere.

Dopo diversi minuti un uomo fece capolino da una porticina laterale al cancello. Era armato.

«Che volete? Che ci fate qua vicino?»

«Sono padre Raffaele Iacono e vorrei parlare con Peppino Annunziata.»

«Tenete un appuntamento?»

«No, ma è urgente. Se volete farmi la cortesia di avvisarlo, potete riferire che padre Raffaele desidera vederlo per una questione importante.»

«Don Peppino non vede nessuno senza appuntamento, state perdendo tempo, prete.»

«Fatemi la cortesia, riferite quello che vi ho detto, sono il nuovo parroco di Santa Maria alla Sanità, può darsi che mi voglia vedere ugualmente.»

«Aspettate là.»

Raffaele lo udì parlottare e poi chiamare qualcuno via radio. Aspettò diversi minuti, si sentiva osservato, si chiedeva chi e quanti lo stessero guardando da dietro le telecamere. Poi sentì l'uomo rispondere a una telefonata. Finalmente riapparve.

«Entrate.»

Raffaele superò la porticina, l'uomo lo precedeva, altri due l'aspettavano subito dopo il varco.

«Dobbiamo perquisirvi», disse quello che aveva conosciuto all'ingresso.

«Fate pure. Capitano spesso preti armati da queste parti?»

Gli altri finsero di non cogliere l'ironia, mentre uno di quelli appena arrivati procedeva alla perquisizione.

«Va bene, potete passare.»

L'altro dei due ceffi, quello che non aveva aperto bocca, lo affiancò e gli fece capire che doveva seguirlo.

Attraversarono il parco. Era bellissimo. Fiori e alberi secolari si mischiavano in modo selvaggio, l'effetto era stupefacente. Si capiva che quella apparente casualità della natura doveva essere opera di un grande architetto paesaggista.

Piccole fontane scaturivano da rocce laviche.

La villa s'intravedeva sullo sfondo. La facciata, realizzata con una pietra calcarea che tendeva al rosa, era in gran parte ricoperta da una bouganville che esplodeva di fiori viola.

Il lusso era palpabile, ma Raffaele notava anche un buongusto inatteso.

Chissà quanto sangue c'era voluto per pagare tutto quello che lo circondava, si disse, e quanto impegno ci voleva per difenderlo.

Tra gli alberi, in più punti, aveva visto muoversi delle ombre, la villa era difesa come un fortino.

Raggiunsero la porta d'ingresso. Ad attenderlo c'erano i due sgherri che avevano accompagnato Peppino in sagrestia – l'Alto e il Basso – e Raffaele non sapeva decidere quale dei due gli sembrasse più primitivo.

«Venite con me», disse l'Alto.

Lo seguì all'interno. L'abitazione era grandiosa. Si domandò se Peppino avesse chiesto l'aiuto di qualcuno, o se si fosse ispirato a un suo gusto personale. Gli sembrava insolito quel lusso sobrio ed elegante, gente come lui, si sapeva, amava eccessi e ostentazione. Arrivarono vicino a una grande porta e l'Alto bussò.

«Avanti.»

Il tirapiedi aprì la porta ed entrò per primo. Lui lo seguì.

Peppino era seduto dietro una grande scrivania. Lo studio era tappezzato da librerie che arrivavano fino al soffitto. Alle sue spalle, un enorme quadro di Luca Giordano, un'opera prestigiosa che Raffaele sospettò fosse originale.

«Benvenuto, padre, si accomodi», il tono era gentile. «Tu puoi andare.»

L'Alto uscì e chiuse la porta.

«A cosa devo l'onore della sua visita?»

«Signor Annunziata», a chiamarlo don Peppino non ci pensava proprio, «la ringrazio intanto per avermi ricevuto senza preavviso, ma vede, qui è sorta un'emergenza. Una prostituta di nome Rosetta, che lei dovrebbe conoscere, è stata picchiata selvaggiamente da un poco di buono che risponde al nome di Renato Capece. Ora, mi è stato detto che lei, tra le varie attività edificanti che conduce, si occupa anche del commercio di carne umana. Ma, a quanto pare, alla sua merce non ci tiene proprio, visto che questi episodi sono ricorrenti, e lei non ha mai fatto nulla per farli cessare.»

Peppino lo guardava dritto negli occhi.

«Che lei fosse un insolente temerario l'ho capito subito», disse, «ma che venga a rimproverarmi fin dentro casa mia per come gestisco i miei affari ha dell'incredibile.»

«Signor Annunziata, se fosse dipeso da me, io vi avrei denunciati e fatti arrestare entrambi, lei e il signor Capece. Ma non sono io a dover decidere, è Rosetta. Purtroppo, la ragazza è spaventata, ed è convinta, probabilmente a ragione, che, essendo il signor Capece un poliziotto, anche denunciandolo non otterrebbe nulla. Quindi, quello che le chiedo, vista la sua deplorevole posizione di protettore, è di fare in modo che questo pessimo soggetto non si avvicini più alla ragazza. Sia ben chiaro, non le sto dicendo di praticare alcun tipo di violenza, ma di convincere, in qualche modo, quella bestia a stare lontano da Rosetta. È incredibile, ma le sto chiedendo aiuto, e mi aspetto che provveda. Perché, sa, anche nelle attività più infime e riprovevoli, bisogna conservare un minimo di codice morale, una parvenza di umanità.»

Peppino lo ascoltava in silenzio, quel prete audace e sfrontato gli ispirava due opposti sentimenti. Da un lato, avrebbe voluto eliminarlo al più presto, era uno che gli avrebbe portato un sacco di guai. Dall'altro gli piaceva, come gli piacevano tutte le persone che vivevano di una forza propria, senza riconoscere padroni, se non la propria coscienza. Il prete sicuramente lo detestava e l'avrebbe volentieri mandato in galera, ma non si faceva scrupolo di ricorrere a lui per salvare una prostituta. In questo caso, comunque, padre Raffaele aveva ragione. Quel poliziotto del cazzo aveva davvero superato i limiti della sua tolleranza. L'avrebbe fermato.

«Padre Raffaele, non so perché ma farò finta di non aver

ascoltato tutte le offese che mi sono state fatte. Come pure cercherò di non pensare alla sua mancanza di rispetto e alla sua insolenza nel venir qui a impicciarsi di fatti che non la riguardano. Le garantisco che nessun altro ha mai osato tanto. Però su una cosa devo darle ragione: Renato Capece va fermato e io provvederò. Non ho mai tollerato chi alza le mani sulle donne. E non ho mai costretto nessuna delle ragazze a fare cose che non volesse fare. Loro lavorano come meglio credono, e a me interessa solo che non cerchino di derubarmi. Probabilmente il discorsetto che ho fatto a Renato, in un'altra occasione simile, non è bastato. Questa volta sarò più convincente.»

Raffaele sobbalzò alla parola «convincente». Che cosa gli avrebbe fatto? Poi, ripensando a come aveva visto conciata Rosetta, si disse che non gli importava, erano tutti delle bestie, che si ammazzassero pure tra di loro.

Raffaele era quasi arrivato alla basilica. Durante il percorso aveva pensato e ripensato al colloquio con Peppino e a tutto quello che aveva visto.

Il fratello era un uomo ricco e potente, abituato a comandare e a farsi obbedire. Ne aveva fatta di strada rispetto al loro padre, una pedina di poca importanza di cui lui, date le lunghe e continue assenze, conservava rarissimi ricordi talmente sbiaditi da chiedersi spesso se non se li fosse inventati.

Il crimine, pensò, aveva delle gerarchie simili a tutte le altre, e permetteva un uguale tipo di carriera. Anche i metri che servivano a valutare i meriti non erano diversi, come le qualità richieste. Scaltrezza, determinazione, nessuno scrupolo verso chi si doveva calpestare.

Da quello che aveva osservato, Peppino, nella piramide del potere camorristico, doveva essere molto vicino alla cima. Probabilmente era uno dei capizona, appena sotto il vertice.

Raffaele si sentiva scoraggiato. Era preferibile, a questo punto, che il fratello non conoscesse mai la sua vera identità.

8.

Skizzo era arrivato una mezz'ora prima dell'inizio della lezione. Raffaele era stato tutta la mattinata a chiedersi se il ragazzo avrebbe mantenuto l'impegno preso. Poi l'aveva visto arrivare e si era rincuorato. Ora stava perlustrando l'aula e controllando le varie postazioni internet.

La sua abilità fu subito evidente, si era messo immediatamente al lavoro sui computer che presentavano alcuni problemi e, in pochi minuti, con le mani che volavano sulle tastiere, li aveva risolti.

I ragazzi cominciavano ad arrivare. Alla vista di Skizzo presero a parlottare tra loro. Lo conoscevano bene, per quelli della loro età era un mito. Cosa ci faceva lì?

Quando ci furono tutti, Raffaele li fece accomodare e aspettò che il chiacchiericcio assordante si placasse.

«Benvenuti, ragazzi, ho una novità da comunicarvi. Il professor De Martino, con il quale avete seguito le prime lezioni, ha dovuto rinunciare all'incarico per ragioni personali.»

Pensò con imbarazzo agli specchi su cui si era dovuto arrampicare per licenziarlo senza recargli offesa.

Gli alunni lo guardavano attenti e silenziosi. Era possibile che quanto si auguravano fosse vero?

«Da oggi», proseguì il prete, «il suo posto sarà preso da Skizzo, che vi accompagnerà fino alla fine del corso.»

I ragazzi vociarono entusiasti e Skizzo, nonostante l'aria da duro, arrossì leggermente.

Raffaele rimase per un po' in un cantuccio a osservare l'andamento della lezione.

Un genio era stato. Un genio.

Certo, anche Assuntina era stata brava a dargli la dritta giusta.

I ragazzi pendevano letteralmente dalle labbra di Skizzo, il solo fatto di trovarselo davanti e di essere presi in considerazione da lui, quando chiedevano delle spiegazioni, li faceva sentire importanti.

Skizzo, oltre a essere preparatissimo e appassionato della materia, aveva il talento innato dell'insegnamento, della trasmissione della conoscenza. Un peccato che andasse sprecata.

Assuntina gli aveva detto che aveva lasciato gli studi e conduceva una vita che lo avrebbe sicuramente portato a delinquere, prima o poi. E la perpetua, per quanto fosse una grande impicciona, aveva un fiuto che raramente sbagliava.

Raffaele decise che avrebbe fatto qualcosa. Con calma, senza metterlo in allarme, cercando di superarne la diffidenza.

Skizzo era intelligente e aveva talento. Un futuro migliore era più che possibile.

«Insomma, don Raffae', Carmela sta come una pazza.»

Raffaele ascoltava, distrattamente, la dose obbligatoria di pettegolezzi che Assuntina gli propinava durante la cena. Quella sera aveva deciso di metterlo a dieta e gli aveva preparato un pesce alla sorrentina accompagnato da un'insalata mista. Poi, però, si era fatta perdonare con una grande coppa di fragole al marsala, che Raffaele stava gustando concentratissimo.

«Quella poveretta», proseguì Assuntina, «non ce la fa più. Renato gli ha aumentato talmente tanto gli interessi sul prestito, che lei non riuscirà mai a restituirglieli. Dopo di che quel disgraziato le ha fatto una proposta: se Carmela gli dà un basso che tiene a vico San Felice, lui le cancella il debito. Chiaramente si è studiato tutto, proprio per arrivare a prendersi quel basso. È così che si è costruito una fortuna, rovinando la povera gente.»

Raffaele ora si era fatto più attento.

«Ma c'è di più», continuò Assuntina, «in quel basso ci abita la figlia di Carmela, che quindi si troverebbe senza casa. Ma, figuratevi se Renato si fa qualche scrupolo. Anzi, ha minacciato la poverina che se non paga le denuncia il genero.»

«Perché, che ha fatto questo genero?»

«Ma niente d'importante, vende vestiti firmati, falsi chiaramente, a quelli che hanno le bancarelle nei mercatini.»

«Ah, e questo a te sembra poco importante?»

«E certo, don Raffae', rispetto a quello che si vede in giro, questa è proprio una scemità. Però lo stesso puoi passare un guaio, soprattutto se chi ti denuncia è un poliziotto. Quindi Carmela è preoccupata. O meglio, sta come una vipera. Ieri andava gridando in giro che lo vuole vedere morto a Renato. Di preciso ha detto che l'ha da vede' scula'.»

Raffaele rabbrividì, e pensò agli scolatoi, scavati nel tufo delle catacombe, proprio sotto i suoi piedi. Lì i morti, fino a pochi secoli prima, venivano messi a sedere e forati con un punteruolo in più parti del corpo. Poi venivano lasciati in quella posizione finché tutti i liquidi della decomposizione fuoriuscivano – «scolavano» appunto – e il cadavere era abbastanza secco da poter essere sepolto. Quell'augurio era tremendo, qualcosa di ben più crudele di un semplice augurio di morte: era una malevolenza che oltrepassava la vita stessa. E per quanto questa pratica fosse caduta in disuso da più di trecento anni, era rimasta fortemente impressa nell'immaginario collettivo, come l'oltraggio estremo.

Ripensò a un episodio legato alla morte di Maria d'Avalos, narrato in uno di quei libri sulle storie e le leggende partenopee che il padre adottivo gli aveva regalato, forse perché non dimenticasse del tutto le sue origini. Maria era stata uccisa per gelosia dal marito, il principe Carlo Gesualdo da Venosa.

Un matrimonio senza amore, utile a evitare che il patrimonio familiare potesse ritornare nelle casse del papato. Dopo la nascita del primogenito, Emanuele, Carlo ritornò a comporre le sue liriche, senza più dar conto alla propria moglie, la quale, durante una festa a corte, si innamorò dell'avvenente Fabrizio Carafa, duca d'Andria e conte di Ruvo. La passione travolse i due al punto tale da dare scandalo.

Ma nemmeno le voci, sempre più insistenti, che arrivarono all'orecchio del principe lo distrassero dalle sue carte; fino a quando lo zio, don Giulio, che aveva corteggiato la bella Maria ricavandone un oltraggioso rifiuto, si vendicò, riferendo personalmente dei due amanti al nipote, il quale, a quel punto, studiò un piano per fugare ogni minimo dubbio sulla fedeltà della sposa. Comunicò a tutti che la sua battuta di caccia nel bosco degli Astroni sarebbe durata più giorni, e vi si recò in compagnia di un manipolo di servi. Ma nella notte tra il martedì 16 e il mercoledì 17 ottobre 1590, appena due giorni dopo la partenza, ritornò senza preavviso e di corsa si recò nella stanza da letto di Maria d'Avalos trovandola tra le braccia del suo amante. Spinto dalla gelosia, piombò sul letto e li pugnalò ripetutamente. All'alba del giorno seguente, Carlo adagiò il corpo privo di vita di Maria davanti all'ingresso del palazzo e lasciò che il popolo si accalcasse intorno al cadavere per osservare il ventre squarciato dalle coltellate. Secondo la leggenda, quando lo schiattamorto si vide calare il cadavere della donna nelle catacombe per il processo di purificazione, la sua bellezza era tale che, pungolo alla mano, si bloccò e non fu capace di praticarle tale offesa.

E questo sarebbe avvenuto proprio sotto i suoi piedi, pensava Raffaele.

«Assuntina, ma tu la conosci la leggenda di Maria d'Avalos?»

«Eh, certo. Chi è che non la conosce a Napoli? Quella poveretta sono secoli che urla e piange e tutti la sentono. Prima le grida venivano dal palazzo poi, alla fine dell'Ottocento, un'ala del castello è crollata. Era proprio quella dove c'era la stanza in cui il marito l'aveva ammazzata. Dal giorno del crollo, però, si dice che tra l'obelisco di San Domenico Maggiore e il portale del palazzo di Sangro dei Principi di San Severo si aggiri una figura eterea, tanto stupenda quanto spaventata, o almeno la si sente urlare o singhiozzare. Ma che c'entra, mo, con donna Carmela?»

«Niente, niente», disse frettolosamente.

Barbarie antiche e nuove barbarie, stava pensando. E quando Raffaele percepiva sentimenti così negativi, ne rimaneva puntualmente scosso.

Ma l'odio che Renato era stato capace di suscitare se lo meritava tutto.

La Sanità vestita a festa era la stessa che viveva nei suoi ricordi. Uguali le bancarelle colorate, l'odore del pesce esposto per strada, la gente che passeggiava nell'attesa del pranzo domenicale. Pranzo che iniziava verso le quindici e riuniva per ore le famiglie intorno alla tavola, evocando tutti gli affetti e i contrasti che la settimana teneva sopiti. Amori e rancori trovavano finalmente un tempo a loro dedicato.

La domenica mattina un giro per il quartiere non mancava mai di farlo. Lo rallegrava l'atmosfera rilassata, il profumo dei forni che lo investiva a ondate, i fedeli che lo salutavano. Gli stessi che di lì a poco, curati e ben vestiti, avrebbero partecipato alla funzione di mezzogiorno.

Una tregua, ecco cosa gli sembrava. Una sospensione delle ostilità, dei problemi, delle angosce. Un illusorio brandello di tempo felice, strappato a morsi da un quotidiano amaro.

Tornato a Santa Maria, iniziò a vestirsi per la celebrazione della messa. Le sue funzioni erano sempre più affollate. Una fedele gli aveva detto che «finalmente, tenevano un prete che quando parlava si capiva quello che diceva».

Raffaele sorrise. A quella gente semplice lui parlava in modo semplice. Nascondere Dio dietro frasi nebulose e mistiche, dentro citazioni dotte e oscure, sarebbe stato un errore madornale. Anzi, a pensarci bene, in tutti i casi lo era. La parola di Dio era di tutti. Lui stesso aveva comunicato con gli uomini usando un linguaggio scarno e diretto o, addirittura, l'esempio pratico. Arrivando così a farsi comprendere dai loro cuori. Tutto quello che era stato della religione, dopo la Sua morte, era dovuto all'eterna fallibilità dell'uomo. E gli orpelli, le deformazioni del Suo pensiero, le ingiustizie, e gli sfarzi dei Suoi rappresentanti, avevano reso la chiesa la cosa più lontana e diversa che ci fosse da Dio.

Quando fece il suo ingresso nella basilica affollata, vestito dei suoi paramenti, lo vide subito. Era seduto al primo banco, e non c'era nessuna traccia dei tirapiedi. Al suo fianco aveva invece una donna alta e bruna che esibiva una gravidanza avanzata. Raffaele non ce la faceva a distogliere lo sguardo. Erano insieme? Quella forse era la moglie?

Non credeva che Peppino avesse figli, altrimenti Assuntina non avrebbe mancato di raccontarglielo.

Il boss manteneva un atteggiamento composto e attento. Era la prima volta che lo vedeva in chiesa. Chissà se, come molti suoi simili, si riteneva nonostante tutto un cattolico.

Ma ora Raffaele non riusciva a pensare ad altro che a quel bambino. Li aveva osservati bene durante la messa, anzi, la sua attenzione era stata calamitata solo da loro. Come un potentissimo magnete, la coppia attirava il suo sguardo ogni volta che provava a distoglierlo. Non c'era alcun dubbio, stavano insieme. Questo significava che un altro anello si sarebbe aggiunto alla catena della sua famiglia, e un piccolo, o una piccola, Annunziata di lì a poco avrebbe visto la luce.

Una femmina avrebbe potuto salvarsi, ma un maschio? Quale destino lo attendeva? Quali ranghi sarebbe andato a ingrossare, quelli dei delinquenti? Il sangue malato degli Annunziata avrebbe trovato un altro veicolo per esprimersi? Quel filo criminale, che legava i padri ai figli, non si sarebbe spezzato mai?

Era anche sangue suo, quello. Come avrebbe potuto salvarlo? In nessun modo, si disse. Le gerarchie tra i camorristi erano decise prima ancora della nascita. E lo scettro del comando, regolarmente passato di padre in figlio, se questi non fosse morto prima. Cosa che avveniva spesso. Uccidere i figli di un capo significava indebolire il potere della famiglia. Eliminare il successore.

Pensò che non era ancora nato e già correva dei pericoli. Avrebbe voluto proteggerlo, ma non aveva nessuna possibilità d'intervenire, non poteva fare niente per impedire il compiersi di un altro destino infausto. Almeno fino a quando per Peppino lui fosse stato solo uno dei tanti preti di questo mondo. Almeno, fino a quando non avesse saputo la verità.

Peppino rifletteva. Quel prete, nonostante la faccia tosta e uno sprezzo del pericolo da incosciente, gli piaceva. Un paladino senza paura. Un gladiatore, più che un prete. Quanto erano rari gli uomini di quella statura. Dritti e impavidi. Torrenti che correvano impetuosi sulla strada che il loro ideale di giustizia tracciava. Lo immaginò senza dubbi ed esitazioni o comunque non tali da poter essere messi da parte all'occorrenza. Per certi versi gli somigliava, pensò. Ognuno sicuro del ruolo che il destino gli aveva assegnato. Ognuno che rispondeva unicamente a sé stesso. Entrambi con una visione forse opposta ma pratica e sostanziale della vita, dei problemi e delle soluzioni. Peccato non poter essere amici, peccato non poterlo avere dalla propria parte. Rise a quel pensiero e si disse che vaneggiava. Il prete, comprensibilmente, lo disprezzava e non si sarebbe fermato nella guerra che preparava contro di lui. Sapeva bene che sarebbe stato un pericolo per gli equilibri che aveva costruito nel quartiere in tutti quegli anni. Fatti di timore ma anche di rispetto verso la sua posizione.

Ci avrebbe dovuto pensare seriamente, ma intanto non poteva non ammettere che il sacerdote aveva ragione da vendere a proposito del poliziotto. Anche a quello bisognava trovare una soluzione.

La domenica Assuntina dava il meglio di sé. La tavola pareva imbandita per dieci persone ma, come al solito, lui era l'unico commensale.

«Nostro Signore voleva che la domenica, a Lui dedicata, fosse un giorno lieto», gli aveva detto una volta, «e mangiare bene e a soddisfazione dà gioia.»

Quel giorno, però, Raffaele faceva fatica a ingoiare, troppe emozioni litigavano nel suo cuore.

«Don Raffae', l'avete visto a don Peppino a messa, oggi?»

Assuntina ci aveva messo un istante a infilare il dito nella piaga.

«Sì, Assuntina, l'ho visto, era con la moglie, mi pare.» A questo punto, parlarne per parlarne, meglio avere qualche informazione in più.

«Sì, la nuova moglie», disse la perpetua. «Davvero una bella ragazza. È pure incinta, non gli sembrerà vero.»

«Perché non gli sembra vero?» Raffaele sapeva che una domanda da parte sua avrebbe aperto le dighe. Infatti, Assuntina attaccò.

«Eh già, voi non lo potete sapere. Don Peppino è stato sposato tanti anni con una brava donna. Si erano conosciuti giovanissimi, e lei era una che studiava, difatti diventò insegnante. La famiglia di lei, che era modesta ma perbene, non tanto lo poteva vedere a don Peppino, perché lui era già un mezzo delinquente, e non era ancora importante come oggi. Ma la ragazza era innamoratissima, e nonostante sapesse bene chi si stava sposando, lo volle ugualmente. Anche don Peppino era innamorato. Pensate che non si è mai saputo che abbia messo le corna alla moglie. Eppure avrebbe potuto avere tutte le donne che voleva. In più lei non era mai riuscita a dargli un figlio. Ma lui niente, l'adorava. Era di quelle che amavano leggere, che andavano appresso ai quadri. Si faceva accompagnare a tutte le mostre, e lui la seguiva volentieri.»

Molte domande di Raffaele stavano trovando risposta. Ecco da chi il fratello aveva imparato l'amore per la lettura. Ed ecco da dove veniva lo strano buongusto da cui era circondato. Una donna così doveva essere stata molto buona, per aver potuto amare così tanto suo fratello, nonostante tutto.

«Poi qualche anno fa si ammalò. Lui l'ha portata in giro per il mondo, per cercare di curarla. Ma non c'è stato niente da fare. I funerali di donna Maria, la Sanità non se li scorderà mai. Don Peppino non sapeva più come onorarla, quella moglie. Prese la carrozza con otto pariglie di cavalli, addobbati con pennacchi altissimi e finimenti dorati. Un'orchestra di venti elementi seguiva la bara e centinaia di persone stavano dietro. Insomma, don Raffae', come una regina l'ha seppellita.»

Assuntina aveva l'aria di apprezzare davvero il comportamento di Peppino e Raffaele, tutto sommato, non sentiva in giro il malanimo verso il camorrista che sarebbe stato lecito aspettarsi. Forse, in qualche modo, per chissà quale strana ragione, il fratello era stato capace di non farsi odiare.

«Poi, dopo due anni in cui non si è saputo di nessun'altra donna» – Assuntina continuava la sua cronaca minuto per minuto – «ai funerali di un tizio che lavorava per lui e che era stato sparato per strada, proprio fuori al bar di Gennaro, don Peppino ha conosciuto a Maddalena. Maddalena era la moglie del morto. So che si sono frequentati per un annetto. All'inizio credo che lui più che altro l'aiutasse, visto che era rimasta vedova. Ma, frequentati oggi e frequentati domani, si sono innamorati. L'anno scorso di questi tempi si sono sposati, però sono andati fuori Napoli, per cui non so niente del matrimonio.»

Assuntina pareva davvero infastidita da questa lacuna.

«E adesso», continuò, «a cinquantasette anni don Peppino aspetta il suo primo figlio. Ho sentito dire che è un maschio. Non gli sembrerà vero di avere finalmente un erede.»

Allora era un maschio, si disse Raffaele.

Ogni suo timore trovava conferma.

La macchina blindata si fermò sotto l'antico palazzo, presidiato come una fortezza. Le guardie erano state avvisate e, riconoscendola, fecero aprire il grande portone.

Peppino scese dall'auto e lasciò i ragazzi nel cortile, mentre si avviava al piano nobile.

Una domestica lo accolse all'ingresso e lo introdusse nell'ampio salone.

«Peppinie', che piacere.» Don Antonio con grazia felina si alzò dalla poltrona per andargli incontro, la folta chioma bianca che gli ondeggiava sul capo. Gli occhi verdi e brillanti lo scrutavano attenti mentre il resto del viso dai tratti forti era atteggiato in un sorriso aperto e smagliante.

«Don Antonio.» Peppino abbozzò un inchino, ma il vecchio boss lo prevenne abbracciandolo stretto.

«Vieni, vieni 'a ccà, assiettate e raccontami quale buon vento ti porta da me.»

«Don Anto', non è tanto un buon vento e mi dispiace di venirvi a disturbare. Ma sapete come la penso. Non mi permetterei mai d'interferire negli affari vostri, quindi vi devo disturbare per forza.»

«Peppi', non ti impensierire. Io con te problemi non ne ho mai tenuti. Tu sî nu guaglione intelligente, ti stimo e so che ti muovi sempre con coscienza. Dimmi tutto. Perché stai accussì preoccupato?»

Il boss era sincero, con Peppino in tanti anni non era mai sorto un ostacolo che non fosse possibile appianare.

«Don Anto', Renato Capece esagera. Aggredisce le mie ragazze, sfida i miei uomini: in poche parole va cercando guai. Io per rispetto a voi ho dato ordine di non toccarlo, ma vi chiedo per amicizia a me di parlargli, perché a me mi pare che questo atteggiamento di superiorità mette a rischio non soltanto la mia di autorità ma pure la vostra.»

«Tieni ragione, Peppi'. Chill'è 'nu strunz'. Se penza intoccabile e ha cacciato 'a capa fora d'ô sacco. Ma nun è accussì. Ccà nisciuno è indispensabile. Ce penzo io, tu devi stare tranquillo.»

9.

Quando sonnecchiava nella sua poltrona preferita, Raffaele lasciava correre i pensieri. E così strane connessioni riunivano immagini diverse e lontane, in base a improbabili associazioni d'idee. Chissà quale articolato filo conduttore l'aveva portato in quel momento a ripensare alla madre. I ricordi che conservava di lei erano pochi, ma li aveva custoditi attentamente per tutto il corso della sua vita. Li rispolverava spesso, cercando di cementarli, nel terrore continuo che potessero svanire e perdersi nel nulla, insieme all'immagine di quella donna tanto amata.

Si chiedeva, ora, se fosse stata felice nella sua breve vita, in quel basso fatiscente, con due figli da accudire e un marito sempre nei guai. Nei suoi ricordi, però, aveva un viso sorridente, quindi probabilmente, in un modo che lui non riusciva a decifrare, lo era stata.

Una cosa che ricordava perfettamente era la colonna musicale che accompagnava le loro giornate. Il vecchio mangiadischi che ingoiava vorace i vinili, rubati chissà dove, che il marito le regalava, e le note della sua canzone preferita che andavano per ore: «*Mai più... nessuno al mondo... t'amerà... così...*» la voce di Peppino di Capri coperta dalla sua.

Certe persone, la felicità ce l'avevano dentro, pensava, e la proiettavano come un dono su tutto quello che le circondava. Così, un basso poteva diventare un castello, e un piccolo delinquente un principe azzurro.

Conservò con cura quel ricordo prezioso nella cassaforte del cuore e guardò l'orologio; Skizzo stava per terminare la lezione, voleva andare a seguirne gli ultimi minuti.

Fuori dalla porta, come sempre, trovò Amalia, in attesa del figlio.

«Buonasera, padre.»

«Buonasera, Amalia, i ragazzi hanno quasi terminato, ancora cinque minuti.»

«Aspetto qui, se non le spiace, così appena Federico esce lo porto con me a fare un po' di spesa a via Toledo. Dobbiamo comprare gli abiti per dopodomani, c'è il matrimonio di mio fratello.»

In un primo momento, da pessimo alunno di Assuntina, Raffaele non fece un'associazione immediata. Poi si ricordò della parentela con Renato e dell'imminente matrimonio di quest'ultimo, di cui la perpetua gli aveva ampiamente parlato.

«Tanti auguri», disse per buona educazione. L'ultima cosa che gli sarebbe venuta in mente, infatti, era di fare gli auguri a un disgraziato come Renato Capece. Ma sapeva che la famiglia non c'entrava, e non voleva umiliarli inutilmente.

«Grazie padre, e mi dica, Federico al corso come va?»

«Benissimo, è molto portato per l'informatica, credo che sia tra gli alunni più brillanti, da quanto mi riferisce il suo insegnante. Fossi in lei, prenderei in considerazione l'idea di fargli proseguire gli studi in quel campo, le doti naturali vanno incoraggiate, a mio avviso.»

«Ha ragione, padre, è un'idea che valuterò attentamente. Anche se Federico è molto bravo in varie materie.» Il tono della donna non lasciava dubbi sul fatto che, arrivato il momento della scelta, sarebbe stata solo lei a decidere, e questo lo disturbava molto.

«Veda lei. Ma, se posso permettermi di darle un consiglio, lasci che sia anche il ragazzo a decidere. Federico è bravo e molto ben educato, ma è piuttosto timido, non vorrei che si trovasse a percorrere una strada che non lo interessa, esclusivamente per accontentarla. Credo che abbia bisogno di cominciare a cavarsela un po' da solo, per rafforzare il carattere.»

Amalia sembrò un po' seccata da quell'invadenza, ma si riprese subito: «Ha ragione padre, forse nel provare a essere una buona madre finisco per diventare troppo protettiva. Sa, Federico è il mio unico figlio e, inevitabilmente, tutte le mie attenzioni sono per lui».

Il vociare dei ragazzi interruppe la conversazione, ma Raffaele sperò di aver seminato un piccolo dubbio in Amalia.

Prima di cominciare, era sceso nei sotterranei di Santa Maria.

Le catacombe di San Gaudioso facevano parte del Miglio Sacro, che iniziava dalla tomba di san Gennaro e finiva dove era custodito il tesoro, attraversando completamente il rione Sanità, in un itinerario costellato di suggestivi luoghi di culto. Il cimitero sotterraneo, nel quale ora si trovava, era uno di quei luoghi. Era sceso per rivedere la croce paleocristiana incisa nel tufo, simbolo di un eroismo antico.

Nell'omelia della messa vespertina parlò proprio del *coraggio,* di quello dei primi cristiani nell'affrontare le sfide che avevano portato all'affermarsi del cristianesimo e di quello necessario nel presente per riuscire a vivere una vita da buoni fedeli, in un mondo dove i nemici sono altri, ma minano il credo nello stesso modo.

Stava terminando la sua omelia, quando un uomo visibilmente agitato entrò in chiesa. Notò che si avvicinava ad alcuni fedeli per bisbigliare loro qualcosa nell'orecchio. In un istante, la pacata compostezza dei presenti si trasformò in confusione e, prima timidamente, poi sfacciatamente, cominciarono, in massa, ad abbandonare la chiesa.

Qualcosa di grave doveva essere accaduto. Dall'esterno si udivano provenire voci concitate.

Il prete, per la prima volta in vita sua, si trovò piantato in asso durante una funzione.

Da una parte era esterrefatto, dall'altra la curiosità lo stava divorando.

Mentre uno degli ultimi fratelli stava per uscire dalla chiesa lo fermò chiamandolo.

«Posso sapere anch'io cosa sta succedendo?» domandò, alzando molto la voce.

L'uomo si volse vergognoso, insicuro che il prete stesse

parlando con lui. Poi si guardò intorno e si accorse di essere l'unico rimasto.

«Un morto ammazzato, padre», e si dileguò velocemente senza aggiungere altro.

Raffaele si spogliò dei paramenti e uscì in strada. Alcuni erano riuniti in gruppetti a discutere in modo animato. Altri, come in processione, si avviavano rapidamente verso via Sanità. Si mise a seguirli, il fatto doveva essere avvenuto in quella direzione. Procedendo sentiva intorno a sé un fitto vociare ma, nella concitazione in cui tutti si muovevano, non riusciva a decifrare i discorsi. All'imbocco di vico della Neve scorse una gran folla, la gente si ammassava sotto un vecchio portone. Al centro Amalia in lacrime. Non somigliava neanche lontanamente alla persona ordinata e composta che aveva visto poco prima. Scarmigliata, stravolta. Era fuori di sé.

Il prete si fece largo tra i curiosi con autorità, adesso le voci erano chiare: «L'hanno accis...», «A me, non mi meraviglia proprio!», «Meglio accussì», «'O Zuzzuso ha fatto 'a fine ca se meritava...», «'O poliziotto ha finito di fare il guappo».

Renato, doveva trattarsi di Renato. Mai morte gli era sembrata più prevedibile.

Era riuscito quasi a raggiungere Amalia quando con la coda dell'occhio la scorse. Bassa com'era, la gente l'aveva nascosta al suo sguardo fino all'ultimo, ma Assuntina era già lì, in prima fila.

Anche questo non lo stupiva.

«Amalia...» Raffaele poggiò una mano sulla spalla della donna che singhiozzava. Al suo fianco Federico, immobile, sembrava sotto shock.

«L'hanno ammazzato, padre.»

«È sicura di quello che dice? Ha chiamato l'ambulanza?»

«Che ambulanza, padre? Non capisce che è morto?» gli gridò disperata.

Raffaele si voltò per cercare Assuntina, la trovò a pochi centimetri da lui.

«Assuntina, presto, chiama il 118 e il 113, se non serve uno, servirà l'altro. Io vado a dare un'occhiata.»

Si avviò nel portone senza neanche aver chiesto dove andare. Seguendo il suo istinto iniziò a salire per i vecchi scaloni di pietra. L'interno del palazzo era poco luminoso e la tromba delle scale ancora più buia. Arrivato al primo piano, capì di essere giunto a destinazione, una grande porta di legno a un solo battente era spalancata.

Prima di fare anche solo un altro passo, cominciò a guardarsi intorno. Il ballatoio era completamente vuoto, un'altra porta, di fronte a quella spalancata, era sigillata, e mostrava un avviso di sequestro giudiziario.

Quindi, quello dei Capece era l'unico appartamento abitato su quel piano.

Si mosse con circospezione, non voleva in alcun modo interferire con le indagini. Si avvicinò alla porta spalancata senza toccare niente, né le pareti, né il corrimano.

Eccolo. Nell'ampio ingresso, steso bocconi, con la testa in direzione dell'ingresso, giaceva Renato.

Raffaele capì in un istante che il 118 non sarebbe servito. Profonde ferite si aprivano sulla schiena, gli squarci s'intuivano sotto la giacca lacerata, e una larga pozza di sangue aveva intriso quasi completamente il tappeto persiano. Eccolo, l'uomo che da anni imperversava nel quartiere come un avvoltoio. Era la prima volta che Raffaele lo vedeva, ma gli sembrava di conoscerlo da sempre. Possente, muscoloso, con folti capelli neri, aveva impresso nel viso, girato per tre quarti, un ghigno di rabbia e dolore. Il prete lo guardava senza provare pietà e questo lo spaventava. Avrebbe dovuto, lo sapeva. Ma il sangue che gli scorreva nelle vene, nonostante i suoi sforzi, a volte prevaleva sulla veste e sulla ragione. Ora, l'unico sentimento che lo pervadeva era un senso di nemesi e giustizia. Perché meravigliarsi della fine che aveva fatto? Sarebbe stato ipocrita.

Se l'era cercata davvero in tutti i modi.

Quella era una morte annunciata, e per ciò che aveva capito di quel quartiere, era arrivata anche con un certo ritardo. Renato si sentiva imbattibile e, più la faceva franca con le sue malefatte, più in lui cresceva questa convinzione. Però si vede che qualcuno non la pensava esattamente così, e aveva deciso di porre fine alle sue prepotenze.

Era la prima volta che vedeva una vittima nel luogo esatto in cui era stata uccisa. Gli era capitato di celebrare funerali di persone decedute per mano di un assassino, ma i corpi erano già ben chiusi nelle casse e mancava il concentrato di emozioni che provocava la vista del sangue, la scompostezza del corpo, tutta la violenza che la scena irradiava. Era terribile toccare con mano la potenza distruttiva degli uomini, il fiume torbido e vischioso dell'odio che inondava ogni angolo di quel luogo. Ma le sue erano considerazioni generali, nello specifico non riusciva a provare compassione per il poliziotto. Tanta sarebbe stata la gente che avrebbe smesso di soffrire con la sua dipartita. D'altronde, continuò il suo ragionamento quasi a giustificare i suoi pensieri, l'inferno era pur stato creato per contenere qualcuno e a suo avviso le probabilità che Renato andasse a ingrossare le file dei dannati erano altissime.

Poi, però, pentito, fece un segno della croce in aria e disse una breve preghiera. Una specie di benedizione poco sentita ma necessaria. Ché non era certo lui il più bravo o l'ultimo a dover giudicare, ringraziando il cielo Dio l'aveva sollevato da questa responsabilità e avrebbe deciso Lui cosa fare dell'anima di Renato.

Chiusa la questione, iniziò a guardarsi intorno. L'ingresso rettangolare era arredato unicamente con due sedie e una piccola consolle che pareva non fossero state spostate dall'eventuale colluttazione: il vaso di fiori al centro del mobile e l'uniforme strato di polvere senza impronte confermavano l'ipotesi. Renato era stato colto alle spalle e non aveva avuto il tempo di reagire. L'ipotesi più probabile era che stesse accompagnando qualcuno alla porta. L'abbigliamento del morto, un prezioso abito di sartoria, indicava che anche lui si era vestito per uscire.

Poi, Raffaele notò l'orologio. Non era un esperto, ma la marca era ben nota, e sapeva che valeva migliaia di euro. L'assassino non l'aveva notato o non aveva voluto prenderlo? Di certo non si trattava di un omicidio perpetrato da uno sconosciuto, magari per rapina.

L'assassino poteva conoscere bene Renato, e la ferocia con cui aveva agito forse ne era una prova. Fece qualche altro passo, attento a non calpestare il sangue, e si avvicinò all'arco che, sulla parete destra, immetteva nel salotto. Anche lì regnava un ordine perfetto; altre porte si aprivano sul fondo della stanza, ma pensò di aver visto abbastanza.

Dell'arma del delitto non c'era traccia da nessuna parte ed era improbabile che si trovasse sotto il corpo, visto che era stato colpito alle spalle. Sicuramente l'assassino l'aveva fatta scomparire. L'ipotesi più verosimile, a questo punto, era che qualcuno nel pomeriggio fosse andato a casa di Renato, certo di trovarlo da solo. Probabilmente aveva spiato i movimenti di Amalia e Federico. Di sicuro, però, era stato il poliziotto ad aprire, perché non c'erano segni di effrazione.

Poi, al momento di andar via, mentre Renato faceva strada verso la porta, c'era stata l'aggressione. Certo, poteva anche essere stato un caso averlo trovato da solo, magari l'assassino non era andato lì con l'intenzione di uccidere ma, date le circostanze favorevoli, aveva approfittato dell'occasione. In un modo o in un altro, di sicuro il delitto era opera di qualcuno che di rancore verso il morto doveva averne accumulato tanto.

Raffaele uscì dall'appartamento e si voltò a dare un ultimo sguardo al cadavere. Aveva talmente tanti nemici che per la polizia non sarebbe stato facile indagare, avrebbero dovuto scavare tra decine e decine di moventi. Di gente che stava gioendo di quella morte ce n'era moltissima.

Lui, forse, non gioiva, ma quel posto, ora, gli sembrava un poco più pulito.

Quando tornò giù in strada la scena era completamente cambiata. Il vicolo era deserto. Sul marciapiede vuoto, seduti uno accanto all'altra, Amalia e Federico. In piedi, lì vicino, Assuntina, che per una volta pareva aver perso la parola.

«Ch'è successo, come mai sono andati tutti via?» chiese il prete.

«Hanno sentito che chiamavo la polizia, don Raffae', qua nessuno vuole impicci», rispose la perpetua.

«Ho capito...»

«Puoi avviarti in canonica», aggiunse Raffaele, «aspetto io, insieme a loro.»

«Come volete», replicò Assuntina, piccata perché doveva allontanarsi dall'interessante palcoscenico della tragedia.

Amalia era rimasta seduta con la testa tra le mani, sembrava non accorgersi di quello che le stava accadendo intorno. Al prete pareva che realmente non si spiegasse quanto era accaduto. Possibile che fosse completamente all'oscuro delle malefatte del fratello?

«Amalia.» Il prete aspettò che sollevasse il viso. «Vuole raccontarmi com'è andata?»

«Che le devo dire, padre, non sto capendo niente, mi sembra solo un brutto incubo», disse senza neanche provare ad alzarsi, s'intuiva che non ne aveva la forza. «Oggi pomeriggio», continuò, «verso le cinque meno un quarto, sono scesa per venire a prendere Federico, e mio fratello era ancora a casa. Sapevo che di lì a poco sarebbe dovuto uscire, e non mi ha detto di aspettare visite. Dopo aver preso Federico, siamo andati insieme a via Toledo a fare spese per il matrimonio, e verso le sette siamo rientrati. Quando siamo arrivati sul pianerottolo, la porta era chiusa, difatti ho aperto io con le mie chiavi. E abbiamo trovato tutto questo. Lo abbiamo visto subito...» Il racconto s'interruppe e Amalia riprese a singhiozzare.

«Coraggio, Amalia, continui.»

La donna inghiottì le lacrime più volte, poi riprese: «Lo abbiamo visto subito, era lì per terra, in mezzo a tutto quel sangue. Non si muoveva e aveva quella strana espressione sul viso. Ho capito che era morto e che non potevo fare niente, siamo rimasti sulla soglia senza neanche avvicinarci, poi siamo corsi giù in strada».

Il suono assordante delle sirene interruppe la conversazione. Due volanti e un'ambulanza del 118 furono in pochi istanti accanto a loro. Gli uomini scesero rapidamente dai rispettivi mezzi e un medico domandò dove fosse la persona da soccorrere.

«È su, al primo piano», rispose Raffaele, «ma è meglio che vi preceda la polizia.»

Gli agenti lo guardarono e capirono che di soccorsi medici non c'era più bisogno.

«Ci avete chiamati voi?» chiese un agente.

«Sì, vi ho fatti chiamare dalla mia perpetua.»

«Noi andiamo di sopra, padre, lei sia così gentile da trattenersi per rispondere a qualche domanda dell'ispettore Vitiello», disse il poliziotto indicandolo.

Raffaele lo osservò. L'uomo aveva una stazza imponente, senza tuttavia essere eccessivamente alto. Radi capelli grigi, tagliati cortissimi, facevano da corona alla sommità del capo completamente calva. Pancia e doppio mento parlavano chiaramente del suo amore per la tavola. Con le dita ingiallite tirò fuori da una tasca un pacchetto di sigarette stropicciato e ne accese una. Aveva un'aria indifferente, annoiata.

Il prete, ottimo conoscitore di anime, si lasciò ingannare solo per pochi istanti da quella figura innocua. Un gioco di sguardi e capì che sotto quell'involucro c'era un uomo sveglio e sagace, scaltro e forte, che probabilmente usava quell'aspetto trascurato e apatico come ulteriore arma per le indagini. Per un attimo aveva creduto che lo avessero lasciato in compagnia del meno abile, di quello meno utile alle indagini, invece, si disse, lo avevano affidato al più bravo.

Il medico scese quasi subito, salutò l'ispettore e l'ambulanza andò via a sirene spente. Non c'era voluto molto per capire che il loro intervento non era più necessario.

L'uomo gli si avvicinò, l'odore di tabacco era fortissimo. «Ispettore Carmine Vitiello», si presentò. «La signora è una parente della vittima?»

«Raffaele Iacono, piacere. Sono il nuovo parroco di Santa Maria alla Sanità. Sì, la signora è la sorella della vittima. Il bambino, invece, è il nipote. L'hanno trovato loro. Anzi, se mi permette, io avrei un suggerimento da dare. Se voi e la madre siete d'accordo, farei accompagnare il ragazzo in canonica. Mi sembra sufficientemente provato. Nel caso ci fosse bisogno di ascoltarlo, potrete farlo chiamare in un secondo momento.»

Vide l'ispettore osservare Federico: il ragazzino continuava a stare seduto accanto alla madre, gli occhi fissi a terra.

«Per me va bene, padre. Se anche la signora è d'accordo può andare via.»

«Amalia, per lei va bene se faccio accompagnare Federico in canonica?»

La donna continuava a essere assente, sembrava quasi in uno stato catatonico.

Si scosse. «Sì padre, grazie.»

«Faccio un attimo una telefonata», disse Raffaele.

Si allontanò di pochi metri, e tirò fuori il cellulare. Sapeva bene a chi affidare l'incarico.

Gli rispose al primo squillo. «Padre, ditemi, come mai mi chiamate a quest'ora?» Skizzo era davvero sorpreso, da quando si erano scambiati i numeri di cellulare, era la prima volta che lo chiamava.

«Skizzo, ho bisogno di te. Sono a vico della Neve, è successa una disgrazia. Con me qui c'è Federico, vorrei che tu lo accompagnassi in canonica.»

«Arrivo subito. Ho capito», e chiuse la comunicazione.

Raffaele non finiva mai di stupirsi per la sveltezza di pensiero e d'azione del ragazzo. Aveva appena rimesso in tasca il cellulare e già sentiva il rombo dello scooter avvicinarsi.

In un attimo Skizzo scese dalla moto e fu da loro.

Raffaele si avvicinò e lo prese da parte. «Grazie di essere venuto. Lo zio di Federico è stato assassinato e lui è molto scosso, accompagnalo in canonica e resta un po' con lui, qui probabilmente ci vorrà ancora del tempo. Avviserò Assuntina di prepararvi qualcosa per cena.»

«L'ho sentito dire in giro», disse il ragazzo. «Non vi preoccupate, ci penso io a distrarlo un poco.»

Andò subito vicino al ragazzino, gli disse qualcosa e poco dopo stavano andando via insieme sullo scooter. Raffaele chiamò Assuntina.

«Pronto, padre, dite», rispose la perpetua.

«Assuntina, ho mandato Federico insieme a Skizzo in canonica, preparagli qualcosa, pensaci tu. Sono sicuro che troverai il modo di confortarlo.»

«State tranquillo don Raffae', mo ci penso io. Novità?» chiese.

Assuntina non cambiava mai.

«Nessuna per il momento. Mi raccomando non metterti a fare domande al ragazzo.»

«Certo che non gli faccio domande», ora era arrabbiata, «mi avete preso per una persona senza cuore forse?» e riattaccò offesa, senza aspettare risposta.

Stavolta aveva ragione, non glielo avrebbe dovuto dire, pensò Raffaele.

Quando tornò da Amalia, l'ispettore le stava facendo qualche domanda su come si erano svolti i fatti, e la donna stava ripetendo quello che gli aveva detto poco prima.

Il prete capì che l'aver appreso che si trattava di uno dei loro avrebbe complicato ulteriormente la situazione.

Notò che Vitiello aveva acceso un'altra sigaretta. Quando la donna ebbe terminato, l'ispettore si rivolse a lui per sapere dei suoi rapporti col morto e del perché fosse intervenuto.

Raffaele spiegò di non conoscere personalmente Renato, l'unico legame era il nipote, suo alunno da qualche settimana. Omise tutte le chiacchiere e i pettegolezzi che gli erano stati riferiti sul morto. Raccontò invece di come era venuto a conoscenza dell'accaduto e di come, una volta sul posto, fosse andato ad accertarsi se ci fosse qualcosa da fare. Spiegò di essere stato attento a non inquinare la scena del crimine e di essere tornato giù in strada appena si era reso conto che ogni intervento sarebbe stato inutile.

L'ispettore ascoltava attentamente.

Due degli agenti che erano saliti a fare il sopralluogo scesero in strada. «Ispettore, volete salire? Sta arrivando la Scientifica e fra poco là sopra non si capirà più niente. Ci fermiamo noi qui.»

«Va bene», disse Vitiello. E aggiunse: «La signora, appena avrò finito, verrà un attimo con noi in questura, abbiamo bisogno della sua deposizione. Lei, padre, è libero di andare, la chiameremo se avremo bisogno di ulteriori chiarimenti».

«D'accordo, ispettore», disse Raffaele. E poi, rivolto ad Amalia: «Se crede, quando avrà finito, potrà raggiungere Federico in canonica, non ho nessun problema a ospitarvi per questa notte».

«Grazie, padre, mi sembra un'ottima soluzione. Non saprei davvero dove andare», rispose la donna desolata.

«Allora a più tardi», disse Raffaele avviandosi.

Solo in quel momento si accorse che si era fatta sera e piccole goccioline d'acqua, evaporate dall'asfalto riscaldato dall'acceso sole di maggio, formavano aloni nebulosi e impalpabili intorno ai vecchi lampioni del quartiere deserto.

10.

Tornare verso la canonica fu come scendere i gradini per l'inferno.

A ogni passo l'inquietudine aumentava.

Gli era venuto in mente all'improvviso. Nell'istante in cui aveva voltato le spalle ad Amalia. Fino a quel momento l'ipotesi che ora deflagrava nella sua testa se n'era stata sopita, nascosta in un cantuccio remoto dell'anima.

Peppino. Poteva essere stato Peppino il mandante di quell'omicidio.

E, forse, proprio lui, la causa scatenante.

Con troppa leggerezza gli aveva detto di provvedere a far cessare gli abusi su Rosetta. Si sentì devastato dai sensi di colpa. Detestava Renato, ma pensare di essere stato involontariamente la causa della sua morte riapriva tutti i dubbi su sé stesso, sul suo meritare l'abito che indossava, o anche semplicemente sul suo essere un buon cristiano. Sarebbe mai stato all'altezza del compito che gli era stato affidato? Quanto ancora ci sarebbe voluto per sopprimere il marchio del sangue che lo trascinava inevitabilmente verso scorciatoie a dir poco discutibili? Avrebbe mai domato la sua natura sanguigna e fallibile? Quella natura che, pur cercando di nascondersi, bramava una giustizia sommaria, rapida e conclusiva?

Adesso che l'aveva avuta non si dava pace.

La goccia che aveva fatto traboccare il vaso, ecco cosa poteva essere stato il suo intervento.

La Sanità, l'aveva capito, viveva di un equilibrio tutto suo, e lui con la sua inesperienza era arrivato a turbarlo.

Di motivi di ostilità verso il poliziotto Peppino ne aveva avuti anche in precedenza, ma non si era mai mosso. Raffaele ricordava bene l'episodio della lite tra Renato e Gennaro e quello del primo pestaggio di Rosetta, che gli aveva raccontato Assuntina. E la meraviglia della perpetua per il fatto che il boss non fosse intervenuto a vendicare i suoi protetti. Ma ora, magari, spinto dalle sue parole, aveva deciso di saldare tutti i conti.

Si sarebbe meritato che Dio arrivasse furente per cacciarlo da quella chiesa a calci nel culo. Da qualunque chiesa. E magari l'avrebbe fatto davvero.

Forse padre Bernardo aveva sbagliato a credere così tanto in lui.

Che stupido era stato. Stupido e presuntuoso. Il classico elefante in cristalleria.

Camminava veloce, battendo con forza i piedi sul selciato. Per chiunque non si fosse soffermato sulla sua veste, sarebbe stato una figura temibile.

Seduto sulla soglia di un basso, un centenario raggrinzito sollevò gli occhi duri. Tutta la Sanità, come un unico organismo, lo aveva scelto per alzare su di lui il suo sguardo di rimprovero.

Peppino faceva roteare sul dito un sottile braccialetto d'oro. Due delfini s'incrociavano sulla parte superiore nell'eterna danza del mare. Proveniva da una refurtiva di mille anni prima che gli era stata portata per essere ricettata. Non l'aveva mai venduto. C'era qualcosa di ingenuo e poetico nell'incontro di quelle creature libere e bambine che in qualche modo lo commuoveva, e anche se, per temperamento e carattere, non si sarebbe mai lasciato andare a rimpianti o melanconie, sapeva che rappresentava una vita altra, che per lui non sarebbe mai stata possibile ma che da qualche parte esisteva. Più volte si era chiesto a chi fosse appartenuto e aveva sempre immaginato che a possederlo fosse stata una donna simile alla sua prima moglie, persone che non puoi sporcare con niente. Anime così pulite da uscire immacolate anche dopo aver attraversato mari di melma.

Non come lui e nemmeno come Renato la cui morte l'aveva così tanto alleggerito che gli venne voglia di festeggiare.

Mandò un messaggio alla moglie che si trovava al piano di sopra.

– Che ne pensi se ti porto a cena fuori?

Lei gli rispose dopo qualche minuto. Sì, ne sarei felice

Peppino pensò immediatamente a un ristorantino a Posillipo. Nella piazza dedicata al poeta di *Era de maggio.* Salvatore Di Giacomo, in quei versi, parlava d'amore, d'attesa e di ritorno. Tutti argomenti attualissimi per lui.

Posillipo, dipinta, cantata, narrata.

Posillipo la cui bellezza da secoli incantava tutto il mondo.

Posillipo la cui radice significava cessazione della sofferenza.

Posillipo che il poliziotto aveva creduto di conquistare.

Posillipo, dove Renato non sarebbe arrivato mai più.

Carmine Vitiello ci aveva messo giusto cinque minuti a fare il sopralluogo, lui andava a istinto, forte di un'esperienza quarantennale che lo aveva visto centinaia di volte perlustrare scene del crimine simili a quella, in zone con gli stessi problemi.

Il fatto di essere nato e cresciuto nei Quartieri Spagnoli l'aveva privilegiato agli occhi dei suoi superiori, che lo ritenevano il più adatto a immergersi e a comprendere le dinamiche criminali dei quartieri problematici. "Bella soddisfazione", pensò ironicamente. Ma, in cuor suo lo era, soddisfatto. L'indagine era stata la sua vita e lui bravo lo era davvero.

Ora, però, era stanco. Stanco di avere a che fare con vittime che quasi mai aveva potuto definire innocenti. Stanco di un sistema che osteggiava il lavoro delle forze dell'ordine in ogni modo. Stanco, soprattutto, di aspirare col contagocce acqua da un oceano di male. Il morto che aveva davanti era un poliziotto dell'Antidroga, il che rendeva il caso gravissimo. I media ci avrebbero banchettato per settimane.

Da voci di corridoio aveva intuito che neppure in questo caso si trattava di una vittima innocente.

Renato Capece non si poteva definire uno pulito. Però, se avesse provato a chiedere, tutti avrebbero negato di essere a conoscenza della cosa. Uno dei tanti segreti di Pulcinella di cui era piena la città. Capece era uno dei loro e quindi la polizia avrebbe fatto corpo unico.

Questo, intuì immediatamente l'ispettore, avrebbe complicato parecchio le indagini. Il questore si sarebbe fatto afferrare per pazzo se qualcosa fosse arrivato in mano ai giornalisti. E pur di non far venire alla luce la pessima reputazione del soggetto, avrebbe preteso che fossero condotte indagini prudenti e a senso unico, falsandole completamente.

A Carmine la carriera non era mai interessata, infatti non ne aveva fatta tanta, sicuramente non in proporzione ai suoi successi. Si era tenuto lontano dai giochi politici e di potere che lo avrebbero proiettato in alto, e a tutti andava bene così. Le indagini, però, nessuno gliele doveva toccare, quelle erano la sua vita.

Ma ormai era così stanco di combattere che, probabilmente, si disse, avrebbe fatto quello che gli chiedevano. Alla pensione mancava pochissimo, e lui non vedeva l'ora di godersi un po' di più i nipotini. Non valeva la pena di farsi sangue acido per l'ennesimo morto che se l'era andata a cercare.

Il sopralluogo era durato ore, l'arrivo della Scientifica aveva, come sempre, rallentato le operazioni, ma adesso finalmente la polizia mortuaria stava portando via il corpo. Gli agenti chiusero l'appartamento e apposero i sigilli. Quando scesero in strada, il posto continuava a essere desolato, le porte dei bassi stranamente chiuse, e un silenzio innaturale avvolgeva tutta la zona. Ma dietro ogni uscio, dietro ogni finestra accostata, celati alla vista degli agenti, erano tanti quelli che osservavano attentamente la scena, e gioivano nel vedere quel bastardo uscire da casa con i piedi in avanti.

Arrivato alla porta della canonica, Raffaele si accorse di non avere con sé le chiavi. Suonò il campanello e udì i passi trotterellanti di Assuntina.

«Chi è?» domandò la perpetua senza accennare ad aprire.

«Sono io, Assuntina.»

La donna allora si affrettò. «Avete fatto tardi, padre.»

La perpetua avrebbe ucciso per sapere cosa era accaduto dopo che era andata via, ma non aveva il coraggio di fare domande, almeno, non ancora. «Comunque qui è tutto a posto, i ragazzi hanno cenato e ora stanno giocando», continuò innocente. «Certo, quel povero ragazzino deve essersela vista brutta. Pare che gli hanno tagliato la lingua. Non ha detto una parola. Però non ha mai pianto. Poi, Skizzo ha montato una "cosa" vicino alla televisione e stanno giocando, ora mi pare che si è un po' distratto.»

Nel frattempo erano arrivati in soggiorno, Raffaele vide che la «cosa» era una PlayStation che Skizzo si era procurato per l'occasione, forse l'aveva portata da casa. I ragazzi erano così concentrati a disputare una partita di calcio che non si accorsero del suo arrivo. Li osservò un attimo, vide che Skizzo, abilmente, senza togliere mordente alla competizione, stava facendo in modo che Federico vincesse.

«Buonasera», disse Raffaele per far notare la sua presenza.

«Buonasera», risposero in coro senza distogliere lo sguardo dallo schermo: la partita era in un momento decisivo.

Meglio così, si disse Raffaele. Loro erano impegnati e lui non aveva bisogno di parlare.

Era agitato e inquieto, pieno di sensi di colpa e nello stesso tempo sollevato, e questo sollievo acuiva i rimorsi in un girotondo demoniaco.

Disse ad Assuntina di non preparare, poiché non avrebbe cenato, e di sistemare la camera per gli ospiti. Amalia e Federico avrebbero dormito lì. Poi andò a chiudersi nello studio. Per prima cosa, l'indomani sarebbe andato a parlare con Peppino.

Non ebbe dubbi sulla scelta dell'aria che desiderava ascoltare e dopo poco le note del *Come un bel dì di maggio* dall'*Andrea Chénier* si diffusero piano nell'ambiente.

Come un bel dì di maggio   che con bacio di vento
e carezza di raggio   si spegne in firmamento,

col bacio io d'una rima, carezza di poesia,
salgo l'estrema cima dell'esistenza mia.
La sfera che cammina per ogni umana sorte
ecco già mi avvicina all'ora della morte,
e forse pria che l'ultima mia strofe sia finita,
m'annuncerà il carnefice la fine della vita.

Amalia arrivò in canonica che erano quasi le undici. Assuntina l'aveva aspettata sveglia, ma la donna disse che era troppo stanca e provata per cenare, preferiva andare subito a letto. A Raffaele chiese la cortesia di prendersi cura di Federico anche le due mattine successive. Tutta la serie di obblighi, procedure e incombenze che quella morte aveva prodotto andavano sbrigate e preferiva farlo senza portarsi appresso il figlio.

«Stia tranquilla, Amalia, a Federico ci penso io. Lei faccia con calma quello che deve fare», rispose il prete.

La donna prese per mano il figlio e seguirono Assuntina che, sempre più delusa dallo svolgersi degli eventi, li accompagnò nella stanza che li avrebbe ospitati per quella notte.

Raffaele, nel frattempo, era sulla porta, intento a salutare Skizzo: «Grazie, ragazzo mio, sei stato davvero in gamba. Hai aiutato Federico a non pensare per un po' alla disgrazia che gli è capitata».

«Figuratevi, padre, non mi è costato niente. So che cosa significa perdere una persona cara. Certo, nel caso del poliziotto, mi pare strano che qualcuno gli potesse volere bene. Forse qua, anche se non siamo proprio in chiesa, io non lo dovrei dire, perché comunque voi siete un prete. Ma certe storie girano pure tra i ragazzi e io ne ho sentite parecchie su Renato Capece. Credetemi, padre, meglio così, la Sanità si è liberata di un bel problema.»

«Sì, Skizzo, forse non dovresti dirlo. E sicuramente non a me che sono un prete. Per noi sacerdoti ogni vita umana ha un immenso valore, indipendentemente dagli sbagli che ognuno può commettere. Però, in questo caso, che Dio mi perdoni, ho pensato la stessa cosa. Sbagliando, Skizzo, questo capiscilo bene. Sbagliando.» Raffaele era desolato, Skizzo, invece, stupefatto da tanta sincerità.

«E vabbè, padre, tutti possiamo sbagliare, anche i preti, no?» Il ragazzo aveva intuito che per il prete quello era un problema serio e cercava di confortarlo. Poi aggiunse: «Scusate, prima ho visto che tenete Sky Calcio, è per voi?».

«Certo, sono tifoso da sempre, seguo tutte le partite del Napoli. Ti meraviglia?» chiese Raffaele vedendo lo sguardo esterrefatto del ragazzo.

«No, cioè sì, insomma, mai conosciuto un prete tifoso. Ma allora ci possiamo vedere qualche partita assieme, che dite?» Skizzo era confuso ed entusiasta.

«Ma certo. Sarei contentissimo, in più si tifa meglio è.»

«Allora affare fatto, la prossima partita la vediamo assieme. Buonanotte, padre.»

Skizzo si avviò con la PlayStation sottobraccio. Aveva conosciuto un prete davvero speciale.

L'ispettore Carmine Vitiello arrivò a Montesanto che era già buio pesto. Da quando era morta la moglie tornava a casa sempre meno volentieri. Randagio, ecco come si sentiva certe sere. Randagio. Ad aspettarlo c'erano soltanto una cassa di birra e qualcosa che la domestica gli aveva cucinato e lasciato in tavola. Come ogni sera, avrebbe rovistato nella collezione di vecchi film, pellicole che guardava, caparbiamente, ancora col videoregistratore. Ne avrebbe scelta una e si sarebbe scolato un paio di birre. Si sentiva molto americano in quei momenti, e anche molto solo.

Nelle sere migliori, invece, andava a spulciare nella sua completissima raccolta di *Diabolik*, sperando di trovarne uno di cui avesse dimenticato la trama.

Quella raccolta era stata un continuo motivo di litigio tra lui e i suoi figli, litigi ai quali guardava oggi con nostalgia.

Adesso il maggiore, che aveva scelto di fare il medico, era sposato e aveva due bambine meravigliose, ma abitava dall'altra parte della città e il lavoro in ospedale lo teneva occupatissimo. Si vedevano solo qualche domenica, quando nessuno dei due era di turno. Il minore, invece, aveva avuto un'adolescenza ribelle. Lo aveva tenuto notti e notti sulle spine, in un angoscioso giro per i peggiori quartieri di Napoli dove, ogni sera, suonava in locali che sembravano dei sottoscala, gremiti di un popolo inquietante e malandato, sempre pronto a testare ogni singola droga esistente sul mercato. Aveva avuto paura in quegli anni, una paura vera, viscerale, il terrore che suo figlio potesse percorrere lo stesso triste copione che aveva più volte visto nella sua carriera, e che si concludeva sempre con una morte prematura. Poi, il miracolo: una sera, in un locale vicino al porto, un impresario che si occupava di procurare musicisti alle navi da crociera lo aveva notato e gli aveva offerto un contratto. Il ragazzo aveva accettato entusiasta, amava il mare e probabilmente i lunghi viaggi soddisfacevano il suo grande bisogno di libertà. Teoricamente vivevano ancora insieme, anche se le crociere duravano settimane. Ma Carmine era più sereno così. Durante le assenze più lunghe, succedeva che a volte squillasse il telefono fisso e la voce del suo ragazzo, lontana e distorta, gli comunicasse brevemente che era tutto a posto e che gli voleva bene. Poi un giorno se lo trovava improvvisamente davanti, abbronzatissimo e sorridente, e tutta la mancanza si scioglieva in un abbraccio commosso.

Carmine si abbandonò sulla comoda poltrona davanti al televisore, e stappò la sua prima birra. Il liquido gelato gli scese giù per la gola rinfrescandolo. Adesso erano tre settimane che era da solo e la tristezza aumentava sempre di più. Inoltre, in questura le cose erano andate come previsto. Senza mezzi termini gli era stato detto che la reputazione del poliziotto morto doveva rimanere immacolata nel corso delle indagini: che si regolasse di conseguenza. Poggiò la bottiglia vuota sul tavolino e chiuse gli occhi. Questa volta non aveva alcuna intenzione di disobbedire, anzi, se ne sarebbe tirato fuori il più possibile, lasciando fare alla sua squadra. Erano tutti poliziotti in gamba, ma molto più sensibili di lui alle direttive che venivano dall'alto.

Lo squillo del telefono lo fece sobbalzare. Si precipitò a rispondere nella speranza che fosse il figlio lontano, ma la voce, dall'altro capo del filo, era quella acuta e nevrotica dell'agente Scognamiglio: «Ispetto', buonasera, scusate l'orario, ma qua ci sono novità. Pare che i ragazzi abbiano trovato un testimone per l'omicidio Capece».

Lo stato di agitazione di Anna era andato aumentando a mano a mano che le ore erano passate senza che Renato desse notizie di sé. Si erano sentiti verso le due e mezzo, lui le aveva detto che sarebbe passato a prenderla di lì a un paio d'ore, ma ormai erano le undici, e di lui non c'era alcuna traccia. Aveva fatto e rifatto il suo numero un centinaio di volte, ma la vocina metallica del gestore telefonico continuava a ripeterle che «il cliente non era al momento raggiungibile». Nella sua testa, vorticavano, confuse, una serie d'ipotesi. Renato era una persona puntuale e precisa, l'avvisava anche per pochi minuti di ritardo. Quella sera, poi, dopo la passeggiata pomeridiana e l'aperitivo a via Petrarca, sarebbero dovuti uscire per la loro ultima cena da fidanzati.

Il matrimonio si sarebbe celebrato due giorni dopo e, come da consuetudine, la vigilia non si sarebbero né visti né sentiti.

L'unica spiegazione ragionevole, tra le tante che le passavano per la mente, era che un'emergenza lavorativa gli avesse impedito di contattarla. Ma, anche questa ipotesi le sembrava debole. Aveva percorso casa e giardino avanti e indietro per ore, si sentiva sfinita. Si sedette su una poltrona e accese la TV, il notiziario della notte stava incominciando, i titoli passavano sullo schermo senza riuscire a imprimersi nella sua mente. Poi, una foto di Renato in divisa riempì completamente lo schermo, un'esplosione potente e improvvisa deflagrò nei suoi sogni. E, tra le macerie, fu solo buio.

La domestica l'aveva trovata svenuta nel soggiorno e aveva provato a soccorrerla. Anna si riprendeva per pochi attimi, biascicava parole sconnesse e ritornava in uno stato comatoso. La donna, disperata, decise di telefonare al professore. Sapeva che era a cena con alcuni colleghi e che sicuramente lo avrebbe disturbato, ma si trattava di una di quelle situazioni di emergenza per cui lui le aveva affidato il suo numero privato.

Roberto d'Arco capì subito che qualcosa non andava e rispose immediatamente. Ascoltò in silenzio il racconto della governante e le disse che sarebbe arrivato in pochi minuti, si trovava fortunatamente in un locale nelle vicinanze. Quando entrò in casa, corse subito a prestare soccorso alla figlia. La ragazza sembrava non voler collaborare, si lasciava fluttuare in uno stato d'incoscienza. Poi aprì gli occhi, incredibilmente azzurri e pieni di disperazione e, fissandoli in quelli del padre, gli mormorò: «È morto, l'hanno ucciso. Sarai contento adesso, un problema in meno per te. Sappi, però, che io sono morta con lui».

11.

Per tutta la durata della funzione mattutina, Raffaele si era sentito indegno dell'abito che indossava. Mille tormenti, come serpi, gli si attorcigliavano dentro. Arrivato in canonica, trovò Assuntina che assisteva amorevolmente Federico mentre faceva colazione ed ebbe un moto d'affetto per la donnina, per il suo modo di prodigarsi per le persone che la circondavano, con un senso materno così spiccato, proprio in lei che non aveva una famiglia sua.

«Amalia è già uscita», gli disse la perpetua.

Federico lo salutò e Assuntina, senza proferire parola, lo guardò in modo significativo. Aveva qualcosa da dirgli. L'arrivo di Skizzo fu provvidenziale, era venuto di sua iniziativa per fare compagnia al ragazzo.

Li lasciarono soli e andarono nello studio.

«Hanno preso Totore, l'ambulante», esordì la perpetua, prima che Raffaele avesse il tempo di chiudere la porta. «Mi hanno detto che è successo stanotte, verso le due. Tanto che, quando è arrivata la polizia, dormivano tutti. Poi c'è stato un grosso scompiglio, perché il poveretto gridava che lui non c'entrava niente e tutto il vicolo si è svegliato.»

Raffaele la guardava allibito. Erano appena le otto del mattino: quando le aveva raccolte, quelle informazioni? Probabilmente quando era andata a comprare le frolle per la colazione, pensò.

«La moglie, Concettina, è distrutta, mi hanno detto i vicini. Con il figlio in quelle condizioni e il marito in carcere, non sa proprio come farà ad andare avanti. Giura e spergiura pure lei che Totore non c'entra niente con questa storia. È vero che teneva un sacco di debiti con Renato, ma non è il tipo d'uomo che ricorrerebbe alla violenza, se non altro perché è un cacasotto, ha detto sempre Concettina. Ma, intanto, c'è un testimone che l'ha visto salire a casa di Renato, proprio nell'orario in cui sarebbe stato ammazzato. E sapete chi è il testimone? Quell'accattone che sta sempre buttato nel vicolo sui cartoni insieme al cane. Uno che, tra l'altro, se non è ubriaco fradicio, dorme. Intanto la polizia gli ha creduto.» Assuntina era un fiume in piena.

«Comunque», proseguì, «le cose si sono messe male. Durante la perquisizione in casa sua hanno trovato diverse dosi di droga. Probabilmente l'ambulante, per poter pagare i debiti e riuscire anche a mantenere la famiglia, si era messo a spacciare. Accussì, adesso, sicuro la polizia penserà che Totore abbia ucciso Renato perché il poliziotto l'aveva scoperto, e magari lo voleva denunciare. Non dimentichiamoci che quel farabutto, pace a quell'animaccia sua nera, faceva parte dell'Antidroga.» L'avversione della perpetua per Renato non si era placata neanche con la morte.

Raffaele ascoltava attentissimo.

Totore lo conosceva più per interposta persona; era la moglie infatti a frequentare assiduamente la chiesa, e il prete era al corrente di tutti i problemi del figlio. Lui, invece, lo incontrava in giro con il suo carretto ma non ci aveva avuto a che fare più di tanto.

«Don Raffae', sapete che penso?» disse la donna proseguendo. «Che Totore davvero non c'entra con la morte del poliziotto. Non mi chiedete perché lo penso, non saprei dirvelo. Diciamo che è una sensazione, un istinto. L'ambulante non sarà una bella persona, ma è di quelli che non si sono scelti la vita che fanno. Nel senso che, se non si fosse trovato col cappio al collo che gli avevano stretto Renato, il figlio e la disperazione, non si sarebbe mai messo a spacciare droga, soltanto per fare più soldi. Secondo me, lo ha fatto perché ha pensato di non poterne venire fuori diversamente, di non avere altra scelta, ma io non credo proprio che sia capace di uccidere.»

Raffaele si disse che quell'analisi era esatta, l'istinto di Assuntina era di quelli che non si lasciavano ingannare dalle apparenze.

Pensò anche che qualcosa, nelle sue parole, lo aveva rimandato a un concetto già sentito, e si sforzò di ricordare.

Un lampo e vide il viso tumefatto e triste di Rosetta che gli parlava con gli occhi pieni di lacrime: «Vedete, padre, non c'è bugia più grossa di quella che dice che ognuno ha la libertà di scegliersi la vita che vuole. Solo i ricchi ce l'hanno questa libertà. Gli altri si devono tenere la vita che gli è capitata».

Era una verità che contrastava profondamente con tutti i dettami sul libero arbitrio. Più volte però, da quando era arrivato in quel quartiere, se l'era vista sbattere in faccia.

Ma lui non poteva dubitare, il libero arbitrio era un dogma e gli si chiedeva di non ragionarci sopra. Neanche se le cause alla base degli ultimi avvenimenti avevano scrollato come un terremoto tutte le sue certezze. Da qualche parte, si disse, ci doveva essere un errore. Di chi fosse non era dato di stabilirlo ma, per un attimo, sentì che la sua fede nell'Onnipotenza divina aveva vacillato.

Raffaele abbassò la testa e chiese, a Dio o agli uomini, di perdonarlo.

Il prete aveva cambiato i suoi programmi: la visita a Peppino, che gli era sembrata la cosa più urgente da fare, era passata in secondo piano rispetto all'arresto di Totore. Nel momento in cui Assuntina glielo aveva annunciato, la sua mente aveva partorito un pensiero orribile: se il colpevole fosse stato davvero lui, questo lo avrebbe scagionato da ogni responsabilità e dai suoi sensi di colpa. Un sollievo immenso l'aveva invaso. Un istante dopo, però, si era vergognato profondamente per quel pensiero e si era detto che mai come in quel momento si era tanto allontanato da Dio e dai suoi insegnamenti. Aveva quindi deciso di chiedere un colloquio con Totore e rapidamente l'aveva ottenuto.

L'uomo lo aspettava seduto dietro una piccola scrivania. Il volto grigio e scavato rifletteva la notte insonne, la barba incolta e gli occhi rossi tutta la sua disperazione.

«Ciao, Totore.»

«Padre!» esclamò l'uomo sorpreso, sollevando il viso verso di lui. «Non pensavo proprio che eravate voi quello che dovevo incontrare.» Gli si riempirono gli occhi di lacrime. «Grazie per essere venuto da me», aggiunse con voce rotta.

La vista di quell'uomo sofferente gli scatenò un odio incontrollabile verso sé stesso e il desiderio che lo aveva nascostamente pervaso che potesse essere realmente colpevole.

«Su, Totore, calmati, vediamo di ragionare un poco su questa faccenda e cerchiamo di capire come posso esserti d'aiuto.»

Raffaele prese posto sulla sedia, dall'altra parte della piccola scrivania, proprio di fronte all'ambulante.

«Ve lo giuro sui figli miei, padre Raffae', non sono stato io.»

«D'accordo, Totore, stai tranquillo. Ma adesso raccontami per bene come sono andate le cose.»

«L'ho detto e ridetto mille volte ai poliziotti, come stanno le cose, ma loro non mi credono, non so più che fare.»

L'uomo era agitato e non riusciva a concentrarsi.

«Va bene, Totore, ma ora raccontalo a me, io ti ascolterò», cercò di tranquillizzarlo.

L'ambulante lo guardò negli occhi. «Voi lo sapete, no, che persona era Capece?» chiese l'ambulante. «Un uomo avido e spietato. Cattivo era, padre, credetemi. Nu malommo. Mi aveva alzato gli interessi tanto che non sarei mai riuscito a darglieli, e lui lo sapeva bene che io quei soldi li avevo usati per curare mio figlio, ma non se n'importava niente. Niente. A me il Signore mi ha mandato questa disgrazia padre, e non so perché, visto che io, fino a poco tempo fa, ho sempre fatto una vita onesta e mia moglie, che voi conoscete bene, è la donna più pia che conosco. Comunque sia, io ormai non ce la facevo più a trovare i soldi per lui e pure per la mia famiglia, nun ce 'a putevo fa', veramente. E così mi sono messo a fare un commercio sporco. Ma non ero tagliato, mi faceva impressione vendere droga, anche se chi se la comprava, se non gliela davo io, gliela dava un altro.

La Sanità è piena zeppa di spacciatori. Però a me faceva senso lo stesso, perciò pure con quella guadagnavo poco.»

Raffaele ascoltava in silenzio e ripensava alle parole di Assuntina riguardo all'ambulante: forse aveva ragione su tutti i fronti.

«Pochi giorni fa», continuò Totore, «ero andato dal poliziotto a chiedergli di avere pazienza, perché ancora non ero riuscito a mettere insieme i soldi delle ultime rate, ma lui non aveva voluto sentire ragioni. Anzi, mi aveva detto che, se non glieli davo tutti entro una settimana, mi avrebbe denunciato per spaccio di droga. Da quel momento non sono più riuscito a dormire nemmeno una notte. I soldi non sapevo dove trovarli e, se mi arrestavano, per la mia famiglia era proprio il disastro. Allora, ho pensato di andare a parlare di nuovo con il poliziotto: un amico mi voleva aiutare a mettere su un carrettino per gli hot dog, e volevo provare a convincerlo che, se avesse aspettato un poco, i soldi piano piano li avrebbe avuti; se invece mi denunciava, di sicuro non potevo dargli più niente. Quando sono arrivato a casa sua, verso le quattro e mezzo, vi confesso che ero agitatissimo. Mentre salivo le scale, mi ripetevo a mente quello che gli dovevo dire. Arrivato fuori la porta, ho suonato il campanello, ma nessuno è venuto ad aprire. Così, ho aspettato qualche minuto, per non fare che insistevo, e ho bussato un'altra volta. Ma niente. Ho avvicinato l'orecchio alla porta e, all'interno, non sentivo rumori. Ero avvilito, mi ero armato di tanto coraggio, ma avevo scelto il momento sbagliato. In casa non c'era nessuno. E, allora, me ne sono andato. Il mendicante per strada, pensate, non l'avevo neanche notato, avevo troppi pensieri per la testa. Ma, sono sicuro che si era addormentato, se no, dopo che mi aveva visto salire, mi vedeva scendere subito dopo. E questi sono i fatti.» Poi proseguì: «Fatti ai quali, però, non crede nessuno. Quando la polizia è venuta a prendermi, ieri notte, durante la perquisizione ha trovato le dosi di droga che avevo in casa e si è convinta che l'ho ucciso io perché aveva scoperto che spacciavo e, da agente dell'Antidroga, voleva farmi arrestare. Non credono neanche che faceva lo strozzino. Pensano che mi sono inventato tutto di sana pianta, per far credere che tenevo un motivo per andare là. E non posso neanche sperare che qualcuno conferma quello che ho detto. Nessuno vuole essere immischiato, o vuole rischiare di essere sospettato. Ormai Renato è morto e hanno risolto tutti i loro problemi. Tra l'altro, quelli che mi hanno interrogato dicevano che, pure se era vero che tenevo questi debiti col morto, sarebbe un movente in più a mio carico. Per adesso mi hanno potuto arrestare per detenzione e spaccio, ma io lo so che stanno cercando le prove per incastrarmi. Vogliono un colpevole e io vado benissimo».

Totore interruppe il suo racconto e rimase in silenzio. Guardava il prete cercando di capire se almeno lui gli credesse. Raffaele intanto, con le mani sul viso e lo sguardo basso, stava riflettendo.

Per poter ragionare chiaramente doveva, innanzitutto, liberarsi da ogni preconcetto legato al suo coinvolgimento in quella faccenda.

Per lui, che aveva avuto modo di conoscere, attraverso i racconti di Assuntina, la personalità di Renato, e che conosceva l'indole mite dell'ambulante, quella storia era più che plausibile.

In più, come per la perpetua, un qualche istinto gli diceva che quell'uomo era innocente. Riconosceva, con la sua esperienza d'indagatore d'anime, la pasta tranquilla, buona e forse anche un po' codarda dell'uomo. No, non credeva proprio che fosse un assassino.

Provarlo, però, non sarebbe stato facile. Tutti gli indizi erano contro di lui, e si trovava sul luogo del delitto nel periodo di tempo in cui, si pensava, fosse stato ucciso Renato. Anche la reputazione del morto, e la sua attività illecita di strozzinaggio, se pure fosse stata confermata da qualcun altro, non avrebbe fatto che aggravare la posizione dell'ambulante. Aggiungere un motivo in più per volerlo morto. Raffaele non sapeva, di preciso, cosa avessero in mano gli inquirenti o cos'altro avrebbero potuto trovare, ma, da quel poco che aveva saputo, gli sembrava più che sufficiente per affermare che Totore era nei guai.

Insomma, a meno che non fosse venuto fuori il vero assassino, che poteva essere proprio suo fratello, aiutarlo non sarebbe stato facile.

Cosa dire, allora? Non voleva angosciare l'uomo, ma neanche dargli false speranze.

«Ascolta, Totore», gli disse, «io credo a quello che mi hai raccontato e ti aiuterò in tutti i modi a provarlo, anche di fronte alle autorità. Oggi parlerò con un mio fedele, è un bravo avvocato e un brav'uomo, e credo che accetterà di difenderti gratuitamente. Cercheremo di fare tutto il possibile affinché la verità venga fuori. Nel frattempo farò in modo, per quello che posso, che alla tua famiglia non manchino i beni di prima necessità. E poi preghiamo, Totore, preghiamo e speriamo che Dio ci ritenga degni di ascolto.»

Raffaele camminava a passo veloce verso Santa Maria. Aveva perso più tempo di quanto aveva previsto ed era in ritardo per la messa di mezzogiorno, ma non se ne preoccupava eccessivamente: sapeva che i fedeli lo avrebbero aspettato pazienti e, d'altronde, il suo ritardo era dovuto al fatto che stava cercando di aiutare proprio uno di loro. Poi si disse che la verità era che stava cercando di aiutare sé stesso. I pensieri si accavallavano, furiosi, durante la sua marcia: quanto era responsabile della piega che avevano preso gli eventi? Potevano le parole avventate dette al fratello averlo convinto ad agire contro un personaggio che gli era scomodo e aver portato alla cattura di un innocente? Era così tormentato da queste ipotesi che gli sarebbe piaciuto poter esplodere in un attacco di rabbia che lo placasse, come faceva dopo che, ancora bambino, era stato allontanato dai suoi affetti, quando questi attacchi erano l'unico sollievo al dolore, alla solitudine, all'abbandono che gli erano stati imposti. Parevano scomparsi ormai da tanti anni e invece adesso si ripresentavano con tutto il loro carico di sofferenza. Ma ora era un adulto, dunque fece uno sforzo e cercò di controllarsi, il suo animo veemente lo spaventava. Una lattina vuota ebbe però la cattiva idea di mettersi sul suo cammino, Raffaele le assestò un calcio così potente che la lattina vorticò altissima nel cielo. Chi lo vide pensò che fosse matto.

12.

La messa fu frettolosa e non fece che aggiungere ansia alla sua ansia. Dopo, Raffaele trovò Assuntina ad attenderlo; la tavola era già pronta e di Skizzo e Federico non c'era più nessuna traccia.

«Don Raffae', i ragazzi se ne sono andati, ha telefonato la signora Amalia dicendo che Federico poteva rientrare e Skizzo si è offerto di accompagnarlo. Davvero bravo quel ragazzo. Adesso sedetevi e mangiate qualcosa, ché ieri sera non avete nemmeno cenato, se continuate così vi ammalate di sicuro!»

Raffaele sorrise, difficilmente un uomo della sua mole si sarebbe ammalato per aver saltato una cena. Ma era così travagliato che gli faceva piacere sentirsi circondato per un po' dalle attenzioni amorevoli della perpetua. La donna, con le sue premure, pareva assolverlo dai suoi tanti peccati.

Assuntina gli mise davanti un piatto fumante di pasta e patate, mantecato con abbondante provola affumicata. La cucina romana era ottima, pensò, ma, da quando aveva riscoperto quella napoletana, aveva deciso che non ve ne fossero di migliori in tutto il mondo.

Aveva appena messo in bocca la prima forchettata quando lei esordì: «Come stava Totore, lo avete visto?».

Il prete fece un mugugno reticente.

«Vabbè, don Raffae', ho capito, non vi va di parlare. Comunque io oggi mi sono fatta un giretto, così per sentire cosa si dice di quest'omicidio, visto che qua a me non racconta niente nessuno» – e fece una pausa di aperto rimprovero. Data l'assoluta mancanza di reazioni da parte del prete, intento a mangiare e a non raccogliere provocazioni, continuò: «Inutile dirvi che il quartiere pare che ha vinto un terno al lotto. Certo, i poveretti non hanno risolto tutti i loro problemi, ma uno bello grosso, almeno, se lo sono levati di torno. La cosa strana che ho notato, però, è che nessuno fa supposizioni sull'identità dell'assassino. Non che diano per scontato che sia stato Totore, diciamo che non ne parlano proprio, come se non gli importasse. Sono soltanto sollevati dalla morte di quell'uomo, e dico sollevati per usare un eufemismo, perché in verità ne sono felicissimi. Ora io, di questo, mi sono fatta una mia idea. In un certo senso, veramente a nessuno di loro interessa chi abbia alzato materialmente la mano sul poliziotto, perché quella mano è come se l'avessero mossa tutti insieme. Come se li rappresentasse tutti».

Raffaele guardò ammirato la perpetua.

«E secondo te chi è stato, invece?»

Assuntina diventò rossissima, gli occhi le brillavano dall'eccitazione. Per la prima volta padre Raffaele le chiedeva un'opinione su quella faccenda. Finalmente si sentiva coinvolta. Poi si acquietò, e il prete vide che stava riflettendo seriamente.

«Allora, don Raffaele, io i fatti della gente di qui li conosco abbastanza, un poco perché nel quartiere si sa tutto di tutti, e un poco perché me li vengono a raccontare proprio loro. Io ormai da quando lavoro per voi sono una donna pubblica!»

«Tu non sei una donna pubblica, Assuntina, tu sei una gran pettegola!» disse ridendo.

«Non è vero», rispose la perpetua risentita. «Io non sono una pettegola. I pettegoli s'interessano ai fatti degli altri con cattiveria, invece, a me, i fatti degli altri mi piacciono!» asserì con determinazione.

Raffaele riprese a ridere ancora più sonoramente. Poi vide gli occhi offesi della donna e smise.

«Vabbè, Assuntina, scusami, hai ragione», la blandì. «Tu sei una persona buona e io lo so per certo, stai tranquilla.

Un'ottima persona a cui piacciono da morire i fatti degli altri», disse sorridendole, e lei ricambiò.

«Dimmi che ne pensi, m'interessa davvero», la sollecitò Raffaele.

Assuntina riprese la sua aria meditabonda. «Vi dicevo, prima che m'interrompeste, che conosco molti fatti della gente del quartiere, e ora capirete perché questo è importante. Mentre in tanti altri casi di omicidio avvenuti da queste parti era abbastanza facile, per me che conoscevo i fatti di tutti, capire chi, tra i pochi che ne avrebbero tratto vantaggio, avesse il movente più forte, con Renato Capece ci troviamo davanti a un individuo che quasi tutti, nel quartiere, avrebbero voluto vedere morto. E l'odio che si attirava non era solo quello delle vittime, ma anche quello delle persone vicine a chi subiva i suoi soprusi. Prendiamo a esempio Carmela, la contrabbandiera. Non soltanto lei avrebbe voluto toglierlo di mezzo perché la stava rovinando, ma c'era anche la figlia che poteva perdere la casa, e non dimentichiamoci del genero che rischiava la galera per il contrabbando di abiti falsi. Quindi, come potete vedere, l'odio che provocava Renato Capece si estendeva a raggiera. Io ci ho pensato tanto, da quando l'hanno ammazzato, a chi potesse essere stato, ma non sono arrivata a niente, sono troppi. Solo a guardare tra quelli che conosciamo meglio non ce n'è uno che non l'avrebbe fatto secco volentieri. C'è Rosetta, che nessuno difendeva dalla sua violenza; don Peppino, al quale faceva perdere di autorità tormentando i suoi protetti; Gennaro, con cui aveva litigato per via di Nennella, la stessa Nennella che non ne poteva più delle sue prepotenze. E ci sono tutte le persone che stava rovinando insieme alle loro famiglie. Sono davvero in troppi e con moventi troppo validi, don Raffae', perché io al momento possa avere una qualunque idea», concluse desolata.

«Hai ragione, Assuntina, sono davvero troppi», ammise il prete. Poi pensò che la rosa di presunti colpevoli, proprio perché così ampia, gli poteva far sperare che non fosse stato il fratello, ma qualcun altro.

Questo, però, non poteva bastare, non poteva affidarsi

solamente a una vaga speranza. La coscienza che gli rimordeva gli imponeva di andare a fondo sul movente dell'omicidio. Doveva agire in prima persona e andare innanzitutto a parlare con Peppino.

Qualcosa gli diceva istintivamente che, se fosse stato in casa, suo fratello lo avrebbe ricevuto. Aveva intuito, nel boss, una sorta di rispetto e simpatia nei suoi confronti, sebbene accompagnati da uno stato di allarme per il pericolo che il suo modo di fare rappresentava. Il prete si chiedeva se, e quante volte, Peppino avesse pensato concretamente di levarselo di torno. Si domandò anche se quella sorta di strano feeling nato tra di loro, a dispetto delle rispettive e contrastanti logiche di vita, non fosse altro che la prepotente voce del sangue.

Ripercorreva, passo dopo passo, la stessa strada che solo pochi giorni prima aveva calpestato con animo irato e rabbioso, quando, indignato per la violenza subita da Rosetta, si era recato lì a chiedere aiuto.

Sarebbe stato meglio, alla luce dei fatti, evitare di incorrere in altre mosse incaute e pericolose, ma la necessità di arrivare alla verità era ormai più forte di qualunque prudenza.

Intravide in lontananza l'ingresso del cimitero delle Fontanelle.

L'avevano definito «il tribunale della camorra», covo d'incontro per i boss della malavita che si affidavano ai silenziosi scheletri per discutere delle loro «magagne».

Se li immaginò in mezzo a tutti quei morti alla luce delle candele a decidere a chi spettava vivere e a chi no, e provò un brivido.

L'ingresso era chiuso e lui si disse che quel cimitero era il più famoso ma, in realtà, solo uno dei tanti luoghi di sepoltura del suo rione. Quella bella terra dove i nobili avevano fatto a gara per accaparrarsi un posto lungo l'unico percorso che portava i reali alla reggia di Capodimonte era, adesso, un immenso cimitero. I nobili erano andati via, i grandi palazzi si erano trasformati in case popolari e le bancarelle del mercato trovavano alloggio nei loro immensi portoni.

In un attimo il ponte aveva tagliato il quartiere fuori dalla città, lasciandole un'unica via a consentirne l'accesso. La Sanità era diventata un'isola, si disse Raffaele.

I vivi, pensò, erano rimasti insieme ai morti e la morte era l'altra faccia della vita con la quale allearsi per averne vantaggio.

Non potendo aspettarsi aiuto dai vivi, il popolo lo chiedeva ai defunti.

Così il cimitero delle Fontanelle era diventato una sorta di stargate tra la terra e il mondo dei morti. E gli abitanti del rione avevano deciso di adottare queste «anime pezzentelle». Pezzenti, povere, soprattutto perché orfane, senza nome e famiglia.

Loro sceglievano un teschio – *'na capuzzella* – che diventava una sorta di familiare defunto ma con delle capacità miracolose. Adottarlo significava lucidarlo, poggiarlo su fazzoletti ricamati, adornarlo con lumini e fiori, dandogli un nome e attribuendogli una storia. Da queste storie erano nate le leggende che circondavano alcune delle capuzzelle più famose. Dal Capitano, militare vendicativo, a Fratello Pasquale, che dà i numeri al lotto, a Donna Concetta, «la capa che suda», che esaudisce le preghiere se toccandone il teschio la mano s'inumidisce.

Raffaele sorrise. L'immaginazione della sua gente non aveva limiti e se come prete avrebbe dovuto sentirsi offeso, come uomo si commuoveva davanti alla disperazione che doveva averla sopraffatta.

Sapeva, infatti, che queste adozioni avevano come fine ultimo la richiesta e la risoluzione dei loro problemi tramite i sogni. E che, per poterli incontrare in sogno e chiedergli delle grazie bisognava dargli *rifrisco,* cioè sollievo, con preghiere e suffragi. Se quelle erano concesse, il teschio era omaggiato con una specie di tabernacolo realizzato nei materiali più diversi, dalla scatola di biscotti al marmo, secondo le possibilità della persona. Ma, se non giungeva, il teschio era abbandonato e sostituito con un altro.

Per lunghissimo tempo, i napoletani si erano presi cura delle anime pezzentelle, e non importava se i resti appartenevano a sconosciuti il cui nome era stato dimenticato nei secoli. Perché, ogni napoletano del passato era un antenato dei napoletani di oggi. E fino a che qualcuno se ne prendeva cura, nessuno era veramente dimenticato.

Giunto nei pressi dell'alto muro di recinzione che circondava la villa, attese come sempre che qualcuno lo notasse tramite le telecamere.

Peppino sedeva comodamente sull'ampia poltrona dello studio, rigirando tra le mani il *Principe* di Machiavelli, uno dei suoi libri preferiti, del quale rileggeva spesso alcuni passi. Dal primo teorico della politica aveva imparato tanto, come costruire e conservare il potere, innanzitutto. Ma quel giorno era distratto da sogni ancora più grandi, progetti, anzi, che riguardavano il figlio che stava per nascere.

Quel figlio inatteso gli aveva cambiato la vita.

Peppino sapeva di averne fatta tanta di strada, dalle umili stanzette che lo avevano visto bambino, ma, per quanto fosse arrivato in cima, era cosciente di avere dei limiti sociali e culturali che non avrebbe superato mai. Per lui il traguardo raggiunto era più che sufficiente, ma per suo figlio voleva di più. Sapeva bene che, nonostante il suo alto grado nell'organizzazione, lui apparteneva alla sfera minore, quella che molte inchieste e relazioni ministeriali avevano battezzato «bassa camorra», quella cioè che, con mezzi più o meno violenti, si occupava di produrre denaro tramite racket, droga, prostituzione. Eppure, c'era un'altra camorra, quella definita «alta», che era tutta un'altra storia. Gente che studiava nelle più prestigiose università del mondo per poi sedere nei consigli d'amministrazione delle banche internazionali, nei parlamenti, nella pubblica amministrazione. Ovunque, insomma, si esercitasse il potere, quello vero. Queste persone vantavano amicizie e contatti prestigiosi, e una vita sociale rispettabile e brillante. Il loro compito era quello di investire e moltiplicare il ricavato prodotto dalla «bassa camorra», di deviare a loro favore i flussi di denaro che venivano stanziati alle pubbliche amministrazioni e d'influenzare la politica dall'interno, affinché tutto questo potesse essere reso facilmente possibile.

Non era affare che li riguardasse com'era stato prodotto il denaro che gestivano con tanta sapienza, nessuno a quei livelli si era mai macchiato le mani di sangue, non ce n'era bisogno. I problemi o gli ostacoli che incontravano erano risolti coi soliti metodi dalla bassa camorra e loro potevano, con un po' di elasticità mentale, sentirsene al di sopra o comunque estranei.

Il salto di qualità, rispetto alla sua posizione, era enorme ed evidente, ed era proprio quello che Peppino desiderava per suo figlio. Sapeva che era possibile, aveva i mezzi e le conoscenze giuste per riuscirci.

La scelta del nome si stava rivelando complicata. Aveva da subito escluso la possibilità di chiamarlo come il padre. L'esempio di Carmine Annunziata, con la sua triste e miserevole vita, era un viatico poco desiderabile per chiunque.

Voleva, invece, dargli un nome che potesse in qualche modo rispecchiare la gloria che aveva in serbo per lui. Ne analizzò una serie: grandi condottieri della storia, sovrani, uomini illuminati, tutti nomi altisonanti. Poi ripensò a Maria, la moglie morta. Maria, quanto gli mancava. Non avrebbe mai smesso di amarla. Fra le tante cose, gli aveva insegnato che l'eleganza non segue mai la via dell'eccesso, ma quella della misura e della discrezione. Scartò, dunque, tutti quei nomi dal suono arcaico e complesso, e si concentrò su quelli semplici ma pieni di storia. Fu un'illuminazione improvvisa: Cesare, ecco come lo avrebbe chiamato. Gli sembrò che anche il famoso condottiero romano approvasse di cuore.

Il suono del citofono interno interruppe il vagare dei suoi pensieri. Chi poteva disturbarlo in quell'orario inopportuno? Posò malvolentieri il libro che rigirava tra le mani e rispose alla chiamata. Dalla sicurezza lo avvisavano che padre Raffaele desiderava vederlo. Acconsentì, chiedendosi quale altra rogna, partorita da quel tremendo sacerdote, avrebbe dovuto affrontare.

Raffaele attraversò l'incantevole giardino senza degnarlo di uno sguardo, accompagnato dalle solite guardie del corpo. Ripeteva mentalmente le domande che avrebbe voluto fare, chiedendosi se non si stesse esponendo a un pericolo che non avrebbe poi potuto fronteggiare. Forse, la simpatia e il rispetto che gli era sembrato d'intuire nel fratello non erano tali da impedirgli di prendere delle misure drastiche di fronte alla sua invadenza.

Andare a porre delle domande dirette riguardo a un omicidio a un boss della camorra non era certo un atteggiamento che si poteva definire prudente; i più l'avrebbero preso per pazzo. Stava rischiando grosso e lo sapeva. Ma sapeva anche che, per poter ricominciare a convivere con la sua coscienza, doveva farlo. Non aveva altra scelta.

L'Alto e il Basso lo accolsero sulla soglia di casa sghignazzando come al solito e lo condussero verso lo studio. I due ceffi bussarono piano.

«Avanti.» La voce di Peppino riecheggiò dall'interno.

Lo introdussero nella stanza dove trovò il fratello nella stessa identica posizione in cui lo aveva lasciato la volta precedente. Seduto dietro la scrivania, sotto il grande quadro, le mani intrecciate posate in grembo. L'Alto e il Basso, a uno sguardo del boss, uscirono, lasciandoli soli.

«Prego, padre Raffaele, si accomodi. A cosa devo il piacere della sua visita? O è venuto fin qui soltanto per muovere altri rimproveri riguardo al mio operato?» Peppino sorrideva.

Raffaele fu tentato di ricambiare il sorriso, ma si trattenne, la situazione era troppo grave.

«Sono qui per Renato Capece», disse serio.

Il fratello si rabbuiò. «Renato Capece.» Peppino mormorò quel nome in tono appena udibile. Poi riprese: «Be', direi che qualcuno le ha risolto il problema alla radice». Il boss iniziò a ridere.

Raffaele lo guardò intensamente. «È questo che mi angoscia, non vorrei essere stato proprio io a provocare la mano che ne ha causato la morte, non me lo potrei perdonare.» Non c'era bisogno di dire altro, entrambi sapevano bene di cosa si stesse parlando.

Peppino smise subito di ridere e tacque a lungo. Fissava il prete come se lo stesse analizzando, smontandone pezzo per pezzo i tasselli che componevano la sua anima.

«Insomma, lei è venuto a chiedermi se l'ho ucciso io per farle un favore?» domandò ironico.

«Sì, sono venuto a chiederle proprio questo. E cioè se il mio intervento a favore di Rosetta non sia stato determinante per farle decidere che i fastidi causati dal poliziotto erano diventati veramente troppi. E se questo l'abbia poi spinta a una soluzione definitiva.»

Peppino ricominciò a fissarlo.

«Che lei abbia un fegato come pochi per venire a fare a me una domanda del genere è evidente, com'è evidente che non le interessano le conseguenze del suo gesto. Ma, io mi chiedo: cosa l'ha indotta a rischiare tanto? Perché è così preoccupato? Chiunque sia stato ha fatto un gran favore a tutti, compresi lei e la sua Rosetta. Il problema è risolto ormai.»

«Il problema di Rosetta, forse, o quello di qualcun altro. Il mio, invece, è appena cominciato. Io ho una coscienza alla quale devo dar conto e anche un Dio, e temo che nessuno dei due mi perdonerebbe se fossi stato la causa, pur involontaria, della morte di un uomo.»

«Va bene», disse Peppino, «visto che per lei è così importante, anche se non sarei tenuto a risponderle, voglio tranquillizzarla, non sono stato io a uccidere Renato Capece. Non avrei potuto farlo.»

Raffaele lo fissò con uno sguardo interrogativo. Potuto? E perché non avrebbe potuto, lui che decideva della vita e della morte dei suoi nemici?

Il boss ricambiò lo sguardo e il prete capì che stava decidendo se parlare.

«Mio caro padre Raffaele», riprese il boss, «lei si vuole addentrare pericolosamente in affari che non la riguardano, spinto, come dice, dalla sua coscienza. Voglio crederle e diciamo che voglio anche aiutarla a trovare la pace con sé stesso. Le farò una confidenza come se fossimo in confessione e lei rispetterà il suo obbligo di tenerla solo per sé.

Renato Capece non era un semplice poliziotto deviato e disonesto. Se così fosse stato non avrei certo tardato a prendere i miei provvedimenti, visto che andava a rompere le scatole nel mio territorio e alla mia gente e che, come uomo, era una persona tra le più disgustose che abbia mai conosciuto. E io di persone disgustose me ne intendo. Renato era qualcosa di diverso da quello che tutti immaginavano. Per via della sua posizione nella squadra dell'Antidroga e della sua mancanza di scrupoli, era merce pregiata per alcune organizzazioni, tanto pregiata da fare l'informatore per don Antonio, il boss che gestisce il traffico di stupefacenti in tutto il centro di Napoli. E gli era anche estremamente utile. Capirà, dunque, che se gli avessi torto anche un solo capello, avrei scatenato una guerra sanguinosa che sarebbe stata difficile da controllare, e non ne sarebbe valsa la pena. A me la droga non interessa e con don Antonio convivo in santa pace, facendoci ognuno gli affari propri. Anzi, per evitare ogni tipo d'incomprensione che avrebbe potuto portare a conseguenze catastrofiche, ogni volta che Renato esagerava, era personalmente a don Antonio che chiedevo d'intervenire perché il poliziotto fosse richiamato a comportamenti meno spregiudicati. Così è stato quando si è trattato di placare le tensioni che Renato stava creando con Gennaro. E così è stato anche l'ultima volta, quando lei è venuto a informarmi sul conto di Rosetta. Anche in quell'occasione ho chiesto a lui di intervenire, perché quello che succedeva denotava mancanza di rispetto verso di me e rovinava i miei affari. Ora, siccome don Antonio ci tiene molto alla nostra amicizia, mi assicurò che ne avrebbe parlato col poliziotto affinché non si ripetesse più un episodio simile.» Peppino tirò un respiro dopo il lungo discorso, e poi riprese: «Dunque, padre Raffaele, lei può dormire sonni tranquilli, Renato non l'ho ammazzato io».

Raffaele ci pensò un attimo, poi decise di osare un'ultima mossa: «E non è possibile che qualche suo, diciamo, dipendente, abbia potuto prendere questa decisione autonomamente, per farle un favore?».

Stavolta Peppino assunse un'aria minacciosa che il prete

non aveva mai visto, il viso si deformò dalla rabbia e la lunga cicatrice divenne evidentissima.

Era quello, allora, il vero volto del boss? Fece appena in tempo a pensarlo che Peppino sibilò: «Qui nessuno osa prendere decisioni autonome senza consultarmi, a meno che non sia pazzo o creda di godere di protezioni tali da essere intoccabile. Come lo credeva Renato Capece, per esempio, o come lo crede lei per via del suo Dio. Be', sappia, padre, che non esistono gli intoccabili, Renato si sbagliava, e probabilmente sta sbagliando anche lei».

~ *Napoli, 1972* ~

Peppino mise in tasca le due catenine che l'alcolizzato gli aveva portato e sfilò cinquecento lire dal portafoglio.

«Non bastano, Peppi'», farfugliò l'uomo.

«Allora tienitele.» Fece per restituirle.

«Dammi qua, bastardo», e si lanciò sulla banconota strappandogliela di mano.

Se ne andò senza salutare, barcollando.

Peppino salì sulla Vespa e si avviò a smistare il bottino della giornata. Sotto la sella aveva due autoradio di marca che, insieme alle catenine d'oro, gli avrebbero fruttato una bella somma.

Doveva pensarci lui ora. I soldi a casa erano finiti e l'ultima volta il padre si era beccato cinque anni.

Non era stato difficile cominciare. Intorno a lui era tanta la gente che si arrangiava a campare e arrangiarsi spesso significava rubare. E si rubava di tutto, dall'oro a una ruota d'automobile: ogni cosa aveva un valore e il mercato corrente stabiliva quale fosse. Piccoli e grossi traffici erano all'ordine del giorno. Tutti conoscevano qualche ricettatore e qualcuno che ne aveva bisogno.

La prima merce l'aveva comprata quasi per caso, intercettando un giorno un amico che andava a rivendersi una catenina. «Te la compro io», aveva detto, pensando ai pochi risparmi nascosti sotto il letto. Poi l'aveva rivenduta a un negozio col trenta percento di ricarico. Per l'esercente era ancora un prezzo d'affare e per lui un guadagno inaspettato. Ma Peppino non era mai stato un improvvisato, dentro di sé covava un'ambizione forte, sostenuta dalla certezza che solo metodo e organizzazione portassero a risultati dura-

turi. Così si mise a studiare un modo per trasformare l'occasione di una volta in un'attività redditizia senza, tuttavia, farsi più nemici del necessario.

Raffaele presto avrebbe cominciato la scuola e la madre da un po' non stava per niente bene.

Si era indebolita piano piano, e nonostante avesse il solito sorriso, lui l'aveva scorta a piangere di nascosto.

Voleva portarla da un medico. Il più bravo.

Gliene avrebbe parlato.

«Mammà.» Raffaele stava seduto vicino al letto leccando la nutella da una spessa fetta di pane.

«Dimmi amore.» La donna si era stesa a riposare, cercare di condurre una vita normale l'affaticava oltremodo.

«Ti dispiaci molto se mentre tu dormi io esco a juca' a pallone?»

«No, amore mio, non mi dispiace per niente, vai a giocare. Stai attento però a non farti male.» Allungò la mano per accarezzarlo. «Vieni qua, dammi un bacio», e lo attirò a sé.

Il piccolo le diede un bacio sonoro e attaccaticcio e corse via con la fetta di pane ancora in mano.

La donna iniziò a piangere, il dottore non le aveva lasciato nessuna speranza, ma lei, in qualche modo, per tutti quei mesi, aveva creduto che un miracolo potesse accadere. E non aveva detto niente a nessuno. Ma aveva pregato. Tanto.

Aveva pregato perché non voleva lasciare soli quei figli suoi. Quei figli che erano la gioia più grande che la vita le avesse regalato. Ché la felicità di quando ti nasce un figlio nessuno se la poteva immaginare.

L'adorato Peppino, il suo primogenito, che per provvedere a loro camminava su una strada che l'avrebbe portato in un vicolo cieco. Aveva ancora bisogno di lei. Come poteva abbandonarlo?

E il piccolo Raffaele, cuore del suo cuore, allegro e azzeccoso come uno struffolo di Natale. Chi si sarebbe preso cura di lui?

"Nessuna madre dovrebbe mai morire", pensò. Alle mamme dovrebbe essere consentito di concludere il proprio compito. E invece lei l'avrebbe lasciato a metà.

Altre lacrime calde e dolenti le scorsero sul viso.

Sperò che Peppino tornasse prima che Raffaele finisse di giocare.

Era arrivato il momento della verità e non avrebbe in alcun modo potuto evitare di abbattere questa croce sulle sue spalle.

Si augurò che sapesse sostenerla e che, dall'alto, quel Dio che aveva negato a lei la comprensione desse in risarcimento, a lui, la capacità di superare indenne gli agguati del destino.

13.

Il prete aveva trascorso una notte angosciante. Era tornato piano piano piano verso la canonica. Il colloquio si era risolto bruscamente e chissà a quali conseguenze avrebbe portato. Ma non era preoccupato, era solo pervaso da un mare di dubbi. Era davvero possibile che un uomo come Peppino, abituato a non farsi sopraffare da nessuno, si fosse adattato a quella sottomissione a don Antonio e ai soprusi che Renato perpetrava sulle persone alle sue dipendenze senza cercare in alcun modo di liberarsene? Di episodi che avrebbero potuto far saltare i nervi al boss, ultimamente, ce n'erano stati parecchi. Certo il delitto non aveva i canoni classici dell'omicidio di camorra. Ma non poteva essere che Peppino avesse scelto quella modalità con intelligenza, proprio per non far insospettire don Antonio? Il viso contratto e furioso del fratello gli aveva fatto capire, forse per la prima volta, quanto Peppino potesse essere temibile per i suoi nemici.

Per Raffaele conoscere il colpevole diventava sempre più urgente.

Poi, gli incubi si erano susseguiti senza sosta, talmente vividi e spaventosi che li ricordava tutti. In uno guardava il morto sul pavimento e si accorgeva che non era Renato ma Peppino. E Assuntina, in piedi accanto a lui, scuoteva la testa e affermava che si sapeva che sarebbe finito così. In un altro impugnava una pistola e la puntava contro il poliziotto che lo sbeffeggiava rinfacciandogli che non era migliore di lui; Raffaele sobbalzava di un dolore bruciante perché, improvvisamente, sapeva che era vero. L'ultimo era un sogno ricorrente: lui dormiva nel lettino del basso che lo aveva visto bambino e a un certo punto veniva svegliato da un gran trambusto. La casetta era piena di gente che depredava tutto il possibile e un gruppetto di donne, nei pressi del suo letto, litigava per stabilire chi se lo sarebbe portato via.

Ogni volta si era svegliato sudato e agitato, preda di un'angoscia senza sollievo, perché la consapevolezza che si era trattato soltanto di un sogno durava un attimo, il tempo che gli ci voleva per realizzare che la realtà non era tanto diversa. Poi, richiudeva gli occhi e ripiombava in un nuovo incubo.

Al mattino, stremato e stanco per le lotte che la sua anima e la sua coscienza affrontavano senza sosta, si disse che i nodi irrisolti della sua vita che lo tormentavano anche contro la sua volontà non li avrebbe sciolti mai.

Quando iniziò a salire i bui scaloni del vecchio palazzo, gli tornò in mente, come in una fotografia vivida e brillante, la scena di pochi giorni prima, Renato bocconi sul tappeto dell'ingresso, intriso del suo stesso sangue. Si chiese come potessero i familiari convivere con quell'immagine che la casa avrebbe riproposto loro in ogni istante.

Raffaele pensò che quello fosse il momento adatto per fare una visita ad Amalia. Chi più di lei avrebbe potuto parlargli di Renato, e aiutarlo magari a vedere il bandolo di quella matassa così ingarbugliata? L'avrebbe trovata sola, pensò, e avrebbero potuto parlare liberamente, senza timore che il ragazzo ascoltasse.

Arrivato al pianerottolo notò che i sigilli all'appartamento dirimpetto erano ancora lì come li aveva visti, nulla sembrava mutato. "Le cose non si scompongono certo per le vicissitudini umane", pensò, "rimangono immobili e indifferenti anche di fronte a un omicidio." Ma chissà perché gli sovvenne il detto «la morte a Napoli è una cosa seria». Scosse la testa, si diede un'ultima occhiata intorno e suonò il campanello.

Dopo pochi istanti sentì dei rumori e la voce di Amalia.

Quando si annunciò, la donna aprì la porta ansimante. «Federico?» domandò atterrita.

«Stia tranquilla, Amalia, Federico sta benissimo, è alla lezione d'informatica. Sono venuto a trovarla soltanto per sapere come vanno le cose e se posso esservi d'aiuto.»

«Prego, padre, si accomodi», disse lei, facendogli strada verso il salotto. Era evidentemente scossa e tesa.

Raffaele attraversò l'ingresso, il tappeto sul quale giaceva Renato non c'era più. La casa era un esempio di ordine e pulizia, i pettegolezzi di Assuntina sulla maniacalità della donna trovavano ampia conferma.

Raffaele si accomodò su una bella poltrona fiorata e Amalia prese posto davanti a lui. Era calma e silenziosa ora e fissava il pavimento, assorta.

«Allora, Amalia, come va?» chiese per rompere il ghiaccio.

La donna sollevò su di lui uno sguardo triste. «E come deve andare, padre? Stiamo provando ad abituarci alla sua mancanza e ad andare avanti.»

«Dal punto di vista economico è tutto a posto?»

«Sì, sì. Mio fratello ci ha lasciati bene. Aveva stanziato dei fondi per crearci una buona rendita, e poi lui faceva anche delle operazioni in borsa i cui frutti spesso investiva in immobili, quindi da questo punto di vista non ci manca niente.»

Operazioni in borsa? Investimenti? Era questo che Renato raccontava alla sorella riguardo ai proventi delle sue attività illecite? Doveva indagare più approfonditamente ma con discrezione, la conversazione doveva tradire solo l'interesse per il lato umano della tragedia.

«Sono contento che in questo triste momento almeno non vi dobbiate occupare del denaro. Queste sono disgrazie che lasciano storditi e confusi, e il non doversi preoccupare del quotidiano è già una gran cosa. Le morti improvvise pongono domande e interrogativi ai quali si cerca di dare una risposta per poter razionalizzare il dolore. Che idea si è fatta, lei, per esempio, riguardo al movente dell'omicidio?»

«Davvero non lo so», rispose Amalia, «non riesco a immaginare nulla, e poi è stato fermato Totore, no? So che gli hanno trovato della droga in casa.» La donna sembrava smarrita.

«Ma se così non fosse», chiese Raffaele, «lei non ha nessun'altra idea?»

«No, nessuna. Renato non aveva nemici, che io sappia, e poi stava poco in casa, i turni in questura erano serrati e, a volte, durante particolari missioni, non rientrava anche per giorni di seguito. L'unica cosa che riesco a pensare è che il motivo sia da collegarsi col suo lavoro.»

Renato non aveva nemici? Ma di cosa blaterava quella donna? Lo voleva prendere in giro o cadeva realmente dalle nuvole? Raffaele si bloccò per un attimo, incerto sul da farsi. Poi prese la sua decisione: si era riproposto di andare a fondo in quella vicenda e lo avrebbe fatto a qualunque costo.

«Dunque lei non è a conoscenza delle voci che giravano nel quartiere riguardo ai comportamenti di suo fratello?»

«Quali voci, mi scusi?»

«Nessuno le ha mai detto che suo fratello prestava soldi a usura con atteggiamenti arroganti e che diverse donne avevano subito le sue molestie?» Mentre le parlava la guardava dritto negli occhi.

Amalia diventò rossa per la furia. «Sono solo calunnie», rispose, «calunnie verso una persona che non può più difendersi! E mi meraviglia che un prete come lei dia ascolto ai pettegolezzi di questa gentaglia. Qui la gente lo temeva perché ognuno aveva qualcosa da nascondere e lui rappresentava la legge! Questo è un quartiere pessimo. Mio fratello, però, purtroppo lo amava, forse perché pensava che la sua presenza qui fosse utile. E, invece, guardi quanto gli è costato. Ora lui non c'è più e io spero quanto prima di trasferirmi, voglio che Federico cresca lontano da questo degrado e da tutta questa violenza.» La donna aveva le lacrime agli occhi.

Raffaele non sapeva più che pensare, era possibile che Amalia non si fosse resa mai conto di nulla?

Il quartiere era sicuramente problematico, ma era anche pieno di gente buona, tranquilla e onesta. In quella zona uno degli esponenti della gente peggiore era stato proprio il fratello. Forse negava una realtà troppo umiliante? Decise di cambiare tono e di andare su un terreno più neutro. Insistendo non ci avrebbe ricavato nulla.

«Mi scusi, non volevo offenderla. Mi chiedevo solo se queste voci fossero arrivate anche a lei», provò a rabbonirla. Poi continuò: «E la fidanzata di suo fratello, come sta?».

«Non lo so, non ho avuto ancora modo di sentirla», rispose Amalia, «ci conoscevamo appena, ed è accaduto tutto molto in fretta. Abita dall'altra parte della città, non ho molte occasioni d'incontrarla. Ma è un'ottima ragazza, mio fratello stava per fare un gran matrimonio. È la figlia di un rinomato professore universitario. Ero così orgogliosa e felice per quanto stava accadendo.» Amalia s'interruppe per inghiottire le lacrime, poi riprese dura: «Come vede, Renato non era come lo dipingono qui, altrimenti questo non sarebbe stato possibile, non le pare?».

Raffaele era sempre più perplesso. Chiese l'indirizzo della fidanzata: forse era bene fare una chiacchierata anche con lei.

Tornando in canonica, pensò di fermarsi al forno del padre di Skizzo.

Al pane aveva sicuramente provveduto Assuntina, ma voleva un pretesto per conoscere il padre del ragazzo.

L'uomo era dietro il bancone, il tempo della produzione era finito, e adesso si occupava della vendita. Non somigliava molto al figlio, l'uno alto, slanciato e dai lineamenti delicati, il padre più basso e muscoloso e con tratti molto più marcati. Non ci fu bisogno di presentarsi, appena lo vide il fornaio gli andò incontro.

Raffaele gli tese la mano e l'altro la strinse.

«Buongiorno, padre. Che piacere conoscervi, ho sentito tanto parlare di voi. Sarei passato io per ringraziarvi se non foste venuto.»

«Devo ringraziarla io, suo figlio mi è di grandissimo aiuto», disse Raffaele.

«Sono veramente felice di sentirvelo dire, da quando Skizzo frequenta la parrocchia lo vedo sempre più sereno e mi dà molte meno preoccupazioni. Io gli voglio un bene da pazzi, e dalla morte di mia moglie ho cercato di occuparmene come meglio potevo. Ma sono solo e sempre impegnatissimo, con gli orari del forno che mi costringono fuori di casa tutto il giorno e anche parte della notte. Così 'o guaglione un poco di tempo fa ha cominciato a bighellonare e a farsi trascinare dalle cattive amicizie del quartiere. Ultimamente ha voluto anche lasciare la scuola. Mi sono pigliato tanta di quella collera che non potete capire, pure perché Skizzo è portato per lo studio e speravo che poteva avere un futuro migliore di quello che, spesso, purtroppo mi capita di vedere fra i ragazzi del quartiere.» L'uomo lo guardava con occhi acquosi e tristi. «Vedete, padre, se dappertutto è un errore perdere il controllo sui ragazzi qui può essere addirittura fatale. I fossi sono tanti e le cadute pericolosissime. Io ci ho provato in ogni modo a fargli cambiare idea», continuò, «però, fino a mo, non sono riuscito a ottenere niente. Scorbutico, irascibile, non si degnava nemmeno di ascoltarmi. Ora, invece, da quando frequenta la parrocchia, lo vedo più tranquillo, passa molto più tempo in casa, spesso al PC o con i suoi libri d'informatica. E questo per me è già un gran successo. Tutto merito vostro, padre, non so come ringraziarvi.»

«La aiuterò io, cercherò di persuaderlo a riprendere gli studi», disse Raffaele, «Skizzo è un bravo ragazzo ed è molto intelligente, nonostante le arie da bulletto che gli piace ostentare, forse per sentirsi sicuro di sé. Capirà, prima o poi, che la sicurezza nasce da altro. Vedrà, riusciremo a convincerlo.»

Il fornaio gli strinse le mani. «Grazie, padre, non sapete come mi rincuorate.» Poi aggiunse: «A proposito, mio figlio si chiama Emanuele, il nome lo scelse la mia povera moglie. Questo soprannome è nato a scuola per via della sua velocità con i computer».

Raffaele riprese il suo cammino. Si sentiva stanco, c'erano ancora molte persone con cui parlare.

L'indomani sarebbe andato a conoscere Anna d'Arco.

Pensò che forse avrebbe fatto bene a farsi precedere da una telefonata. Ma cambiò subito idea, preferiva rischiare di fare un viaggio a vuoto piuttosto che darle la possibilità di trovare una scusa per non riceverlo. E poi, le impressioni che avrebbe avuto di quella gente sarebbero state più veritiere se non avessero avuto il tempo per prepararsi alla visita.

Era soverchiato dai pensieri quando infilò la chiave nella toppa della porta. Aveva programmato di andarsi a rilassare un poco nello studio, ascoltando qualche brano della sua amata musica. Com'era cambiata la vita da quando era arrivato in quel quartiere. Il lungo periodo romano sembrava lontanissimo, la tranquillità di quelle giornate operose ma serene apparteneva a un altro mondo, o meglio a un altro uomo.

Nello scorrere dei giorni cadenzati e morbidi anche la sua natura selvaggia se ne stava acquattata nell'ombra per gran parte del tempo. E spesso, soprattutto negli ultimi anni, dimenticava chi era e quali erano i passi che lo avevano portato lì. Il dolore pungeva meno e le belle cose a cui lo avevano abituato i suoi genitori adottivi, gli riempivano la vita.

Ora pareva non ci fosse più tempo per nulla che non fosse emergenza, neanche per un po' di musica.

L'odore della frittura lo investì. Chissà Assuntina cosa stava combinando. La curiosità lo spinse in cucina.

Gamberi, calamari e seppioline erano immersi nell'olio bollente. In una padella un sughetto di vongole attendeva di congiungersi alla pasta. Uno spettacolo paradisiaco.

«Buongiorno, Assuntina», la salutò sorridente.

Forse Assuntina aveva sostituito tanti interessi, si disse, ed era diventata il suo momento di spensieratezza.

«Don Raffae'!» sobbalzò la donna. «Ma lo volete capire che vi dovete fare sentire quando entrate? Non mi dovete venire dietro come un gatto. Un giorno o l'altro mi farete venire un colpo!»

Il prete mormorò mortificato le sue scuse e andò ad aspettarla in soggiorno, tutto sommato non aveva testa per ascoltare musica, troppi pensieri gli s'ingarbugliavano dentro e voleva cercare di metterli un po' in ordine.

«Siete stato in giro nel pomeriggio?» domandò Assuntina, mentre sistemava la tavola per la cena.

«Sì, sono andato a trovare Amalia, ed è incredibile quello che mi ha raccontato. A suo avviso il fratello non aveva nemici, era una brava persona, completamente dedita al lavoro, e aveva un ottimo fiuto per il gioco in borsa col quale si era arricchito», rispose Raffaele.

«Sì, certo, un ottimo fiuto per la borsa degli altri», disse ironica. «Ma voi mica le avete creduto?»

«Assuntina, ma per chi mi prendi? Non sono tonto come ti sembro e i fatti li conosco bene anch'io.»

«Sì, sì. Lo so, non intendevo offendervi, ma succede spesso che le lacrime di una gatta morta facciano perdere la lucidità agli uomini. Pure se sono preti.»

Raffaele rise. «Stai tranquilla, sono lucidissimo. L'unico dubbio che ho è se Amalia creda veramente in quello che dice o voglia nascondere una verità vergognosa.»

«Non lo so.» Assuntina aveva finito ormai di apparecchiare e stava mettendo le pietanze in tavola. «Un farabutto come Renato Capece sarebbe sicuramente stato in grado di farsi credere, se avesse voluto nascondere le sue attività alla famiglia. E lei, tutto sommato, è una che se ne sta sempre chiusa in casa, non ha amici in zona. Quindi può essere», concluse. Gli mise davanti il piatto di linguine fumanti e lui non poté fare altro che attaccarlo prontamente.

Più tardi, sulla poltrona del suo studio con l'*Aida* a fargli da colonna sonora, Raffaele si sentiva distrutto e cercava di elencare tutti i problemi che lo avevano investito.

Innanzitutto c'era un morto, uno che, tutto sommato, secondo lui se l'era meritato, o quantomeno cercato, e questo era ben lontano dallo spirito cristiano. C'era l'urgenza di trovare un colpevole, Totore quasi sicuramente era innocente e non era giusto che finisse i suoi giorni in galera. C'era un fratello che amava e detestava, col quale non sapeva ancora che linea tenere e che, inconsciamente, era la spinta più forte a proseguire le indagini per poter dimostrare, a sé stesso soprattutto, che era innocente, almeno questa volta. E tra poco ci sarebbe stato anche un bambino, suo nipote, che avrebbe voluto correre a conoscere e stringere tra le braccia, e che desiderava ardentemente salvare da una predestinazione d'infelicità e di violenza.

Erano troppi i compiti e troppi i pensieri, troppi gli errori verso Dio e verso gli uomini nei quali incorreva e sarebbe incorso.

Mai, prima, aveva sentito di sbagliare così spesso come da quando era arrivato a Napoli. Eppure, mai si era sentito così vivo. Non più un teorico della fede, ma un braccio operativo. "Che Dio mi dia la forza di proseguire", pensò, "e tanta clemenza per le mie fragilità di uomo." Si chiese cosa succedesse agli altri che come lui avevano dedicato la vita a Dio. Se soffrissero delle sue stesse insicurezze, se fossero così fragili e fallibili, se la parte umana fosse così prepotentemente forte o se, per loro, fosse intervenuto una specie di miracolo divino a separare nettamente le due esistenze: quella di prima da quella di dopo. Se una sorta di pace li avesse invasi improvvisamente al momento del voto, facendogli dimenticare ogni desiderio, pulsione, ansia, acrimonia. E, se questo poteva accadere, perché a lui non era accaduto?

L'indomani, terminata la messa mattutina, cercò di pianificare brevemente il da farsi. Anna abitava a Posillipo, dall'altra parte della città, il tragitto era lungo e gli autobus inaffidabili, avrebbe rischiato di non tornare in tempo per la messa di mezzogiorno, per cui gli conveniva avviarsi dopo pranzo e sfruttare la mattinata per parlare con la gente del quartiere. Però, c'era un problema da superare, e anche grosso: mentre per Amalia e Anna aveva una scusa valida per andarle a trovare, per gli altri avrebbe dovuto escogitare qualcosa che rendesse credibile una sua visita. Ma cosa? Doveva pensarci e farlo in fretta.

Si disse che il primo della lista poteva essere Gennaro, il prestanome di Peppino, quello che, a detta di Assuntina, gestiva una bisca del boss, e con cui Renato aveva avuto quella lite furibonda per via di Nennella. Il bar si trovava vicinissimo alla chiesa, quindi avrebbe fatto presto, per cui si levò i paramenti, si mise la veste d'ordinanza e uscì.

Vide Nennella sul sagrato che gli veniva incontro. Combinazione, trasmissione del pensiero, o il Padreterno aveva deciso di aiutarlo in quell'impresa? Comunque fosse, ne fu contento.

La donna avanzava sotto un sole quasi abbagliante, Raffaele notò la grazia e la sensualità miste a una bellezza tipicamente mediterranea. Alta e con forme piene e sode, aveva lunghi capelli scuri, lucidi e leggermente mossi, una bocca carnosa e due brillanti occhi neri che spiccavano sul colorito olivastro. Era davvero bellissima, ed era quanto mai palese il motivo per cui uno come Renato pretendesse di averla, com'era facilmente comprensibile la gelosia di Gennaro. Non sapeva perché, ma proprio questo tipo di bellezze, più di quelle perfette e raffinate, erano capaci di scatenare gli istinti più aggressivi degli uomini, di metterne in subbuglio l'animo, insomma di provocare guai.

«Buongiorno, padre», disse la ragazza, «ero venuta a trovarvi, ma vedo che state uscendo.»

«Non si preoccupi, non ho nessuna fretta. Ha bisogno di qualcosa?»

«Niente di urgente, io e Gennaro mio ci vogliamo sposare ed ero venuta a parlare con voi per vedere quando è libera la chiesa; poi volevo sapere che altro devo fare e che documenti vi devo portare. A noi ci piacerebbe il più presto che è possibile, ma se tenete da fare torno un'altra volta.»

«Ma no, venga, ho dei prestampati in cui c'è scritto tutto riguardo ai documenti che occorre produrre. Per la data, invece, posso già dirle che se ci tenete a sposarvi di sabato, il primo libero è quello della seconda settimana di settembre.»

«Perfetto, padre», disse la ragazza entusiasta. «Abbastanza vicino, ma tengo il tempo per organizzare tutto.»

«Sono contento che abbiate preso questa decisione. I brutti momenti sono passati, allora?»

«Quali brutti momenti?» chiese sorpresa la ragazza.

«Nulla, mi scusi, sa come sono le persone qui, amano spettegolare sui fatti degli altri e, se non hanno nulla da raccontare, inventano.» Raffaele aveva assunto un'aria mortificata. «Mi hanno riferito che c'era stato un litigio tra di voi, a causa di quel poliziotto che hanno ammazzato.»

Quale occasione migliore per approfondire un poco la conoscenza della questione incorsa tra i due uomini? E poi gli era bastato un attimo per capire che la bella signorina non era del tutto la vittima che voleva sembrare.

Lo sguardo di Nennella si fece duro. «Questo posto è davvero impossibile, un inciucio continuo. Comunque, Gennaro con me non ha mai litigato, è col poliziotto che ha avuto una questione. Lui mi tormentava, me lo trovavo appresso all'improvviso, dovunque. Mi mormorava proposte oscene e più di una volta ha provato a mettermi le mani addosso. Tenevo paura che mi poteva fare qualcosa di brutto. Quello che combinava alla povera Rosetta lo sapevano tutti. Io evitavo di trovarmi in posti isolati e stavo sempre molto attenta, ma non potevo vivere accussì. Gli altri uomini, qui, da quando mi sono fidanzata con Gennaro non mi hanno più infastidita perché gli portano molto rispetto e, comunque, nessuno è mai stato azzeccoso e volgare come Renato. Provai a minacciarlo dicendogli che avrei raccontato tutto a Gennaro, ma lui si fece 'na bella risata e mi rispose che non temeva nessuno, figuriamoci un quaquaraquà. Così l'ha chiamato a Gennaro mio, che tutti rispettano invece proprio perché sanno bene che uomo è.»

«Davvero un pessimo soggetto», la incoraggiò Raffaele. «E così lei ha chiesto aiuto al suo fidanzato?» aggiunse comprensivo.

«Sì, gliel'ho raccontato, ma non volevo che finisse a mazzate. Successe un'ammuina che manco vi dico. Io volevo solo che mi aiutava a risolvere il problema, magari mandando qualcuno a dirgli di smetterla.»

Da un guizzo degli occhi, invece, il prete aveva capito che le intenzioni della ragazza erano state proprio quelle di far sì che Gennaro desse una lezione a Renato. Era più che comprensibile ma non gli piaceva la tattica che lei aveva usato. Da quella luce furba, Raffaele aveva capito che Nennella era una manipolatrice che lavorava sott'acqua per conseguire i suoi obiettivi e che non manifestava apertamente le proprie intenzioni. Si chiese quanto Gennaro la conoscesse veramente.

«Sono certo che lei non voleva provocare una rissa, ma gli uomini si scaldano facilmente quando c'è di mezzo una donna bella come lei. E immagino che il suo fidanzato fosse molto geloso.»

«Be' sì, padre, è un uomo molto passionale. Quando gli ho detto quello che mi combinava il poliziotto, gli è andato il sangue in testa.»

«Spero non abbia creduto che lei gli desse corda», disse Raffaele con un'aria così innocente che quel giorno si sarebbe meritato un oscar per la recitazione.

La risposta era scritta sul volto della ragazza. Gennaro aveva dubitato di lei.

«Certo che no», rispose in tono talmente falso che Raffaele ebbe la sensazione che qualcosa gli graffiasse il timpano.

«Certo, certo. Comunque ora è tutto risolto», concluse intenzionalmente. «Allora, Nennella, l'aspetto quando avrà pronti tutti i documenti e ci metteremo d'accordo per il corso prematrimoniale.»

«Grazie di tutto, padre, a presto.»

Raffaele la guardò andare via, ondeggiando sapientemente. Non sapeva quanto e se lei avesse contribuito a provocare Renato, non riuscendo poi ad arginarlo. Né sapeva cosa l'avesse spinta a fare azzuffare i due. Se l'avesse fatto solo per soddisfare la sua vanità o per una reale sensazione di pericolo che ormai avvertiva. Provocato o no che fosse.

Di una cosa però era certo: il suo rapporto con Gennaro aveva vacillato per un attimo e lei non pareva una persona abituata a perdere. Poteva aver deciso, nel caso Renato avesse continuato a essere una minaccia per la sua relazione, di risolvere il problema definitivamente? Raffaele la visualizzò per un attimo.

"Sì, poteva", si rispose.

Nennella si allontanò furibonda. Il viso bellissimo si contrasse in un ghigno non appena ebbe voltato le spalle al prete. Ma come si permettevano tutti quanti di parlare dei fatti suoi? Tutti pronti sempre a fare inciuci, a domandare, a giudicare. Le cose sue e di Gennaro suo le sapeva solo lei. E nessuno si doveva mettere in mezzo.

Strunz'! Sono tutti strunz'. Pure 'o pret!

Gennaro era sulla porta del bar a chiacchierare con alcuni clienti. Quando videro arrivare il prete lo salutarono tutti con un cenno, credendo che passasse dritto, invece lui li sorprese entrando nel bar.

All'interno, un ragazzino preparava i caffè dietro al bancone e sul fondo del locale c'erano un paio di tavolini che, a quell'ora e con quella bella giornata, erano rimasti liberi. Raffaele, dopo aver ritirato un paio di bollette del Totocalcio da compilare, prese posto a uno dei due.

Il ragazzo lo guardava esterrefatto, probabilmente non aveva mai visto un prete sedersi in un bar, a giocarsi le bollette poi! Ma si riprese subito e, ritornando in un attimo efficiente, fece per andare verso di lui a prendere l'ordinazione. Gennaro lo fermò, alla vista del prete che si accomodava all'interno era rientrato subito.

«Ci penso io, Ciro», disse al ragazzo.

«Buongiorno, padre, che cosa posso offrirvi?» L'uomo si era avvicinato al suo tavolino.

«Prendo volentieri un caffè», rispose il prete, «se però lei mi fa il piacere di berlo con me e di darmi una mano a compilare le bollette.»

«D'accordo, padre. Ciro, due caffè!» ordinò al barista mentre si accomodava, sorridendo, a fianco di Raffaele. «E porta un paio di bollette anche a me. Questa settimana non le ho ancora giocate.»

Il prete l'osservò. Bruno, brizzolato, i capelli lisci e in ordine, un naso leggermente adunco, di corporatura media, si poteva definire un bell'uomo, senza avere tuttavia alcuna caratteristica di spicco, se non fosse stato per due bellissimi occhi scuri, acuti e profondi che ne denotavano la brillante intelligenza e che saettavano qua e là senza sosta.

«Non ci contavo, ma speravo che magari mi avrebbe aiutato se fossi venuto a giocare qui, so che lei è un esperto.»

«Sono un esperto, ma non vinco spesso. Magari riesce meglio a voi, con gli aiuti che avete dall'alto...» Si mise a ridere e Raffaele fece altrettanto.

"Che strano prete", si disse Gennaro. Nel quartiere ne parlavano tutti, raccontandone le originalità. Ma lo facevano con affetto: quell'uomo vero e umanamente imperfetto li aveva colpiti.

Raffaele non sapeva quale fosse il segreto della sua popolarità. Non poteva immaginare che il suo modo di fare avesse ridotto le distanze che separavano la gente dall'Essere di cui era il portavoce, cambiando l'immagine che avevano di Lui. Da entità vaga e lontana, superbamente assisa su un trono che non riuscivano neanche a immaginare, pareva adesso l'amico di un amico, più a portata di mano.

I due uomini cominciarono a confrontarsi sui pronostici delle varie partite e, poco dopo, avevano compilato le rispettive schedine.

Nel frattempo, durante la conversazione, uno strano movimento aveva attirato l'attenzione del prete: gente che entrava, si dirigeva alla toilette e non ne usciva più. Ne aveva contati almeno quattro da quando si era seduto. Probabilmente da lì si accedeva all'ingresso nascosto della bisca, ma non era questo a interessarlo in quel momento.

«Un poco di soldi in più, da stanziare per qualche iniziativa a favore dei giovani, non mi spiacerebbe. Magari un grande schermo dove invitarli a vedere le partite.»

«È davvero una bella idea, padre, qua sono tutti tifosissimi», disse Gennaro, buttando giù il caffè in un sorso.

«Sì, me ne sono accorto, è bello coltivare la passione per lo sport. E i napoletani lo sanno fare in modo speciale, ci mettono il cuore. Quando vedo in TV il San Paolo stracolmo, con le meravigliose coreografie che sanno inventare, mi emoziono sempre, e mi piacerebbe davvero stare lì.»

«Vuol dire che qualche volta organizziamo, padre. Chiaramente dovreste vestirvi con abiti normali. Altrimenti lo spettacolo al San Paolo lo date voi.» Entrambi esplosero in una risata.

«Vedremo, Gennaro, ci penserò», disse il prete. Poi, cambiando discorso: «Oggi è venuta la sua fidanzata a trovarmi, mi ha comunicato che avete deciso di sposarvi. Complimenti, è davvero una bella ragazza».

Gennaro sorrise orgoglioso. «Grazie, padre», disse, poi ci pensò un secondo e chiese stupito: «Ma allora anche gli uomini di chiesa si accorgono della bellezza?».

«E perché no, Gennaro? Mica siamo ciechi. La bellezza merita di essere onorata e ammirata, è un dono del Signore come un altro. Anche se a volte gli uomini la trasformano in un'arma. In un'arma pericolosa.»

Gennaro lo fissò. «A volte invece capita il contrario, e cioè che chi la possiede deve continuamente difendersi da chi se la vuole prendere, con o senza il loro consenso», disse pensieroso.

E così, ora, Nennella lo aveva convinto della sua innocenza, pensò Raffaele. La furbissima ragazza sapeva come volgere ogni avvenimento a suo vantaggio e far vedere agli altri solo quello che voleva vedessero. Ma lui? I suoi occhi tradivano un'intelligenza fuori dal comune e, per quanto potesse essere innamorato, gli pareva inverosimile che si fosse fatto raggirare così. Perché Nennella, con la corte spietata che le faceva Renato, era in qualche modo coinvolta, ne era sempre più convinto. Lo aveva capito d'istinto, o meglio, così chiamava quella serie d'informazioni ottenute e di analisi fatte sull'animo delle migliaia di fedeli che aveva confessato nel corso di trent'anni di sacerdozio e che erano diventate come la banca dati di un potente computer che, se gli fosse stata posta una domanda, avrebbe messo insieme tutti i tasselli e fornito un quadro e una risposta precisi nel giro di pochi secondi.

Ma certo. Gennaro sapeva perfettamente che Nennella aveva dato corda a Renato e per questo l'aveva odiato ancora di più, pur lasciandosi convincere che si fosse trattato di innocente civetteria. L'aveva considerata sventata e sciocca, ma mai in malafede e si era convinto anche, probabilmente a ragione, che i rischi che correva erano reali. Capacissimo di farsi giustizia si disse, ma rispose a tono: «Purtroppo ha ragione, spesso possedere una così evidente bellezza esteriore espone al rischio di essere considerati una preda».

«In quel caso è bene trovarsi un buon guardiano.»

Gennaro sorrise astuto e gli occhi gli brillarono di una luce allarmante.

14.

Skizzo raggiunse Raffaele in sagrestia appena questi ebbe finito di celebrare la messa.

«Buongiorno, padre», lo salutò timidamente.

«Dimmi, Skizzo, che c'è?»

Il ragazzo restò lì impalato. Forse stava osando troppo? Gli occhi del prete lo scrutavano interrogativi consci del suo evidente disagio. Temeva di essere preso per uno scostumato, uno che non sa stare al posto suo. Eppure era convinto che padre Raffaele non se ne fregasse niente dei ruoli e delle distanze.

Incontrarlo aveva cambiato parecchio la sua vita. Trovare qualcuno che lo stimasse, che avesse fiducia in lui e nel suo lato migliore gli aveva dato l'audacia di poterci credere anche lui.

Si decise.

«Niente, padre», aveva preso coraggio, «volevo chiedervi se questa sera posso venire a vedere la partita, stiamo alla fine del campionato e, come sapete, ogni partita è importante. E poi volevo sapere anche se, nel caso voi pensate che questo si può fare, posso invitare Federico e anche alcuni amici che non hanno Sky.»

Il ragazzo aveva parlato senza tirare il fiato neanche una volta, quasi temesse che, fermandosi, non avrebbe osato più continuare. Ora lo guardava interrogativo, chiedendosi, di nuovo, se avesse esagerato.

«Ma certo, Skizzo, sarà un piacere immenso tifare insieme a tutti voi. Vi aspetto per le venti e trenta e dirò ad Assuntina di preparare qualcosa. Sarà felice anche lei, sono sicuro che non vede l'ora di ingozzarvi allo sfinimento con i suoi ottimi manicaretti.»

Skizzo scoppiò a ridere. Ora era rilassato, non si era sbagliato: don Raffaele era davvero un grande uomo.

La diffidenza iniziale era completamente scomparsa e il suo giudizio, che diventava sempre più positivo, si rafforzava ascoltando i discorsi che sentiva nel quartiere. Padre Raffaele era amatissimo perché provava ad aiutare le persone in ogni modo. Aveva, tra l'altro, creato un gruppo di fedeli per supportare le famiglie in difficoltà. E la metodologia era geniale. Ognuno offriva quello di cui disponeva: il professore si prestava a dare lezioni private, l'avvocato a seguire una causa, il muratore a riparare qualche crepa e così via. E le prestazioni erano intercambiabili: io riparo il muro a te, tu dai lezioni di matematica a mio figlio. Questi erano i servizi offerti dal gruppo. In pratica si metteva a disposizione una cosa preziosissima, il tempo, che unito alla competenza, diveniva di un'utilità impagabile per quella gente umile. Poi c'era un altro gruppo, che offriva beni. Il ristoratore quanto era rimasto dei piatti del giorno, il fruttivendolo la frutta che non avrebbe potuto vendere l'indomani e così via. Sapeva che suo padre dava ogni giorno un sacco di pane e due chili di biscotti da distribuire ai più poveri.

Insomma, quando si trattava d'aiutare qualcuno, padre Raffaele era sempre in prima linea e, se non era in grado di affrontare personalmente il problema, convinceva chi poteva farlo e non voleva sentire ragioni.

Un po' soldato e un po' guappo gli pareva certe volte, e per questo lo ammirava sempre di più.

A casa, il prete trovò la perpetua che metteva a posto una libreria dondolando pericolosamente su un alto scaletto.

E il pranzo?

«Don Raffae', voi siete troppo disordinato», esordì sentendolo arrivare, «i libri non si tengono come fate voi, tutti alla rinfusa, che se poi uno li cerca non sa come trovarli.»

Raffaele rabbrividì. Che stava combinando Assuntina con i suoi libri?

«Guardate adesso, li ho sistemati tutti in ordine alfabetico, per autore. Dall'alto in basso vanno dalla A alla Z, quelli che cominciano con le lettere strane, invece, li trovate per ultimi.»

Il prete decise che voleva morire in quel momento, ci aveva messo più di dieci giorni a sistemare i suoi libri per argomento e ora non ci avrebbe capito più niente. Le lettere strane immaginò fossero quelle dell'alfabeto anglosassone. Un lavoraccio tutto da rifare.

Chissà cosa era passato per la mente ad Assuntina, alla quale peraltro aveva chiaramente proibito, all'inizio della loro convivenza, di mettere le mani sia tra i libri sia tra i dischi. Forse era arrivata a sentirsi troppo in confidenza e, per questo, autorizzata ad agire a modo suo.

Non era il caso di fare questioni, ma l'avrebbe strozzata volentieri.

La perpetua scese dalla scala traballante e si strofinò le mani sul grembiule.

«Tutt'apposto, adesso vado a prendere il sartù. Ma che avete don Raffae', che è quella faccia?»

«Lasciamo perdere, Assuntina, meglio se non parlo.»

«Come volete», rispose svelta la perpetua, nella quale si stava facendo strada il sospetto di essere la causa di quel malumore.

Assuntina si mise a preparare la tavola in silenzio. Un silenzio eloquente, di chi ha capito di averla combinata grossa.

Dentro di sé, Raffaele la perdonò all'istante. Appena ebbe portato in tavola il sartù di riso, fece come per andar via col pretesto che doveva sbrigare alcune faccende in cucina, ma lui la trattenne.

«Siediti, Assuntina, e non ti preoccupare, sistemerò tutto io appena avrò un poco di tempo. Ora avrei bisogno di alcune informazioni.»

La donna, sentendosi assolta, si sedette contenta.

La porzione di riso al forno con melanzane e provola fumava ancora nel piatto. Raffaele, in attesa che si raffreddasse ne approfittò per indagare: «Che mi sai dire della fidanzata di Renato Capece?».

«Ma chi, Anna d'Arco? Come, voi non ne sapete niente?»

domandò sbalordita. «E già, forse non ve ne ho mai parlato», continuò meditando su quel peccato di omissione.

«No, mai», confermò Raffaele.

«Be', Anna d'Arco fu una sorpresa per tutti», cominciò Assuntina, riassumendo notizie e pettegolezzi per poter fare un quadro il più dettagliato possibile. «Bella, perbene, ricca, e figlia di un notissimo medico che insegna all'università. Che cosa ci potesse mai trovare in Renato Capece non l'ha capito nessuno. Da una mia amica, che faceva la domestica per un intimo amico di famiglia della ragazza, avevo anche saputo che il padre non era d'accordo su questo matrimonio. Non riteneva Renato all'altezza della figlia. E ci credo, ve lo figurate voi il Capece tra gente così? Pare che in casa di Anna ci fossero discussioni a non finire. In più, per lui, lei aveva lasciato il suo precedente fidanzato, che era figlio di un carissimo amico del professore, uno dei più importanti avvocati di Napoli. Ho saputo, sempre dalla mia amica, che il professore ha cercato in tutti i modi di far ragionare la figlia, ma non c'è stato verso. Tra l'altro la ragazza è ricca personalmente, quindi del consenso del padre poteva anche fregarsene. E poi, come noi ben sappiamo, neppure a Renato mancavano i soldi. Insomma, lei era innamoratissima e capa tosta e, se non fosse successo quel che è successo, le nozze sarebbero già state celebrate.»

Raffaele ascoltava attentamente, si andavano improvvisamente aprendo degli scenari nuovi e imprevisti. Che stupido era stato a non pensarci prima a indagare in quella direzione.

«Secondo me», riprese Assuntina, «il poliziotto aveva deciso di fare il salto di qualità. Ormai i soldi ce li aveva, probabilmente adesso voleva la moglie nobile e ricca per entrare nel bel mondo. Era di quelli ambiziosi, Renato, di quelli che guardano sempre più in alto. Certo, come abbia fatto a ingannare tutta quella gente sul suo conto proprio non lo so», aggiunse perplessa.

Ma li aveva ingannati proprio tutti? si chiese Raffaele. Il padre di Anna pareva non essere d'accordo. Renato, che era un uomo violento, un informatore della camorra, uno che si era arricchito facendo lo strozzino, poteva aver dato di sé un'immagine tanto diversa? O qualcuno, invece, non l'aveva bevuta e aveva provveduto a eliminare quell'elemento inquinante in modo definitivo?

«Padre Raffae', ma ho capito bene?» La perpetua lo fissava e sorrideva.

«Che hai capito Assunti'? Che vuoi dirmi?»

«Che state provando ad aiutare Totore, che state facendo una specie di vostra indagine personale perché pure voi lo credete innocente?»

«Sì, è vero», sorrise. «Non ti si può nascondere niente. Ho promesso a Totore che avrei provato ad aiutarlo, con i miei mezzi limitati s'intende, non sono certo un poliziotto.»

«Sono contenta, se lo merita poveretto. Anche se si arrabatta in modo un poco disonesto non è giusto che lo condannino per un omicidio che non ha commesso. E non vi preoccupate, pure se non siete un poliziotto conoscete così bene le persone e le loro debolezze che forse manco il miglior investigatore può starvi alla pari.» Si fermò un attimo e poi aggiunse: «E poi avete me. Chi altri potrebbe aiutarvi meglio a raccogliere un poco d'informazioni!».

Raffaele rise. «Piano con l'entusiasmo, Assunti', cerchiamo di non combinare guai, d'accordo? Cerchiamo di svolgere la nostra piccola indagine per aiutare quell'uomo senza fare troppi danni.»

Lei annuì contenta e il prete si confessò che probabilmente quello che lo spingeva a quell'indagine non era propriamente l'innocenza dell'ambulante.

E poi l'abilità che aveva sviluppato di leggere nell'animo della gente, da quando era tornato a Napoli pareva essersi offuscata. Tutto quell'insieme di nozioni, raziocinio, istinto e talento che ne avevano fatto negli anni passati quasi un lettore del pensiero altrui, lì avevano perso di potenza. E si chiese se fosse suo demerito o l'innata capacità di quel popolo d'ingannare chiunque in maniera sublime.

Lasciò perdere la questione, almeno per il momento. Poi si alzò e disse ad Assuntina che i ragazzi sarebbero andati a vedere la partita da lui quella sera, di provvedere come meglio credeva a un piccolo buffet.

La perpetua, stupita ed eccitata, stava per travolgerlo con mille domande, ma lui le disse che andava di fretta.

Si mise subito in movimento, doveva arrivare fino a Posillipo, praticamente si trattava di attraversare la città. Fece una passeggiata fino a Salvator Rosa da dove avrebbe preso un autobus che, percorrendo tutto il corso Vittorio Emanuele, l'avrebbe portato a Mergellina.

Passando per i Vergini, a ridosso di innumerevoli bancarelle colorate, vide la chiesa di Santa Maria e pensò alla storia di quel posto e alla leggenda che vi era legata. Il nome Borgo dei Vergini si rifaceva a una confraternita religiosa greca che un tempo abitava il quartiere, gli eunostidi, una comunità di uomini dediti alla temperanza e alla castità. Alla base del loro credo c'era la vicenda, a metà tra storia e leggenda, di Eunosto, un affascinante giovane, vittima dell'insistente corteggiamento di Ocna. La ragazza, figlia di un magistrato, corteggiò a lungo il fanciullo, senza ottenere alcuna risposta. Infine, travolta dalla passione, tentò di sedurlo con una vera e propria aggressione, ma Eunosto reagì bruscamente e si difese con la forza. Ferita nell'orgoglio oltre che nel corpo, Ocna raccontò ai fratelli di essere stata vittima di un tentativo di stupro e questi la vendicarono uccidendo il ragazzo. Quando, poco dopo, si scoprì la verità, i due furono arrestati, Ocna si tolse la vita e i cittadini dedicarono un tempio al povero e innocente Eunosto. Raffaele non sapeva perché questa storia gli ricordasse il caso di Capece. Non gli sembrava ci fossero attinenze tra le due vicende. Oppure un nesso c'era e il suo istinto vedeva cose che la ragione non aveva ancora decifrato.

Non gli dispiaceva quella passeggiata, indipendentemente da quale fosse lo scopo. Non aveva avuto molto tempo per visitare la sua città da quando era tornato e molte strade, più che riviste, le avrebbe scoperte per la prima volta.

Era troppo piccolo quando era stato portato via e, a parte

la Sanità e il bel mare di via Caracciolo, dove sua madre lo portava di tanto in tanto a passeggiare, non ricordava altro. Quel frammento di memoria, sollecitato, si risvegliò prepotente.

Più volte si era trovato con la sua manina stretta in quella della madre, a osservare l'incantevole golfo.

A farsi ripetere senza sosta la storia dell'uovo murato dentro quel castello così allungato nel mare che a lui pareva una nave pronta a salpare.

«E perché l'hanno murato?» domandava per l'ennesima volta.

«Perché era un uovo magico che aveva il potere di mantenere in piedi l'intera fortezza.»

«E se si rompe?»

«Se si rompe è un guaio. Non solo crollerebbe il castello, ma anche Napoli sarebbe invasa da sciagure e catastrofi.»

«Ma non si rompe, vero?»

«No, amore», sorrideva lei accarezzandogli i capelli, «l'uovo è protetto benissimo e non si romperà mai.»

Alcuni pomeriggi scendevano insieme a piedi fino in via Roma – allora si chiamava ancora così – e arrivati in fondo alla strada che Stendhal definì la via più popolosa e gaia del mondo, attraversata piazza del Plebiscito, incominciavano a vedere il blu. Era quasi una marcia ma poi, giunti sul lungomare, camminavano piano, godendosi la brezza e il sole sul viso. Qualche volta si fermavano e, scavalcando la ringhiera, si andavano a sedere su uno scoglio, dove rimanevano a contemplare il panorama, placidi e soddisfatti. Lui, spesso, incantato dalla maestosità del Vesuvio, chiedeva alla madre di parlargliene e si stringeva a lei, terrorizzato e felice, ché quel mostro dalle fauci di fuoco nulla avrebbe potuto fino a che le fosse rimasto vicino.

Si commosse davanti all'ingenuità del bambino che era stato, alle sue illusioni piene di speranza.

Era durata così poco la felicità.

Il suo uovo magico si era rotto e la sciagura era stata pronta a ghermirlo.

Una delle ultime volte che erano usciti era una giornata grigia e ventosa. Ricordava perfettamente, come se ancora lo bagnassero, gli schizzi alti e salati delle onde. E il volto di lei, su cui si mischiavano i due sali preziosi, quello del mare e quello delle lacrime. Non avevano detto niente quel giorno e lui nel suo piccolo cuore aveva sentito l'artiglio di una minaccia incombente. Allora non aveva saputo spiegarselo quel nero sentimento. Oggi sapeva che era stato il presagio della catastrofe.

~ Napoli, 1972 ~

Peppino e Raffaele camminavano per mano dietro il carro funebre.

Li seguiva una folla ammutolita e commossa.

Avevano fatto a gara, nei giorni precedenti, per aiutarli a organizzare il funerale e per cercare di consolarli in tutti i modi.

Vicini e conoscenti avevano partecipato in massa. Il piccolo basso era stato ripulito e messo in ordine. La madre vestita con cura e delicatezza. Cibarie d'ogni sorta erano arrivate a tutte le ore e un gruppo di donne l'aveva vegliata pregando e dandosi il cambio dal momento della dipartita fino all'arrivo dei becchini.

Peppino aveva comprato per sé e per il fratellino due eleganti abiti neri e pure le cravatte.

Ora si muoveva rigido e composto, stringendo Raffaele che, vestito come un ometto per la prima volta in vita sua, non la smetteva di singhiozzare da giorni.

I fiori sommergevano la bara e un altro carro pieno seguiva con gli omaggi che ognuno, nella misura in cui poteva, aveva voluto fare a quella donna che, troppo presto e di certo con inenarrabile sofferenza, era stata strappata al suo focolare.

Una corona di rose rosse viaggiava separata, precedendo il corteo. Sul nastro viola poche parole: con eterno amore. L'ultimo dono dell'uomo che immensamente l'aveva amata e che, per qualche sorta d'incomprensibile magia, l'aveva fatta felice nonostante quell'arrabattarsi sempre un passo indietro alla legalità e pur senza riuscire a starle accanto mai più di pochi mesi per volta e al quale era stato negato anche il permesso di assistere ai funerali.

«Ma la mamma adesso è un angelo del paradiso?» chiese sommessamente il piccolo singhiozzando.

«'O cchiù bello, Rafe'. La mamma oggi è l'angelo più bello di Dio.» Poi Peppino si morse il labbro fino a farlo sanguinare, trattenendo lacrime affilate come lame.

Il bambino lo strinse di più.

Il ragazzo, impietrito nel corpo dal dolore, tanto più forte e acuto di quello del fratello per la sua impossibilità a esprimersi, lavorava incessantemente col pensiero.

Se prima aveva provato a fare il padre e magari pure il marito, da oggi doveva essere madre e non sapeva come fare a calarsi in quel ruolo. Ma ce l'avrebbe fatta, doveva, il fortissimo amore che provava per Raffaele lo avrebbe aiutato.

A quella preoccupazione si aggiungevano sentimenti altalenanti nei confronti della morta. Al dolore acuto della perdita, si alternava una rabbia folle, quasi che la sua scomparsa fosse una forma di feroce tradimento. "Come hai potuto?" si ripeteva. "Come hai potuto lasciarci così?"

La folla, intanto, procedeva quasi galleggiasse, tanto era il silenzio che l'avvolgeva.

Il cielo, sgomento e immobile come tutti i cieli che sovrastano le tragedie, si rifletteva sulle chianche *umide che aggiungevano alla loro memoria quei tristi passi.*

15.

A Raffaele, perso nei ricordi, la strada era sfilata via indifferente, e il corso era giunto quasi al termine. Arrivò a Mergellina per cambiare autobus e si fermò alle spalle dello chalet più famoso della città che, gremito di gente a qualunque ora del giorno e della notte, sfornava e distribuiva prelibatezze a ciclo continuo. I tavolini erano affollati e in molti sorseggiavano quel caffè di fama internazionale. Ne avrebbe preso uno anche lui appena avesse potuto, si disse, ora non voleva allontanarsi dalla fermata con il rischio di perdere un autobus che tutti consideravano una chimera. Passò il tempo dando uno sguardo alla sfilata di barche a vela e a motore che dondolavano pigre nel porticciolo. Erano quasi tutte imbarcazioni napoletane, eccetto quelle ancorate al molo che portava al faro. Lì, bandiere d'ogni tipo sventolavano su yatch che, a mano a mano che si procedeva verso la fine del molo, diventavano sempre più grandi e lussuosi. Vere e proprie navi. Chissà che esistenze si portavano in giro, si domandò. Ma non fece in tempo a rispondersi. La fortuna aveva voluto che, in una città dove il passaggio dei mezzi pubblici era saltuario e approssimativo, e su quella linea più delle altre, lui avesse beccato subito la coincidenza.

Salendo per via Posillipo, si concentrò su quanto gli aveva raccontato Assuntina. Dunque, c'erano altre persone, oltre a quelle del quartiere, che avevano motivo di odiare Renato. Innanzitutto il padre di Anna. Immaginava quanto doveva essersi preoccupato, se realmente aveva percepito l'indole losca e violenta del futuro genero. Si domandò se fosse proprio questo il motivo per cui il professor d'Arco lo aveva rifiutato. Oppure, più semplicemente, voleva che la figlia sposasse qualcuno della stessa estrazione sociale? E poi c'era l'ex fidanzato: quanto era ancora innamorato di Anna e quanto ne era geloso? Avrebbe trovato il modo di parlare anche con lui.

Intanto l'autobus saliva per il dolce pendio, era passato da palazzo Donn'Anna, l'antico edificio che faceva penisola sul mare, e Raffaele ne era rimasto incantato. In alcuni punti il panorama era talmente bello da sbalordirlo. La parte della collina che scendeva verso il mare era un susseguirsi di parchi meravigliosi, un trionfare di verde rallegrato da fiori di ogni colore. Dalla strada, si vedevano solo grandi cancelli tra gli alberi. Le ville che si trovavano più in basso, nascoste dalla vegetazione, si potevano solo intuire, quasi che i proprietari volessero nasconderle agli occhi degli amanti della terraferma. Solo dal mare, infatti, le si poteva ammirare in tutta la loro grandiosità.

Certo questo era ben altro modo di vivere la città. Qui sembrava che tutto il bello del mondo avesse trovato la sua ragion d'essere. Che la vita avesse la possibilità di procedere senza intoppi, riempiendosi solo di mare, sole e quiete. Di snodarsi tra cespugli di bouganville e vasi di gerani. Docile e immensa.

L'autobus aveva superato di poche centinaia di metri l'imponente mausoleo, quando arrivò alla sua fermata.

Raffaele scese e si diresse verso l'indirizzo che si era procurato.

Il parco in cui abitavano i d'Arco digradava fino al mare. Una serie di ville, immerse tra palme e pini mediterranei, era illuminata dal sole. Dunque era questa la realtà alla quale si stava avvicinando Renato. Ne immaginò la soddisfazione.

Si disse che quel posto da ricchi, con i cieli ampi e la natura rigogliosa, pareva in superficie scevro da ogni male, ma sapeva bene che non era così.

Lui a Roma era cresciuto in un mondo simile e ricordava ancora lo stupore al suo ingresso in quella villa antica, con i pavimenti così lucidi, i mobili perfetti, l'argenteria così risplendente che aveva quasi paura a muoversi e respirare per timore di insozzare qualcosa.

Ma non era il lusso la differenza fondamentale, la diseguaglianza era un'altra: le occasioni. Erano le occasioni a separare nettamente i destini di chi nasceva da una parte o dall'altra della fortuna. Occasioni che scorrevano come torrenti in piena. Intere praterie di occasioni da cogliere allungando la mano. E, prima tra le altre, l'occasione di vivere secondo la propria natura, senza doversi piegare a scelte imposte dalla necessità. La possibilità di scegliersi la strada che si amava e non quella obbligata dalla sorte.

Disse al portiere che intendeva recarsi dalla famiglia del professor d'Arco, di annunciare padre Raffaele. Anche se non lo conoscevano, nessuno avrebbe chiuso la porta in faccia a un prete.

L'uomo citofonò e dopo un breve scambio di battute gli indicò come procedere.

Raffaele percorse il viale quasi fino in fondo, la villa che cercava affacciava direttamente sul mare.

Bussò al cancello che gli fu subito aperto. Una domestica lo attendeva sulla soglia e lo fece accomodare in un grande salone, curato e luminosissimo, con immense vetrate sul golfo di Napoli.

La vista poteva spaziare dalla collina del Vomero a Castel dell'Ovo, dall'immenso porto al Vesuvio, fino a Capri.

La donna gli domandò con chi volesse parlare e lui chiese di Anna. Gli rispose di attendere un attimo, che presto la signorina sarebbe arrivata.

Nei minuti che passarono, Raffaele si guardò attentamente intorno. La casa era lussuosa, come ce ne dovevano essere tante da quelle parti. Com'era tutto diverso dal quartiere dove abitava. Eppure, lo sporco si annidava anche lì, tra quelle dimore regali, lungo i viali alberati, come in ogni quartiere del mondo. E forse, pensò, era uno sporco anche peggiore, un nero più puro, perché non vi erano né la necessità né l'ignoranza a spingere verso il male.

Un rumore lo fece voltare.

Per quanto gli avessero potuto descrivere Anna, restò sorpreso dalla ragazza che si trovò di fronte.

Alta, bionda, lineamenti delicati e bellissimi. Questa era la donna che si era innamorata di Renato? Era allibito.

Anna camminava a fatica, nonostante conservasse movenze dolci ed eleganti. Gli parve fosse sotto l'effetto di qualche tranquillante.

Lo salutò con un sussurro e si sedette. Non sembrava interessata a capire il perché della sua presenza lì.

Raffaele, vedendo che non accennava a parlare, prese in mano la situazione.

«Buongiorno, signorina d'Arco. Si starà sicuramente chiedendo cosa ci faccia qui. Sono padre Raffaele, il parroco di Santa Maria alla Sanità, la parrocchia della quale faceva parte Renato Capece. Ci sono arrivato da poco, per cui non lo conoscevo bene, ma sono molto dispiaciuto per quanto è successo e vorrei poterle recare un po' di conforto, chi rimane ne ha più bisogno di chi se ne va.»

Anna, che sentiva di non aver trovato sufficiente comprensione al suo dolore da nessun'altra parte, si abbandonò silenziosamente alle lacrime.

«Sarei già sposata», gli disse con un filo di voce, «se non fosse accaduta questa terribile tragedia. In questo momento sarei in viaggio di nozze. Dovevamo partire oggi, prima l'America e poi la Polinesia. Renato aveva avuto un mese di permesso.» Riprese a piangere a dirotto questa volta.

Raffaele provava una gran pena, eppure continuava a chiedersi come avesse fatto quell'essere quasi angelico a innamorarsi di un tipaccio come Renato. Che astuzie aveva usato il poliziotto?

«Poi», riprese la ragazza a sorpresa, «al nostro ritorno saremmo venuti ad abitare in questo stesso parco. Mio padre da tempo mi aveva regalato una villa, a poche decine di metri da qui, per avermi vicina il giorno in cui mi sarei sposata. Ho finito di ultimarla un mesetto fa, era pronta ad accoglierci, aspettava solo noi.»

Anna s'interrompeva spesso per asciugarsi le lacrime, ma continuava a sfogarsi. «Sa, io l'avevo capito subito che Renato era l'uomo della mia vita. Dal momento in cui l'ho conosciuto, in una caffetteria del centro, non è più esistito nient'altro per me, e quando mi propose di sposarci pensai di aver raggiunto la felicità che attendevo. Era un uomo forte, energico e protettivo. Quello che avevo sempre aspettato. Mia madre è morta che andavo ancora alle medie, e mi è mancata tanto, e nonostante con mio padre abbia sempre avuto un bel rapporto, non vedevo l'ora di avere una famiglia mia.»

«La sua era una famiglia felice, immagino», chiese il prete senza far trasparire le perplessità che la descrizione di Renato gli aveva suscitato.

Anna lo guardò sconfortata. «Mio padre non ne era contento», rispose afflitta. «Era molto affezionato al mio ex fidanzato, lo conosceva da quando era bambino, è figlio di uno dei suoi amici più cari. Che ci sposassimo era il suo sogno. Lui circolava in questa casa da sempre e io credo che papà lo considerasse un po' come il figlio maschio che non ha avuto. Io sono figlia unica, mia madre si ammalò pochi anni dopo la mia nascita, per cui avevano messo da parte l'idea di avere altri bambini. Massimiliano poi ricambiava l'adorazione di mio padre, erano sempre lì a chiacchierare delle loro passioni comuni, la lirica, i cavalli. Ma questo non ha cambiato niente, io ho capito di non amarlo più nello stesso istante in cui ho incontrato Renato.» Un singhiozzo la interruppe per un attimo. «Ma ero sicura, sicurissima, che papà, col tempo, si sarebbe convinto che avevo fatto la scelta giusta, l'avrebbe capito, avrebbe imparato ad apprezzarlo. Renato era un eccellente poliziotto, un uomo dal grande rigore morale, era molto stimato in questura, con le sue doti avrebbe fatto una brillante carriera e, d'altronde, è a causa del suo lavoro che è stato ucciso, no?» Grosse lacrime ricominciarono a scenderle sul volto.

"Santo Dio", pensò il prete, "questa è la seconda donna che incontro che Renato ha reso completamente cieca. Quell'uomo era un incantatore di serpenti."

«Il suo ex fidanzato ci sarà rimasto male…»

«Sì, lui voleva sposarmi. All'inizio ha tentato di convincermi in ogni modo, usando, devo dire, anche dei colpi bassi. Non perdeva occasione per parlare male di Renato o per puntualizzare a suo avviso delle défaillance nella sua educazione e nella sua cultura. Io, si figuri, non lo stavo neanche a sentire. Renato era una persona perbene, aveva solo avuto la sfortuna di nascere in un ambiente meno agiato del nostro. Ma era un uomo intelligente, non avrebbe tardato a mettersi al pari con tutti gli altri. Ora però Massimiliano è tornato a essermi amico, in questi giorni ha cercato di confortarmi senza pretendere niente. Prima, invece, se ci incontravamo in qualche occasione mondana, faceva finta di non vedermi per non dover salutare Renato. Ma si sarebbe rassegnato anche lui. Io la mia scelta l'avevo fatta ed era definitiva.»

«Come le ho detto non conoscevo bene Renato; invece conosco bene la sorella e il nipote con i quali ho spesso occasioni d'incontro. Ma sicuramente lei li conoscerà meglio di me.»

«Purtroppo no, li avrò visti un paio di volte in tutto. Non avevo occasioni per andare a casa loro. Lui mi disse che abitavano verso via Foria ma non ci sono mai stata. Sapete, Renato aveva preso da qualche mese un monolocale a corso Vittorio Emanuele, ed era lì che andavamo quando volevamo rimanere un po' da soli. Adesso l'aveva lasciato, ormai stavamo per sposarci. Con i suoi parenti, in quelle due circostanze, andammo a mangiare una pizza. Erano entrambi silenziosi e non molto comunicativi, ricordo che il tempo non passava mai. Comunque sembravano persone tranquille e perbene. Lei è una bella donna e anche il ragazzino. Un bambino molto educato. Somigliavano molto a Renato, anche se non avevano la sua stessa energia. Da allora non li ho più né visti né sentiti. La morte di Renato l'ho appresa dal telegiornale.»

A quel ricordo i singhiozzi della ragazza divennero irrefrenabili.

«Dal telegiornale?» chiese esterrefatto.

«Sì, l'altro giorno dovevamo vederci per la nostra ultima cena da fidanzati, ma lui non si è più fatto sentire. Io lo chiamavo, ma non era mai raggiungibile. Poi sul tardi ho acceso il televisore e...» Si abbandonò sfatta e in lacrime sulla poltrona.

Già, il cellulare: l'avevano trovato rotto sotto il corpo e ora era in mano agli inquirenti.

Raffaele cercò d'improvvisare delle parole di conforto, Anna l'aveva scampata per un soffio, e non si rendeva conto di nulla.

«Buonasera.» Una voce maschile lo fece voltare.

Un signore alto, distinto, molto simile ad Anna, veniva verso di loro. Da quanto tempo stava ad ascoltare? si chiese Raffaele.

Il prete si presentò e spiegò il motivo della sua presenza.

«Buongiorno, io sono il padre di Anna, il professor d'Arco. La ringrazio del suo interessamento», disse, «ma le assicuro che mia figlia è accudita benissimo in famiglia e questa brutta esperienza sarà presto dimenticata.» Ne parlava come se si trattasse della sbucciatura di un ginocchio, gli occhi duri e vigili. «Tra qualche mese Anna starà già pensando a qualcos'altro.»

Il tono fu così sprezzante che la ragazza sobbalzò.

Raffaele, di fronte a una tale mancanza di sensibilità, non poté fare a meno di controbattere: «Mio caro professore, per quanto possa essere contento degli ultimi avvenimenti, dovrebbe tenere meglio in considerazione i sentimenti di sua figlia, se realmente è intenzionato ad aiutarla».

«So gestire benissimo la mia famiglia da solo», replicò, «non ho bisogno dei consigli di nessuno.»

Raffaele si disse che doveva avere di fronte un uomo che difficilmente si lasciava scomporre dagli eventi, vista la sua antica educazione. Cosa lo stava rendendo allora così inospitale, al punto da diventare scostumato? Il prete conosceva bene quelli della sua razza e sapeva che certe educazioni ti tramandano una diplomazia congenita, un tatto e un saper fare tale che ti consentono di cavartela con stile in qualsiasi situazione. Di dire tutto sommato le stesse cose, ma in un modo e con un controllo tali da rimanere elegantemente irreprensibile e far sentire l'altro imbarazzato e confuso, colpevole e meschino. Non erano sicuramente suoi i modi che stava usando e inoltre non capiva come potesse essere così duro da non vedere il dolore autentico della figlia.

Non fece in tempo a domandarselo che Roberto d'Arco proseguì: «Ora credo che la sua visita possa anche terminare. La ringrazio di essersi interessato a noi, ma Anna ha solo bisogno di dimenticare, e non di qualcuno che venga a rinfocolare il suo dolore».

L'uomo era livido e rabbioso, Anna taceva con la testa china e le lacrime che arrivavano a bagnare il marmo lucido. Era una scena che lo feriva al cuore, ma lei non si ribellava e Raffaele preferì non aggiungere altro. Avrebbe trovato il modo di parlare col professore un'altra volta.

Disse alla ragazza che se ne avesse avuto bisogno sapeva dove trovarlo, e si accomiatò.

Durante il ritorno non fece che pensare ai nuovi orizzonti che quella visita gli aveva schiuso, nuovi moventi, nuove possibilità. Un puzzle difficilissimo, una montagna di tessere confuse alle quali era sicuro mancassero ancora dei pezzi, prima di poter solo provare a metterle in ordine.

Anna era stata la sorpresa più grossa della giornata. Con la sua bellezza e quella gentilezza innata, era quanto di più contrapposto a Renato potesse mai conoscere. Eppure ne era stata innamorata davvero, su questo era sicuro di non sbagliarsi. Il padre, poi, un nobiluomo, un professionista stimato che, solo al sentir nominare il poliziotto, dimenticava ogni forma di buona educazione. A tal punto l'aveva temuto? Che cosa sarebbe stato disposto a fare per liberarsene? Si era limitato a redarguire la figlia o aveva pensato che di fronte a tanta ostinazione servissero le maniere forti? Lei era completamente soggiogata da Renato e non ci sarebbe stato altro modo per convincerla a rinunciare. Certo, se solo avesse subodorato anche parte della vera personalità del poliziotto, motivi di allarmarsi e di provare a intervenire drasticamente ne avrebbe avuti a sufficienza. Di sicuro non gli sarebbero mancati i mezzi per assoldare un sicario. E, siccome il male è trasversale a tutta la società, un aggancio il professore sarebbe stato capace di trovarlo anche nel suo ambiente.

Questa volta Raffaele si fece portare dall'autobus senza degnare di uno sguardo ciò che lo circondava, completamente immerso nei suoi pensieri. Anche l'ex fidanzato era uno sul quale avrebbe dovuto indagare attentamente. Innamorato, insistente, geloso. Si era davvero mai rassegnato del tutto? O aveva deciso di eliminare il rivale in modo radicale? Doveva assolutamente informarsi su dove avesse lo studio e fargli visita quanto prima.

Ora, l'unica cosa che aveva in mente era di tornare a casa al più presto. D'un tratto si era ricordato che quella sera giocava il Napoli e che Skizzo e i suoi amici sarebbero andati a vedere la partita in canonica. Voleva rientrare un poco prima, sentiva la necessità di discutere con Assuntina degli ultimi avvenimenti, e non fa niente se così si sarebbe sentita autorizzata a impicciarsi di tutte le sue cose.

Al ricordo della libreria completamente sovvertita stavolta rise.

Entrò in casa che erano quasi le venti, entro una mezz'ora sarebbero arrivati gli ospiti. Un misto di profumi invadeva le stanze, capì che Assuntina si stava esibendo in tutta la sua grandezza.

In soggiorno trovò il tavolo centrale allungato e, su un'allegra tovaglia a fiori, già disposti innumerevoli manicaretti. A sinistra c'erano una pizza di scarole alla quale seguiva quella con salsiccia e friarielli, una parmigiana di melanzane, una pizza piena, un casatiello e una coppa strabordante mozzarelle di bufala. Al centro il sottopentola attendeva un qualche tipo di primo al forno. Sulla sinistra poi un babà, una torta caprese, un vassoio di sfogliatelle e una ciotola di mandarini. A quale velocità aveva cucinato e quando aveva fatto tutta quella spesa?

«Assunti', sono io», disse ad alta voce.

La perpetua arrivò trotterellando, tutta sudata. «Don Raffae', vi piace come sto organizzando?» domandò ansiosa.

«Sei bravissima, Assuntina, ma guarda che aspettiamo solo cinque o sei ragazzi, mica tutta la squadra del Napoli con le riserve!»

«E vabbè, don Raffaele, i ragazzi si sa che tengono sempre fame», rispose lapidaria, e se ne tornò in cucina.

Il prete la seguì, era così indaffarata che non gli fece nessuna domanda sul pomeriggio appena trascorso.

Fu lui quindi ad aprire il discorso. «Oggi sono stato a trovare Anna d'Arco.»

Fu come lanciare una lenza con un'esca miracolosa. Assuntina si fermò con le mani a mezz'aria. «Ah sì?» disse. «E che cosa avete saputo?» Tutto il resto ormai era passato in secondo piano.

Raffaele le raccontò dettagliatamente com'erano andati i fatti e lei, attenta come un'aquila, ascoltò.

«Bah, della ragazza non so davvero che pensare, se non che sia la solita ragazzina ingenua cresciuta tra danza, poesie e cavalli, a cui il primo mascalzone un poco furbo riesce a far girare la testa. Quello che mi avete detto del padre è più preoccupante, per comportarsi come ha fatto, doveva ritenere il poliziotto un animale sporco e pericoloso, e questo mi fa pensare che, per difendere la figlia, sarebbe stato capace di tutto. Anche sull'ex fidanzato c'è da informarsi, lo farò appena posso.» Ormai la perpetua si sentiva parte integrante delle indagini. «E comunque», continuò, «non ci pensate a come vi ha trattato il professore. Quella è gente superba, se foste stato un cardinale non si sarebbe mai permesso.»

Santa Assuntina e il suo dono della sintesi, pensò Raffaele.

«Ma ora ve la dico io una grossa novità», aggiunse gongolante, sedendosi di fronte al prete. Ormai sentiva che lui l'aveva accettata come confidente e questo la mandava al settimo cielo. «È nato il figlio di don Peppino!»

Raffaele si bloccò, questa era la mazzata finale della giornata.

Il suo primo e unico nipote aveva fatto ingresso in questo mondo e lui non poteva correre a dargli il benvenuto.

16.

Quando squillò il campanello Raffaele corse ad aprire.

Quella serata era il primo vero segno che il suo lavoro stava cominciando a dare dei frutti. Il corso d'informatica si era rivelato un successo, i ragazzi si erano avvicinati a una materia che li appassionava, e ora sentiva che si stavano avvicinando anche a lui.

Sulla soglia trovò Skizzo e Federico con, alle loro spalle, un gruppetto di ragazzi dall'aria timida e impacciata.

«Venite», disse Raffaele, «il collegamento con lo studio è già cominciato.» Si fece da parte per farli entrare e gli fece strada verso il soggiorno.

La tavola imbandita sortì subito l'effetto sperato e vide i visi rallegrarsi all'istante.

«Prego ragazzi, potete servirvi subito, così ci sediamo con i piatti davanti alla TV.»

Cercò di non pensare a quanto gli aveva appena detto Assuntina e si disse che lo avrebbe fatto a serata conclusa. Quello era il suo primo vero successo con i ragazzi del quartiere e non se lo sarebbe fatto rovinare da nulla.

Cominciò a distribuire i piatti e, per farli sentire a proprio agio, si servì per primo porzioni generosissime, andandosi poi a sedere su una delle poltroncine disposte di fronte alla TV. I ragazzi seguirono presto il suo esempio e Skizzo iniziò a discutere della formazione messa in campo dall'allenatore. Non tutti erano d'accordo sulle scelte fatte e il dibattito si animò notevolmente. La voce più alta che si udiva era quella di Raffaele, che commentava competente e appassionato. Federico seduto sulla sua sedia parlava poco, ma era evidente che era felice di trovarsi lì. Gli altri ragazzi, che si erano fatti convincere a partecipare a quella serata conservando parecchie riserve, si stavano sciogliendo, quell'uomo chiassoso e tifosissimo stava conquistando anche loro.

Restarono muti di fronte alle immagini dello stadio colmo e colorato. Migliaia di bandiere azzurre lo trasformavano in un mare gonfio di speranze. I cori eccitavano gli animi portandoli alla commozione quando risuonarono le prime note di *'O surdato nnammurato*, l'inno della città.

Dopo un concitato esordio di partita, i ragazzi presero a fare la spola dal buffet dove Assuntina, alla cui cucina stavano facendo più che onore, aggiungeva soddisfatta sempre nuove pietanze. Non aveva neanche bisogno di incitarli, pensò la perpetua, mangiavano tanto e di loro spontanea volontà.

Più andava avanti il gioco, più il risultato si faceva incerto e più gli animi si scaldavano. Ormai si erano divisi in due gruppi che, senza troppi giri di parole, si lanciavano parole d'offesa del tutto dimentichi del luogo dove si trovavano.

Quando il Napoli segnò, don Raffaele, scattando in piedi per esultare, rovesciò dalla sedia il ragazzo che gli era vicino; tutti scoppiarono a ridere a crepapelle e la serata raggiunse l'apice del successo.

Ormai erano amici.

Al termine della partita, i ragazzi si fermarono per seguire le interviste ai calciatori e all'allenatore, dopodiché, felici per la vittoria e rimpinzati come tacchini, lo salutarono promettendogli che sarebbero tornati ancora. Raffaele era entusiasta e in cuor suo soddisfatto come non si sentiva da tempo. Pensò che per la prossima stagione ne avrebbe potute organizzare tante di serate così.

Assuntina era rimasta sveglia fino alla fine e ora stava rassettando il soggiorno. Non le pareva vera tutta quella vita, quella gioia, quel sentirsi utile e amata. Un riscatto tardivo e stupefacente. Il prete si era abbattuto come un uragano su quella canonica, travolgendola e rendendola fertile e ricca. E lo stesso stava avvenendo nel rione, dove l'opera di quell'uomo seminava speranze che sarebbero presto germogliate e i cui frutti non si sarebbe tardato a raccogliere.

«Grazie, Assuntina», le disse Raffaele dopo aver accompagnato alla porta tutti gli ospiti. «Il tuo contributo è stato fondamentale per la riuscita di questo incontro. I ragazzi erano tutti felici di poter mangiare tante cose buone.» Il prete le sorrideva.

Assuntina si voltò per andare in cucina, poi si fermò un attimo. «Credo che questa canonica non abbia mai visto una confusione simile, don Raffae'. Ma credo pure che non abbia mai visto un prete bravo come a voi.»

Nel letto Raffaele si rigirava da più di un'ora. E come non mai sentiva il desiderio di una sigaretta, vizio che aveva abbandonato da moltissimi anni. Aveva esagerato col cibo, si disse, e adesso si sentiva tutto scombussolato. Ma sapeva bene che non era così. Il peso più grosso ce l'aveva sul cuore, non sullo stomaco. E ce l'aveva da mesi, da quando era ritornato a Napoli. Un'ansia cupa, un problema che tirava fuori e poi negava a sé stesso, un problema che era nato molto prima della morte di Renato. Era nato il giorno stesso in cui aveva saputo del suo ritorno nella Sanità.

Se, come pensava, il trasferimento cui era stato obbligato non era altro che una punizione mascherata per essere intervenuto una volta di troppo e con le persone sbagliate, be' se era così, la punizione funzionava al di là delle intenzioni di chi l'aveva imposta.

In un ginepraio d'inquietudini l'avevano messo, e quel problema insolubile gli dondolava davanti giorno e notte.

Aveva trovato mille alibi per evitare di affrontarlo, ma il garbuglio nel suo cuore, dopo aver saputo della nascita del nipote, chiedeva prepotentemente la precedenza. C'erano sentimenti e parole che urgevano di venir fuori.

Pensò di aspettare la soluzione del caso per farlo, ma poi si disse che chissà come e quando sarebbe arrivata.

Rimandare, ormai, non aveva senso. Farlo o non farlo era sempre stata l'unica decisione. E credeva, da mesi o forse da sempre, di averla fatta quella scelta, giusta, razionale.

Quella che metteva un coperchio su tutto, che impediva domande e recriminazioni. E credeva che ripensarci avrebbe comportato chissà quali esitazioni e tormenti.

Invece no.

Un attimo prima aveva cambiato strada. Aveva scelto altro. Si era dato una possibilità. Non importava se questo avrebbe sollevato il coperchio che con tanta forza aveva tenuto pigiato in tutti quegli anni. Non importava quali fratture dell'anima sarebbero traboccate dalla pentola.

Quando mollò la presa si rese conto della fatica che c'era voluta per esercitare quello sforzo, fatica che aveva volutamente ignorato. Ma ora che non lo sosteneva più si sentiva leggero e libero.

Era avvenuto così, senza dolore. Per istinto. Per quella forza che, ai bivi, spinge sempre verso la vita.

Immaginò, tra l'altro, che la mamma e il bambino fossero tornati a casa e questo lo mise sulle braci ardenti. L'impazienza era tale da non poter essere più contenuta.

Decise, quindi, di sbrigare tutto il giorno successivo.

La strada che percorreva gli era diventata familiare, ma era la prima volta che l'affrontava a quell'ora mattutina. L'asfalto brillava ancora della rugiada notturna, la rigogliosa vegetazione, a monte di via Fontanelle, respirava forte in quelle prime giornate afose. D'un tratto gli era passata ogni paura, ogni angoscia. L'aver preso finalmente una decisione lo aveva liberato. Non gli interessava più prevedere le conseguenze di quanto stava per succedere. Era sempre così per lui, i dubbi, le incertezze, l'ossessivo cercare di presagire quello a cui avrebbero portato le sue azioni svanivano di colpo non appena si lanciava nell'azione.

La volta precedente si erano lasciati astiosi. Peppino, indisposto dalle sue ripetute domande, era arrivato a minacciarlo apertamente. Si sarebbe dunque meravigliato e innervosito a ritrovarselo davanti, snervato dalla sua ostinazione, e per di più alle otto del mattino. A questo punto sperava solo che lo ricevesse e che non lo facesse ammazzare prima che arrivasse alla soglia della villa. «Nessuno è intoccabile», gli aveva detto. Si augurò che a proteggerlo ci fosse non solo Dio, che ultimamente avrebbe avuto di che ridire su di lui, ma soprattutto la voce del sangue.

La strada era deserta. Invece di aspettare che lo individuassero attraverso le telecamere, iniziò a bussare al cancelletto di servizio, dove sapeva essere appostate le sentinelle.

Gli aprirono subito, in malo modo: «Che vuoi a quest'ora, prete, chi ti ha chiamato?» lo interpellò un ceffo basso e rozzo, visibilmente armato, che non aveva mai visto.

«Devo parlare col tuo capo», disse Raffaele.

«Don Peppino non riceve nessuno oggi.»

«A me mi ha ricevuto più volte, chiedi ai tuoi amici se vuoi. Sono padre Raffaele d'o Munacone.»

L'altro lo guardò storto, poi chiamò. «Giovanni, esci un attimo.»

Un uomo si affacciò dal cancelletto, aveva un viso familiare. «Che c'è Pasquale?»

«'O saje, tu, a 'stu prete?» chiese l'uomo che gli aveva aperto.

«Sì, è 'o parroco 'e Santa Maria. Tene 'a brutta abitudine 'e veni' ccà senza avvisa'. Ma il capo lo fa entrare di solito.» Poi, rivolto a lui: «Però mo è troppo presto, nun 'o pozzo disturba' a chest'ora».

«Se sono venuto a quest'ora è per un'urgenza, avvisatelo per cortesia. Se poi dice che non è possibile aspetto.»

I due scagnozzi si guardarono un attimo, in forse se beccarsi una lavata di testa per aver disturbato il boss o per non averlo fatto. Poi si decisero per una via di mezzo, avrebbero fatto una breve citofonata e passato la patata bollente ai ragazzi che stavano dentro.

«Aspettate qua», gli dissero lasciandolo sulla strada e rientrando nel cancelletto, senza tuttavia chiuderlo.

«Non tiene voglia di vedervi, prete. Ve ne potete andare.» L'uomo aveva appena sporto il viso fuori dal cancelletto e l'aveva richiuso con malagrazia.

Raffaele era rimasto lì, attonito, ma nello stesso tempo non troppo stupito da quel rifiuto.

Le tensioni tra loro si erano acuite eccessivamente ed

erano arrivate a un punto di rottura proprio ora che aveva una necessità vitale d'incontrarlo.

Non poteva rinunciare, non in questo momento. Se l'avesse fatto, sarebbe stato come richiudere quel sepolcro per la seconda volta e magari il coraggio di riaprirlo non sarebbe tornato mai più.

C'era un cumulo di mattoni di fronte la villa, e andò a sedervisi sopra senza badare alla veste che s'impolverava di tufo.

Pensò al bambino. Un essere che aveva già cominciato ad amare ancor prima di conoscerlo. Non avrebbe mai fatto parte della sua vita, non avrebbe mai potuto cercare d'indirizzarla e forse, con l'aiuto di Dio, di salvarla.

Era solo questo? No, si disse. Questo era solo una parte dello sgomento che gli cresceva dentro. Un'altra parte si rifiutava di ammetterla anche con sé stesso. Era quella parte che, nel momento stesso in cui aveva saputo della nascita del nipote, aveva deciso di riavere la sua famiglia. Comunque fosse, da chiunque fosse composta. Banditi, boss o delinquenti, non importava più. Era la sua famiglia e la rivoleva a tutti i costi.

Peppino era mattiniero e alle otto era sveglio già da un paio d'ore. In quel periodo poi dormiva ancora di meno, non voleva perdersi nulla del figlio appena nato e si era rifiutato di farlo dormire nella bella cameretta che gli avevano preparato. Lo voleva in camera sua, dove con immenso amore assisteva alle poppate notturne. Aveva cinquant'anni passati ormai e questo miracolo voleva goderselo tutto. Aveva trascorso una vita resa insonne da ben altri problemi, da continue emergenze. Questa, invece, era una veglia dolce e colma di gioia. A quell'ora il bambino si era rimesso a dormire e lui stava sbrigando dei conti nello studio.

Quando l'Alto venne ad annunciargli la visita di don Raffaele, ebbe un moto d'insofferenza che paralizzò la guardia del corpo, già incerta sul fatto di disturbarlo a quell'ora per un prete.

Si rifiutò di vederlo: basta con tutte le libertà che il parroco si era preso finora, era bene che ognuno capisse qual era il proprio posto, gli sembrava di essere stato chiaro la volta precedente.

Doveva prendere dei provvedimenti, e al più presto. Quello era una mina vagante, impiccione, imprudente e pericoloso con la sua smania per la verità. Col suo imperversare folle e disordinato poteva far traballare disegni ed equilibri. Doveva assolutamente fermarlo.

L'Alto fu oltremodo contento di comunicare quel rifiuto alle guardie del cancello. Odiava il prete istintivamente, di un odio rancoroso e umorale e, nei suoi sogni, gli aveva messo le mani addosso più di una volta con feroce violenza.

Non capiva, e ne era enormemente turbato, quella condiscendenza da parte del capo. Poco allenato, per non dire a digiuno di ragionamenti complessi, l'aveva etichettata come un'esagerata paura del Padreterno. Non che ammettesse che il boss potesse temere qualcosa ma diciamo che il Padreterno metteva a disagio un po' tutti se ci si pensava bene e forse, adesso che gli era nato il figlio, don Peppino ci aveva pensato un poco troppo.

Era passata circa un'oretta quando l'Alto venne a riferirgli un'ulteriore comunicazione delle guardie.

Il prete stava ancora là, seduto su un mucchio di tufo e non accennava ad andarsene. Che cosa dovevano fare?

Un moto di stizza gli fece sbattere il pugno sulla scrivania, l'impudenza e la prepotenza di quel prete non avevano limiti. L'Alto si avvide della rabbia che montava in Peppino e, con un sorriso orribile che gli arrivava da un orecchio all'altro, pensò che fosse arrivato il momento di realizzare i suoi sogni.

Intanto il boss stava riprendendo il controllo e il suo vero temperamento. Non era arrivato dov'era seguendo l'impulsività e le emozioni improvvise, quelle non ti portano da nessuna parte. Ci vogliono logica, freddezza e raziocinio, si disse. Come sempre.

Quindi rifletté. Quell'ora era insolita per una visita e il perseverare in modo così anticonvenzionale nel proposito d'incontrarlo poteva solo significare che il parroco ritenesse urgentissimo vederlo, il che lo fece decidere che era meglio essere a conoscenza di quello che aveva da dire, per potersi regolare di conseguenza, dopodiché avrebbe studiato cosa fare di lui. Ad ammazzarlo non ci aveva pensato, almeno per ora, ma un modo per renderlo inoffensivo andava trovato e subito.

«Andate a chiamarlo», ruggì e l'Alto, deluso, vide crollare in un attimo le proprie speranze di menar le mani.

Raffaele si sentì chiamare. «Trasite!» gli urlarono dal cancello.

Non gli parve vero e quasi festosamente si preparò alla solita perquisizione.

Quando fu accompagnato in casa da un tizio alto che gli si rivolgeva a grugniti, entrò nello studio sveltamente e, senza aspettare di essere invitato, si sedette sulla sedia davanti alla scrivania.

«Buongiorno, padre Raffaele, accomodatevi pure», disse ironico Peppino. «Per combinazione, se non foste venuto voi, sarei passato io in chiesa nel pomeriggio per chiedervi di organizzare il battesimo di mio figlio.»

Peppino non voleva mostrarsi né sorpreso né incuriosito da quella strana visita e parlava d'altro, dando per scontato che la notizia della nascita dell'erede fosse già arrivata a conoscenza del prete. Nella sua lunga carriera criminale aveva capito che è sempre bene lasciare che siano gli altri a esporsi per primi, a far capire le proprie intenzioni. Lui li attendeva in silenzio, nascosto in un angolo come un ragno, pronto a colpire quando ormai si agitavano indifesi nella tela delle loro parole.

«Sì, ho saputo della lieta notizia», rispose Raffaele, «le faccio i miei migliori auguri, sarei felice di vedere il bambino.» Ecco, pensò il prete, il fratello senza saperlo era andato subito al punto.

Peppino era perplesso, che cos'era questo nuovo atteggiamento conciliante, che significava? Normalmente il prete esordiva rimproverandolo di qualcosa, sindacando sul suo operato, o rivolgendogli domande indiscrete e tendenziose. Decise di assecondarlo, di certo non era venuto a quell'ora e si era appostato come un senzatetto solo per conoscere suo figlio.

«Venga con me», gli disse, «glielo faccio vedere.»

Raffaele lo seguì fino al piano superiore, da un vestibolo chiaro e luminoso entrarono in un'ampia e lussuosa camera matrimoniale, nella quale avevano trovato posto un fasciatoio colorato e una bellissima culla di ottone. La tata che vegliava sul sonno del piccolo si scostò per lasciarli passare.

«La stanzetta del bambino è qui accanto ma per ora lo voglio con me», disse Peppino sorridendo. «Come va?» chiese poi alla tata.

«Dorme tranquillo, don Peppino, e la signora è andata un poco a riposare.»

Il boss sorrise. «È un mangione, tiene mia moglie sveglia tutta la notte.»

Raffaele si avvicinò piano alla culla; il neonato giaceva supino, le braccia spalancate, capelli folti e neri gli incorniciavano il visino rosato, gli occhi erano chiusi, con le palpebre che tremolavano di chissà quali sogni.

«È bellissimo», sussurrò commosso, e non fece rumore nel dirlo, ma per chissà quale istinto il bambino spalancò gli occhi. Due piccoli occhi neri come la pece, rari nei neonati, segno distintivo della sua famiglia, lo fissarono. Erano occhi ciechi e inconsapevoli, ma Raffaele volle credere che fossero pieni di domande alle quali, prima o poi, lui avrebbe dovuto rispondere.

«Posso prenderlo? È sveglio...» chiese al padre.

«Certo, se sa come fare.» Raffaele lo sollevò delicatamente, sotto lo sguardo vigile del boss, che osservava stupito tanta dolcezza trasparire da quel prete gigantesco.

«È tale e quale a te», gli disse. «E a me», aggiunse, mormorandolo così sommessamente che Peppino, ancora sbandato da quel repentino passaggio dal lei al tu, credette di non aver capito bene, e lo guardò interrogativo.

«Proprio così», ribadì guardandolo fisso negli occhi.

Il boss continuava a essere disorientato, ma intuì al volo che la conversazione, che stava per aver luogo, sarebbe dovuta avvenire lontano da orecchie estranee.

«Ci lasci un attimo da soli», ordinò alla tata, «la chiamerò io quando avrò bisogno di lei.»

La donna uscì rapidamente, dando un'ultima occhiata all'infante. Tra quei due energumeni sembrava un piccolo fiocco di cotone, ma la volontà del boss non si discuteva. Quando la tata chiuse delicatamente la porta dietro di sé, nessuno dei due parlava, continuavano a fissarsi. Peppino, la cui mente acuta stava sbrogliando matasse ed elaborando dati, non riusciva a credere al sospetto che si faceva strada dentro di lui.

«Allora, Peppino, non sei d'accordo? Non ci somiglia?» riprese Raffaele a bassa voce.

«Raffaele...»

Non c'erano dubbi adesso, il sisma che era avvenuto tra cuore e cervello aveva partorito una certezza e, tra i sentimenti che combattevano in lui per avere la precedenza, quello che prevaleva era l'incredulità.

Peppino, infatti, non credeva più – e non lo credeva da tanto tempo ormai – di rivedere il fratello perduto. Ma adesso, all'improvviso, senza nessun segno ad annunciare lo stravolgimento di un destino che pensava di aver accuratamente pianificato, se lo ritrovava davanti. E non sapeva che dire, come muoversi, a quali sentimenti aprirsi. Tutto era sconvolto e tutto era nuovo, eppure c'era un sentire antico e potente che lo travolgeva. Prevalsero la prudenza e lo stupore.

«Un prete», disse, «sei diventato un prete.»

Erano quelle le prime parole che si aspettava? Si era aspettato grandi fuochi e abbracci interminabili? Non lo sapeva neanche lui. Capì, invece, che ogni passo poggiava su un crinale franoso e che la cautela era d'obbligo.

«Eh già, inaspettatamente la nostra famiglia ha generato un prete.» E si mise a ridere.

Il piccolo sussultò a quel rumore e Raffaele prese a cullarlo dolcemente. Stringere la sua stessa carne, odorarne il profumo tenero lo fecero tremare.

«Che sciocco, avrei dovuto capirlo subito, la prima volta che ti ho incontrato, anche il nome era lo stesso e l'età corrispondeva. Ma non lo pensavo, non lo pensavo più. Ognuno la sua vita e il passato sepolto per sempre», disse piano Peppino seguendo con lo sguardo, come in trance, il dondolio del figlio nelle braccia del fratello.

«Eri troppo occupato a minacciarmi, per accorgerti della mia emozione. Io sapevo bene chi eri.» "E tu? E tu?" si diceva, intanto, "perché non sapevi chi ero, dov'ero, cosa ero diventato?"

«È vero, ero preso dal problema che dovevo risolvere. Un prete che arriva fresco fresco da Roma e comincia subito a crearmi fastidi e a impicciarsi di affari che non lo riguardano», rispose Peppino.

Poi rimasero di nuovo in silenzio oppressi da troppe domande e spaventati dalle risposte che avrebbero dovuto udire.

Entrambi si sentivano travolti, sovrastati dalle enormi implicazioni affettive, morali e sociali che quel legame rappresentava. Vuoti dei vecchi sentimenti, si lasciavano riempire dai nuovi che, rivelandosi però in profondo conflitto fra di loro, li rendevano incapaci di trovare un bandolo, una strada, qualcosa da cui iniziare questo nuovo rapporto. Erano silenziosi, entusiasti ma guardinghi, felici ma sospettosi. Si erano ritrovati, finalmente, realizzando, forse, il bisogno più profondo dei loro esseri. Una necessità che, a tutela delle rispettive vite, avevano negato, nascosto. Ma ora, appagata a dispetto del fato e delle scelte, faceva nascere in loro mille paure. Lunghe erano le loro storie e ormai erano uomini fatti, la vita differente che avevano affrontato li aveva costruiti in forme opposte, seppure con gli stessi mattoni.

Stavano di fronte, l'uno immagine speculare dell'altro, quasi banali nel loro essere il bianco e il nero, il bene e il male. I loro pensieri si sovrapponevano. Principalmente la paura che quel legame potesse indebolirli.

Spaventati non dall'altro ma da sé stessi, dalla forza dei loro sentimenti e di quel sangue che scorreva uguale nelle vene.

«Due miracoli in pochi giorni sono un poco troppi», disse Peppino per allentare l'emozione, «ho bisogno di bere qualcosa, andiamo nello studio, ho dell'ottimo cognac.»

Raffaele adagiò nella culla il bambino che si era riaddormentato tra le sue braccia, lo coprì con la morbida copertina e lo baciò lievemente sulla fronte.

Peppino gli voltò le spalle, aveva cullato lui Raffaele quando era appena nato, con quello stesso profondissimo amore. Vederlo baciare suo figlio glielo aveva riportato alla mente.

Era un uomo forte, il boss, abituato a nascondere pensieri e sentimenti con tutti, un uomo corazzato dalla strada, dove forza è sinonimo di sopravvivenza. Come quarant'anni prima, quando il piccolo Raffaele era stato portato via dalla volante, si morse un labbro per trattenere le lacrime.

Nello studio, Peppino si versò un'abbondante dose di cognac e si abbandonò sulla sua poltrona preferita, ai piedi della libreria. Scaldava con la mano il liquido dorato all'interno del panciuto bicchiere.

«Peppino, non sono ancora le nove», disse Raffaele.

«Raffae', non cominciare con le prediche, il maggiore sono io», rispose accigliato. Poi lo fissò un attimo e scoppiò a ridere di cuore. Si sentiva liberato. Che felicità, pensò, stare lì col suo adorato Raffaele e parlare come fratelli, di nuovo insieme, di nuovo una famiglia. Al diavolo, si disse, era avvenuto a dispetto di tutto e ora era contento di quella svolta, a tutto il resto ci avrebbero pensato dopo.

Dopo, dopo. Dopo ci sarebbe stato tempo per dirsi perché non si erano mai cercati prima, perché erano diventati quello che erano. Dopo ci sarebbe stato tempo per confrontarsi, per litigare, forse anche per odiarsi.

In quel momento, però, i due superstiti della loro casa disastrata si erano ritrovati, ed era bene godersi questa gioia inaspettata.

«Perché solo ora. Perché di tutti i momenti, da quando

sei arrivato, hai scelto questo?» chiese improvvisamente ma dolcemente Peppino.

Raffaele stava per parlare del bambino, delle emozioni che la sua nascita aveva prepotentemente rispolverato, della necessità di far parte della loro vita, comunque fosse.

Poi, scelse la spiegazione che più di ogni altra era vera, carnale, indiscutibile. La verità che in quel momento, senza più freni e limiti, rivelava anche a sé stesso. La verità in tutta la sua potenza.

«Perché ti rivolevo», disse soltanto.

Il fratello chiuse gli occhi investito dalla forza di un sentimento che lo travolse uguale e indomabile.

Restò così per qualche secondo, poi sorrise e si specchiò nei suoi stessi occhi che lo guardavano commossi.

Niente sarebbe stato più uguale, ma non aveva paura.

Solo una cosa andava puntualizzata subito, per il bene di entrambi.

«Raffaele, è meglio che non si sappia che sei mio fratello, credimi, non ci conviene.» Peppino era sicuro di quello che diceva, ma ebbe paura che l'altro si offendesse.

«Stai tranquillo, so che è la soluzione migliore, ce lo terremo solo per noi», rispose. «Adesso vado», aggiunse, «ho diverse cose da sbrigare prima della messa. Sono sicuro che avremo modo di rivederci e parlare ancora.»

Peppino si alzò. «A presto», disse.

Si avvicinarono e, prima titubanti, paurosi, timidi e incerti sul da farsi e poi con lo slancio di una compressione enorme, di una carica esplosiva fatta di solitudine, rimorso, assenza e desiderio che finalmente si liberi, si abbracciarono stretti stretti. Senza parlare. Nessun suono doveva inquinare quell'attimo.

Quando Raffaele uscì dalla villa era come frastornato. Non era stato difficile come aveva immaginato. O forse sì? Adesso che anche il fratello sapeva, sentiva come raddoppiate tutte le sue preoccupazioni. La paura di quello che erano, la paura che fosse colpevole, la paura per quella piccola vita che aveva stretto tra le braccia. Il percorso spinoso di quel riavvicinamento era appena cominciato, lo sapeva, e di problemi da affrontare ce ne sarebbero stati tanti. Il primo passo comunque era stato fatto e quello che prevaleva, e che voleva assaporare fino in fondo in quel momento, era un senso di felicità, di leggerezza.

Un appagamento che aveva in sé qualcosa di magico, di mai provato. Era stato esaudito il bisogno più urgente della sua anima, il più atteso, il più sofferto. E quello che gli stava succedendo andava oltre ogni sua aspettativa, ogni sua immaginazione. Non era stato semplicemente ritrovare un fratello, una famiglia. Ma un pezzo di sé. Come se avesse fatto a meno di un arto per anni e ora improvvisamente, solido e completo, potesse riprendere a camminare. O, forse, come se qualcuno lassù mentre canticchiava «*mai più nessuno al mondo...*» avesse gettato uno sguardo su di loro e, vedendoli di nuovo insieme, avesse sorriso e quel sorriso gli stesse esplodendo nel cuore.

17.

Raffaele aveva trascorso momenti di un'intensità tale che credeva sinceramente che il resto della sua vita non ne avrebbe visto di eguali. Ora, però, doveva svuotare la mente e concentrarsi sul delitto, ora più che mai doveva avere la certezza che il fratello non ci avesse nulla a che fare. Dalle forze dell'ordine non si era saputo nulla di nuovo e anche i media non ne parlavano più. Con l'arresto di Totore, il caso aveva trovato una spiegazione plausibile.

L'avvocato, quello cui aveva affidato la difesa dell'ambulante, gli aveva dato appuntamento per quella mattina.

Percorse via dei Vergini e si fermò davanti al palazzo dello Spagnolo. Quell'edificio settecentesco, in barocco napoletano, non finiva mai di colpirlo per la sua bellezza, e per combinazione l'avvocato aveva lo studio proprio lì. Nello stesso stabile sapeva essere in allestimento il museo di Totò, e si disse che, appena l'avessero inaugurato, avrebbe dovuto visitarlo. Entrò nel vasto atrio coronato dalle famose scalinate ad ali di falco. Le decorazioni in stucco verde, che si potevano vedere dai grandi archi, erano di una sontuosità stupefacente.

Il portiere aveva avvisato l'avvocato e il prete lo trovò ad attenderlo sulla porta.

«Padre Raffaele, prego, si accomodi.» Gli fece strada verso il suo studio.

L'uomo sembrava imbarazzato, ma presto cominciò.

«Padre, mi dispiace ma non ho buone notizie da darle. Mi creda, mi sto impegnando al massimo delle mie capacità, ma le cose per l'ambulante non si stanno mettendo bene. È stato incriminato. Dall'analisi eseguita sugli abiti della vittima è venuto fuori un capello dell'ambulante sotto la suola delle scarpe del poliziotto, lui afferma che non sa come sia potuto succedere. Il problema è che all'inizio ha fornito versioni discordanti. Prima ha dichiarato di non conoscere il morto, poi di conoscerlo ma di stimarlo, quindi di odiarlo... poi ha detto che non sapeva manco dove abitava, e alla fine che invece ci era già stato una volta, a casa di Capece.

«Insomma, ha detto tante di quelle menzogne che, ormai, qualunque cosa affermi, non risulta credibile. Come gli sia venuto in mente di fornire tante dichiarazioni, palesemente mendaci, non saprei dirlo, ma io credo che questo comportamento così autolesionistico sia ascrivibile a mera ingenuità. Lui dice di averlo fatto per paura, per cercare una vita di fuga. A me ha confermato di esserci effettivamente stato già una volta in quella casa, e di esserne stato cacciato in malo modo. Ci era tornato il giorno del delitto, per cercare ancora una volta di farlo ragionare, ma nessuno gli ha aperto. Se dice il vero, è probabile che il capello fosse rimasto sul ballatoio o sulle scale e poi sia finito in casa, ma ormai ogni sua dichiarazione è inattendibile. Chiaramente nessuno gli crede. Noi non abbiamo niente in mano e le prove sono tutte contro di lui. È stato visto sul luogo nell'orario del delitto, ha fornito dichiarazioni false, sicuramente ha avuto contatti con la vittima come prova il DNA del capello ritrovato e, dulcis in fundo, aveva un ottimo movente, o anche più di uno se dovessero dare retta alle sue stesse parole. C'è tutto, le circostanze, la possibilità e anche la prova che Totore è entrato in quella casa. Certo, chiunque altro potrebbe essere andato non visto, prima o dopo di lui, a casa del morto, ed è su questo che mi batterò. Ma, il punto è proprio che non è stato visto "chiunque altro", è stato visto Totore e alla polizia, agli inquirenti, questo basta e basterà. Hanno il colpevole perfetto, perché cercare oltre? Tant'è che hanno chiuso le indagini.» L'avvocato, che Raffaele conosceva benissimo, aveva il viso sconfortato. «Insomma, padre Raffaele, mi dispiace, ma se non viene fuori qualche nuovo elemento, abbiamo scarsissime possibilità di dimostrare l'innocenza di Totore.»

Mentre Raffaele attendeva che Assuntina portasse in tavola, si chiese se fosse il caso di metterla al corrente di quello che gli aveva detto l'avvocato. Magari avrebbe potuto dargli qualche idea. Così, quando si fu seduta di fronte a lui, le raccontò della sua mattinata, omettendo totalmente l'incontro con Peppino.

«Don Raffae', sapete, io me l'aspettavo», gli disse la donna quando lui ebbe finito di riferirle la visita all'avvocato, «me lo sono immaginato subito che 'o Pezzente – come lo chiamano qui – sarebbe stato accusato definitivamente. E sapete perché? Perché è troppo comodo un colpevole così. È comodo per tutti. Per la polizia che non deve indagare oltre, a rischio di far venire fuori che razza di fetente era Renato, e per la gente di qui, che avendo avuto motivi altrettanto validi per ucciderlo, non rischia di essere sospettata. Quindi, quel disgraziato ha davvero poche possibilità di cavarsela. Io, se fossi in voi, però, tenterei una mossa. Perché non provate a parlare voi con la polizia, a dirgli dei vostri dubbi, magari decidono di indagare ancora, chissà, può essere che la parola di un prete valga ancora qualcosa.»

Raffaele si chiese se fosse davvero così, poi però decise di organizzarsi per farsi ricevere dall'ispettore. Gli era sembrata una brava persona. Come aveva detto che si chiamava? Vitiello, gli pareva di ricordare.

In questura lo avevano ricevuto con gran rispetto, e lo avevano accompagnato dall'ispettore, che lo aveva subito riconosciuto.

«Padre Raffaele della Sanità, giusto?»

"Che memoria", pensò il prete. Si erano visti solo per pochi minuti.

«Si accomodi, padre, e mi dica: in che cosa posso esserle utile?»

«Non è per me che sono qui, ispettore, ma per un mio fedele, Salvatore Esposito, l'ambulante», disse Raffaele.

L'uomo si mosse un po' a disagio sulla sedia.

«Cosa vuole dirmi su di lui?»

«Quello che sono venuto a dirle è che ho dei grossi dubbi sulla sua colpevolezza, dubbi che non nascono né dal fatto che lui sia un mio fedele, né dal vestito che indosso e che si può pensare m'induca a un'eccessiva bontà. Nascono invece da una buona conoscenza che ho di quest'uomo e che ritengo incapace di uccidere. So che è già stato incriminato sulla base della sua presenza sul luogo del delitto e della droga trovata in casa, ma le garantisco che molte altre persone avevano dei moventi validissimi per voler morto Renato Capece, e potrebbero aver trovato l'opportunità di ammazzarlo. Quindi, le chiedo umilmente d'indagare ancora, per far sì che si possa fare veramente giustizia.»

L'ispettore lo guardò a lungo, e Raffaele si sentì capito da quegli occhi intelligenti. Poi disse: «Mio caro padre, le cose non stanno esattamente come pensa. A carico di Totore, come lei lo chiama, non ci sono solo indizi circostanziali. Dall'analisi degli abiti della vittima sono emerse anche prove scientifiche della sua presenza sul luogo del delitto e inoltre – e questo è un particolare che le rivelo in confidenza – l'autopsia ha confermato che a sferrare i colpi è stata una persona con una corporatura compatibile con quella dell'ambulante. Ora lei mi dirà che ce ne sono tante di persone come lui, ma il fatto è che, in quel momento, sul luogo del delitto, c'era lui e non tante altre persone». L'ispettore aveva praticamente ripetuto le parole dell'avvocato. «E poi, non dipende più da me. Quando un'indagine si chiude, non si può riaprire a proprio piacimento. Lo si fa solo nel caso si presentino dei nuovi elementi, e io non ne ho.»

Il tono piano e senza picchi che Vitiello aveva usato lo spinse a studiarlo meglio. Quell'uomo era stanco e difficilmente si sarebbe lanciato in una battaglia che lo vedeva in svantaggio fin da subito. Credette che non fosse sempre stato così e non era difficile capire cosa lo avesse portato a gettare le armi. Immaginò gli sforzi, le delusioni, l'impotenza davanti alla quantità di male che aveva dovuto affrontare sentendosene comunque sempre circondato, sopraffatto.

Certo il ragionamento dell'ispettore aveva una sua logica, ma Raffaele non voleva arrendersi, pensava di star parlando con una persona intelligente e onesta e voleva verificare una cosa.

«Ispettore, le assicuro che quello che le chiederò resterà soltanto tra noi, come in una confessione. Ma lei crede veramente che l'ambulante sia colpevole?» Raffaele lo guardava dritto negli occhi e Carmine Vitiello non distolse lo sguardo.

«No, non lo credo», rispose dopo un attimo, «ma, gliel'ho già detto, avrei bisogno di elementi nuovi da sottoporre al PM per riaprire le indagini, e non ne ho.»

Raffaele si alzò per salutarlo.

«Arrivederci, ispettore, e grazie per avermi ascoltato.»

Vitiello gli strinse la mano indagandolo con lo sguardo. Era un uomo di strada prima di essere un poliziotto, e le intenzioni del prete gli furono chiarissime.

«Mi raccomando, padre, veda di non mettersi nei guai.»

Peppino sedeva sotto il porticato con gli occhi fissi su una calla appena fiorita, osservava i lunghi steli eleganti senza vederli. Come avrebbe proceduto d'ora in poi?

Non era abituato alle insicurezze e, le rare volte che nella vita si era trovato in bilico, aveva cancellato ogni pensiero a riguardo e mosso un passo deciso.

Invece lui si sentiva ancora galleggiare e non faceva nulla per uscire da quello stato. Raffaele, Raffaele. Ripeteva quel nome dentro di sé e ogni volta era un'emozione nuova. Lo ripeteva, libero di pronunciarlo dopo anni in cui si era impedito anche solo di pensarlo, nel tentativo ostinato di dimenticarlo per sempre.

Quel lavoro l'aveva iniziato presto, quasi subito, e solo lui ne conosceva il motivo e il costo.

Un prezzo altissimo, da pagare per tutta la vita.

Adesso che tutto era cambiato una nuova domanda si affacciava insolente: e se fosse successo prima? Se tutti quegli anni non fossero mai stati perduti?

Conosceva la risposta da sempre e sapeva che era stato giusto così.

«Buongiorno, Peppino.»

Maddalena che l'aveva raggiunto con il piccolo in braccio lo distolse dalle sue angosce.

Sorrise e la moglie gli si sedette accanto.

Lui allungò una carezza che li coprì entrambi. Quanto amore premeva oggi nella sua vita.

Ammirò i lunghi capelli che le cadevano sulle spalle fino ai seni pieni di latte e con onde lucide scivolavano ancora più giù avvolgendo il piccolo.

L'amava. In un modo diverso da come aveva amato Maria. L'amava per la sua dolce solidità, per una bellezza di cui non l'aveva mai vista vantarsi e, soprattutto, per essere stata capace di farsi amare quando lui credeva che non gli sarebbe stato mai più possibile.

La donna gli tese la mano e lui la strinse.

Basta farsi domande, si disse, le cose vanno come vanno. E ci sono scelte, giuste o sbagliate che siano, alle quali non si può porre rimedio. Ecco tutto. Anche questa era una lezione.

Raffaele era rimasto in aula quel giorno. Durante il corso d'informatica aveva osservato a lungo Federico, e aveva notato che il suo umore non era il solito. A stento riusciva a seguire Skizzo. La tristezza, come una condensa, lo avvolgeva completamente. Lo fermò al termine della lezione, Amalia finalmente si era convinta a farlo tornare a casa da solo.

«Ciao, Federico, come stai? Tutto bene?»

«Sì, grazie, padre.»

«Nessun problema? Ti vedo un po' giù», insisté Raffaele.

Federico abbassò gli occhi: «Sa, mamma ha affittato una casa a Fuorigrotta e fra poche settimane, il tempo di sistemarla, ci trasferiremo. Io cominciavo a trovarmi bene qui, e mi dispiace lasciare i miei nuovi amici».

«Stai tranquillo, Federico, vedrai che ne troverai degli altri e, anche questi, non è detto che li perderai, potrete sempre incontrarvi.» Il ragazzo lo guardava scettico, a ragione.

A quell'età si fa presto a dimenticarsi di qualcuno se non lo si vede più.

«Comunque», continuò il prete, «ora vai a farti un giro con Skizzo, io proverò a parlare con tua madre, non ti prometto niente ma vedremo cosa si può fare.»

Amalia aprì subito, sicura che fosse Federico di ritorno dalla lezione. Anche questa volta si allarmò trovandosi davanti il prete.

«Stia tranquilla, Amalia, Federico è in giro con Skizzo, sono venuto solo per fare due chiacchiere.»

Amalia gli fece strada nel salotto, che lui ben conosceva. La casa profumava di limoni e di vaniglia, probabilmente aveva interrotto la preparazione di un dolce.

«Mi dica, padre.» Si rivolse a lui in tono frettoloso dopo esserglisi seduta di fronte.

«Ho incontrato Federico oggi, e mi ha detto che state per trasferirvi.»

«Sì, padre, ho trovato una casa a Fuorigrotta, era in buone condizioni. In un paio di settimane dovrebbe essere pronta.»

«Mi creda, Amalia, io non voglio intromettermi nelle sue decisioni, e capisco perfettamente cosa l'abbia spinta a fare questa scelta, ma le sembra il momento adatto? Federico era molto triste oggi e mi ha confessato che il motivo è questo trasferimento, non vuole perdere gli amici che ha appena trovato. Il trauma l'ha subito anche lui. Non crede sarebbe meglio rimandare, dargli un po' più di tempo per superare quello che è successo, lasciandolo vicino a questi ragazzi coi quali è sereno?»

«Senta, padre, Federico è come tutti gli altri ragazzi della sua età, ora si sente triste, ma appena ci saremo trasferiti e avrà cambiato scuola troverà dei nuovi amici e si ambienterà prestissimo. Dimenticherà in fretta, ed è quello che vorrei cercare di fare anch'io. Non può chiedermi di rimanere in questo posto, a due passi dalla casa di chi ha ucciso mio fratello. In un'abitazione che me lo ricorda continuamente. Io, la Sanità l'ho sempre odiata, e ora, dopo quello che è successo, ho motivo di detestarla ancora di più e di volermene andar via quanto prima. Quindi, non tornerò sulla mia decisione, cerchi di capirmi.»

«Certo che la capisco», disse Raffaele, «e non me la sento d'insistere. Tutto questo non deve essere stato facile per voi, vi auguro di poter ritrovare un po' di serenità.»

Raffaele se lo augurava davvero, i segni di quella tragedia si erano già impressi su di lei. Amalia aveva assunto un'asprezza nuova, un duro disincanto, e lui sperò che il tempo pian piano la guarisse.

Negli stretti vicoli, le porte dei bassi, spalancate, proiettavano sulla strada ogni sorta di umanità. Raffaele guardava incantato quel formicaio operoso, in molte abitazioni fervevano i preparativi per la cena, bambini di ogni età giocavano tra casa e strada. Sulle soglie o sui terrazzini antistanti ricavati da porzioni di marciapiede recintate arbitrariamente, le donne si scambiavano consigli e pettegolezzi vari. Lui era stato uno di loro una volta, in quello che ancora oggi sentiva come il suo tempo felice.

Davanti a una casa, stava seduta, di sbieco al centro della porta, una donna che Raffaele riconobbe subito: era Carmela, la contrabbandiera. Non credendo a quella fortuna decise che era arrivato il momento di fare qualche domanda anche a lei. Alla sua destra, dalla parte del terrazzino, su un piccolo tavolino costruito con cassette di frutta impilate e coperto da un pezzo di stoffa colorata, esponeva una decina di pacchetti di sigarette delle marche più note. Alla sua sinistra, nella parte interna della stanza, una sediolina su cui era poggiata una pila di fazzoletti di carta. La donna stringeva in mano un telecomando ed era assorta nel seguire un programma a quiz trasmesso dal televisore all'interno del basso. Di tanto in tanto lanciava qualche sguardo alla strada. Così lo vide avvicinarsi.

«Buonasera, padre», disse.

«Buonasera, donna Carmela, come state?» Raffaele si appoggiò alla ringhiera.

«Come sempre, padre Raffae', con le ossa che mi fanno male. E voi, come mai da queste parti?»

Si capiva che erano puri convenevoli: la contrabbandiera non vedeva l'ora di tornare al suo programma preferito.

«Sono passato a trovare Amalia Capece, la sorella del poliziotto, per darle un poco di conforto. Abita proprio qui vicino.» Raffaele la buttò così, con disinvoltura, mentre osservava attentamente i pacchetti di sigarette esposti sul bancariello.

«Ah! Mo vogliono pure essere confortati?»

Il pensiero, si capiva, era stato tradotto in parole istintivamente, contro la sua volontà. Infatti, aggiunse subito: «Scusatemi padre, voi fate il lavoro vostro per conto di nostro Signore e dovete essere buono per forza».

Raffaele rise.

«Non è che devo essere buono per forza, diciamo che devo cercare di capire tutti e questo mi porta a comprendere tante cose. Lo so che Renato Capece non era benvoluto nel quartiere, ma i familiari non ne hanno colpa e lo piangono ugualmente.»

«Non era benvoluto?» Carmela lo guardò indignata. «Quello era un fetente, nessuno lo poteva vedere. Se l'avessero potuto uccidere l'avrebbero fatto.»

«Lo hanno fatto, Carmela, lo hanno fatto.»

La donna arrossì.

«Già», mormorò, rendendosi subito conto di quello che aveva detto.

«Dava fastidio pure a voi, mi pare di aver sentito dire.» Raffaele usò un tono comprensivo.

«Fastidio? Mi voleva rovinare, quel delinquente! Tutto mi voleva prendere. Mi aveva prestato una piccola cifra, ma in pochissimo tempo l'aveva fatta diventare enorme e, siccome io non riuscivo più a pagare, voleva in cambio la casa di mia figlia.» Aveva omesso le minacce verso il genero che vendeva abiti falsi.

«Davvero un poco di buono», disse il sacerdote, «nonostante mi faccia orrore quel che è successo e nonostante tutta la mia comprensione, non posso dire che quell'uomo non abbia fatto di tutto per esasperare gli animi.»

«Infatti, qui nessuno ne poteva più di lui.» Carmela sembrava aver ritrovato tutta la rabbia di quei giorni.

«Be', qualcuno ha tolto tutti dagli impicci, pure a voi e a vostra figlia, no?» Raffaele continuava a mantenersi discorsivo, mentre studiava la corporatura della donna. Nonostante fosse anziana, sembrava molto energica e sebbene si lamentasse di dolori articolari lui era convinto che, aiutata dalla rabbia che covava, sarebbe stata perfettamente in grado di uccidere Renato.

«Sì e non vi dispiacete, padre, se lo dico, ma fortunatamente è andata così», rispose senza guardarlo, fissando come assorta il televisore.

«Capisco», disse Raffaele, intuendo che Carmela aveva paura di starsi avviando per un sentiero pericoloso e che voleva terminare lì il discorso. C'erano ancora delle cose che lui avrebbe voluto sapere, ma non era il momento adatto e lui non era la persona giusta a cui le avrebbe raccontate.

«Arrivederci, donna Carmela, è stato un piacere incontrarvi, vi aspetto a messa domenica.»

Lei lo salutò con un cenno della mano, senza entusiasmo.

Si avviò verso la canonica, pensando che la persona giusta per saperne qualcosa in più, quella che aveva tutte le doti per aiutarlo come un cane da punta, lo stava aspettando già da un pezzo, e sicuramente l'avrebbe trovata impaziente e nervosetta. Assuntina non ammetteva che si spostasse, senza largo preavviso, l'orario dei pasti. «Che poi, dopo tanto lavoro, si fredda tutto e devo portare in tavola una schifezza» era la frase che, come sempre, gli avrebbe ripetuto. Così Raffaele sorrise e affrettò il passo.

Camminando per il quartiere aveva l'abitudine di guardarsi sempre intorno, come se quell'osservare ciò che lo circondava potesse dargli delle risposte sulla sua gente e forse, o soprattutto, su sé stesso. Si disse che tutto era tufo, nella Sanità. Porosa e bucata, costruita su immensi crateri di vuoto. Nel quartiere, dalle colline, quella che chiamavano «lava dei Vergini» – colate di acqua e fango – l'aveva erosa per millenni creando le condizioni per estrarlo. Nel tufo si erano scavate le catacombe e con quel tufo si erano costruiti i palazzi soprastanti. Si disse che forse era questo l'elemento che collegava materialmente i vivi e i morti, quello che permetteva l'eterno dialogo che questo rione aveva con l'aldilà.

Assuntina portò in tavola il budino e si sedette. Aveva ascoltato attentamente e in silenzio tutto quello che il sacerdote le aveva raccontato durante la cena.

«Povero ragazzo», disse, «proprio ora che era riuscito a inserirsi. Comunque la madre non ha tutti i torti: anche se è così timido, riuscirà a farsi altri amici e pure più facilmente. A Fuorigrotta nessuno sa chi è, e che brutta parentela teneva.»

«Anche questo è vero», disse Raffaele. «Ascolta, Assuntina, ho bisogno di te.»

«Dite, padre.»

«Assunti', io sto provando a venire a capo di questo delitto però io non sono un investigatore, non ne ho né le qualità né i poteri. Tutto quello che posso fare è provare a leggere nell'animo della gente, a scrutarne debolezze e passioni, a intuire caratteri e motivazioni, insomma ciò per cui nostro Signore mi ha chiamato a suo servizio. Ma, oltre a questo, io avrei bisogno di fare delle domande che non posso fare, non sono investito di nessuna autorità e rischierei di farmi mandare a quel paese. Nessuno più di te invece è capace di far parlare le persone, di conoscere i fatti.»

Assuntina era al settimo cielo, le luccicavano gli occhi. Che padre Raffaele le riconoscesse quella dote al punto da chiedere esplicitamente il suo aiuto, l'aveva inorgoglita tanto che era diventata tutta rossa e gonfia. Raffaele ebbe paura che scoppiasse.

«Quello che ti chiedo, dunque, è di farti una chiacchierata con quelli che avrebbero avuto un motivo per ammazzare il poliziotto e cercare di saperne il più possibile: dov'erano quando è avvenuto l'omicidio, se sanno o hanno visto qualcosa… Insomma, devi fare quello che fai sempre, solo in modo più mirato.»

«Fidatevi, padre, li rivolterò come calzini!»

Investita di una missione, la donna si sentiva ormai capace di tutto. Finalmente poteva fare, autorizzata in modo ufficiale, quello per cui era nata. Farsi i fatti altrui.

«Assuntina», disse piano Raffaele, «sii prudente, non è un gioco. Una delle persone con cui parlerai potrebbe essere l'assassino, e non sappiamo come potrebbe reagire se si sentisse in pericolo.» Il prete cominciava già a pentirsi di averla coinvolta. «Non voglio che ti succeda niente.»

«Dovete stare tranquillo, starò attenta. E poi a far parlare la gente sono brava, credetemi. Neanche se ne accorgono di raccontarmi più di quanto vorrebbero.»

Il sacerdote la guardò con affetto. L'aveva sempre pensato: se fosse nata in condizioni diverse, una folgorante carriera nello spionaggio non gliel'avrebbe tolta nessuno.

Raffaele ricominciò a selezionare le pile di libri che giacevano sul pavimento. Lo studio era nel caos più totale e ci avrebbe messo almeno due settimane per venirne a capo. Assuntina aveva avuto il divieto totale anche solo di avvicinarsi a quella stanza, fino a quando lui non avesse terminato di riclassificare tutti i testi. Dopodiché, i suoi interventi si sarebbero dovuti limitare a spazzare il pavimento, alla polvere ci avrebbe provveduto lui, aveva detto, troppa pulizia rende le librerie meno affascinanti. Lei aveva provato a replicare, ma Raffaele l'aveva stoppata subito. O così, oppure neanche quello le avrebbe fatto fare, avrebbe chiuso a chiave la porta e basta. Rassegnata, e spaventata dalla sporcizia che ne sarebbe derivata, era uscita scuotendo la testa.

Ora Donizetti e il suo *Elisir d'amore* risuonavano dallo stereo e le note di *Una furtiva lagrima*, cantate dalla calda voce di Plácido Domingo, lo avvolgevano completamente.

«*Che più cercando io vo...*» Raffaele canticchiava cercando di soffocare la sua potente voce di baritono. Assuntina dormiva già da un pezzo e non voleva disturbarla.

Fare ordine gli era sempre piaciuto, catalogare, classificare, disporre gli oggetti secondo logica: in quei momenti gli sembrava di operare lo stesso raziocinio sulla sua anima disordinata. E trovava una pace serafica.

Si riscosse. Gli era sembrato di udire bussare alla porta, un tocco lieve, reso quasi impercettibile dalla musica che lo circondava. Sicuramente doveva sbagliarsi, chi mai poteva venire in canonica a quell'ora di notte? E poi se si fosse verificata un'urgenza, avrebbero suonato il campanello. Ma, poco dopo, il rumore si ripeté. Poggiò il testo che aveva in mano e andò alla porta.

Guardò dallo spioncino. Il viso di Peppino riempiva, deformato, tutto il campo visivo.

«Ciao», disse il fratello quando lui ebbe aperto, «mi chiedevo se avessi un po' di tempo per fare due chiacchiere.»

L'Alto e il Basso erano alle sue spalle e un'auto era ferma a pochi metri con il motore acceso.

«Da soli o in compagnia?» chiese il prete riferendosi alle due guardie del corpo. La gioia di vederlo era già stata compromessa dalla vista di quei bravi.

«Soli. I ragazzi mi aspetteranno fuori.»

«Entra», disse Raffaele, chiudendo la porta senza preoccuparsi di salutare.

«Vieni, andiamo nello studio, c'è un poco di disordine ma staremo tranquilli, la mia perpetua dorme e non vorrei svegliarla. È molto curiosa e la sua lingua è più lunga di lei, quindi è meglio che non ci veda assieme.»

«Stai litigando con i libri?» chiese il boss, mentre Raffaele faceva spazio sulle poltrone ingombre per potersi sedere.

«Lasciamo perdere», rispose scorato, «certe volte mi chiedo se Lucifero non si diverta a mettere alla prova la mia pazienza.»

Peppino rise, Raffaele lo guardò e provò la netta sensazione che un flusso di energia, indipendente dalle loro volontà, corresse dall'uno all'altro trasportando pensieri, parole e sentimenti. Un canale di comunicazione sotterraneo e violento, che viaggiava parallelo all'apparente conversazione, amichevole e superficiale, che era in corso.

Si chiese quando e se sarebbero riusciti a dargli una voce.

Perché, passato il primo momento di commozione, era come se si fossero riassestati su terreni meno scomodi e impervi. Come se entrambi cercassero di mettersi in salvo da sentimenti che potevano far traballare le loro esistenze. Avevano creduto, ma era stata un'ingenua fantasia, disse ognuno a sé stesso, che tutto sarebbe potuto riprendere dal punto in cui avevano lasciato. Ma in poche ore, senza neanche ragionarci sopra, così semplicemente, abitando il proprio quotidiano, la vita gli aveva dato la sua risposta. Ed era un no secco.

«Come sta il bambino?» chiese allora Raffaele, un po' per dar seguito alla conversazione che sembrava languire e soprattutto perché lo desiderava.

«Bene. Mangia e dorme, e ogni giorno mi pare che cambi, che cresca a vista d'occhio. Se continua così, a breve sarà alto come noi due.»

Raffaele sorrise, immaginando il nipote diventare un uomo. Poi si rabbuiò al pensiero dei tanti interrogativi di cui era seminato quel futuro.

«A proposito», riprese Peppino, «è anche per lui che sono qui. Vorrei parlare un po' del battesimo.»

Raffaele s'immaginò sull'altare a fare da apripista verso il divino a quella creatura che già sentiva d'amare visceralmente.

«Ma certo, sono profondamente felice di farlo, possiamo organizzare al più presto. Chi sarà il padrino?»

«Pensavo di chiederlo a don Antonio. Tu non puoi farlo, e non abbiamo altri parenti. Don Antonio è un amico leale, c'è un gran rispetto tra noi. In più non ha figli, quindi, diventando suo figlioccio, il mio bambino godrà di un'ulteriore protezione.» Peppino sembrava molto soddisfatto di quell'idea.

«Voglio credere che tu non ti renda conto della mostruosità che hai partorito. Lo voglio credere, altrimenti non mi resterebbe che cacciarti da qui a calci.» Raffaele era furioso. «Tu vorresti legare una creatura innocente a un boss della droga? A un uomo che si arricchisce della morte altrui? A un annientatore di uomini e coscienze? Ma fino a che punto arriva la tua perversione? Fino al punto di aver già scritto per tuo figlio un futuro di violenza e illegalità. Di colpa! Io non so cosa sia stata la tua vita, cosa ti abbia portato a diventare quello che sei. Non lo so, anche se non mi è difficile immaginarlo. Ma di una cosa sono certo, una scelta, prima o poi, ti si sarà offerta. Ci sarà stato un momento in cui avresti potuto dare un taglio diverso alla tua esistenza. E non ti sto parlando del libero arbitrio, ti sto parlando di occasioni. I privilegiati ne hanno tante, qualcun altro poche e deve essere anche bravo a riconoscerle e i più disgraziati sono così assuefatti al dolore che se pure gli capita non saranno mai in grado di distinguerla. Dalla tua parte, Peppino, avevi un'intelligenza fuori dal comune e l'amore con cui nostra madre ci aveva cresciuti. Quindi, secondo me, saresti stato in grado d'identificarla un'occasione. Segnali, persone, circostanze, decisioni. Momenti in cui percepisci chiaramente che hai davanti la possibilità di un futuro alternativo. È allora che l'uomo viene fuori in tutta la sua grandezza o la sua codardia. Nell'istante in cui osa il nuovo, o si volta dall'altra parte per far finta di non vedere.»

Peppino ascoltava in silenzio, gli occhi concentrati in un punto immaginario davanti a sé.

«Ora, io ti chiedo di dare un'occasione a tuo figlio. Glielo devi: non provare a scrivergli il futuro. Non lo segnare. Lascia che abbia la possibilità di essere un uomo diverso. Migliore. Migliore di te e migliore di me, che noi, gli artigli con cui ci ha ferito la vita, anche se in modo differente, ce li portiamo ancora dentro.» Raffaele guardò il fratello negli occhi e vi lesse un'ombra di cedimento. Era solo un'ombra, ma lo incoraggiò a continuare. «Te lo ricordi a zio Pasquale? Il fratello piccolo di papà che andò a vivere a Benevento quando noi eravamo bambini? Be', mi sono informato, è vivo e in ottima salute, avrà una settantina d'anni. Si allontanò volontariamente dalla famiglia e ha avuto una vita tranquilla e onesta, si dedica in tutto e per tutto alla sua piccola azienda agricola e non ha figli. Avevo già pensato di andarlo a trovare, potremmo farlo insieme e proporgli di fare da padrino al bambino. E se ti preoccupano le reazioni dei tuoi "amici", la scelta di un parente stretto è giustificabilissima.» Raffaele s'interruppe e attese una risposta.

Peppino taceva e pareva perlustrare con lo sguardo tutti gli oggetti presenti nello studio, vagava dalle pile di CD ai libri ammonticchiati, dal portatile sulla scrivania alla collezione di accendini. Pareva voler leggere, cercare tracce, di quella che era stata la vita del fratello durante la loro lunga separazione, senza tuttavia chiedere.

«Mi ero completamente dimenticato di zio Pasquale», disse. «Visto che è l'unico parente che ci rimane, possiamo chiederglielo.» Non aggiunse altro, gliela dava vinta senza tuttavia lasciar trasparire segni di sconfitta, ma a Raffaele andava benissimo anche così.

Era sbalordito. Non credeva che sarebbe stato così semplice. Gli pareva di aver ottenuto un'enorme vittoria e sapeva che questa sensazione era dovuta non tanto al fatto che il fratello avesse accettato di cambiare padrino al figlio ma al fatto stesso di essere riuscito a fargli cambiare idea. Se c'era riuscito una volta poteva essere possibile riuscirci ancora, si disse. Un moto di speranza gli travolse il cuore ma cercò di placarlo, non voleva illudersi, o meglio, aveva paura di farlo.

Tornare ad avere una famiglia, rapportarsi con un fratello che non fosse un delinquente abituale, vivere le gioie degli affetti in maniera semplice e pulita era il suo desiderio più profondo. Desiderio che, sebbene volesse nascondere anche a sé stesso, tornava prepotente ora che aveva un'occasione inaspettata per realizzarsi; ma cedere era pericoloso perché sapeva che una delusione l'avrebbe ucciso.

Il lungo silenzio che aveva seguito quella conversazione fu interrotto da Peppino.

«Ora vado, è tardi per entrambi», disse.

Il prete lo accompagnò alla porta. Non voleva dire più niente, nulla che potesse incrinare quella vittoria dall'equilibrio fragile. Ma aveva una curiosità da soddisfare.

«Come l'hai chiamato?» chiese.

«Raffaele», rispose il boss aprendosi la porta da solo.

Fuori, l'Alto e il Basso non si erano mossi dalla posizione in cui li aveva lasciati. Lo affiancarono subito e, con l'atteggiamento di chi è pronto a estrarre le armi da un istante all'altro, lo fecero entrare nell'auto.

Raffaele rimase sulla soglia, a fissare l'ombra pallida del fratello, dietro il finestrino umido di notte.

~ *Roma, 1972* ~

Raffaele uscì dal bagno fumante e la madre lo asciugò con vigore.

«Ecco qua. Pulito come nuovo, e bello come un principe orientale.»

Quel bambino le aveva cambiato la vita. Ogni suo sogno si era realizzato, con lui. E mai, mai avrebbe potuto distinguerlo da un figlio nato dalle sue carni.

Gli inizi non erano stati facili, abituarlo a una nuova famiglia, al benessere, allo studio, a una vita sociale intensa e regolare era sembrata un'impresa ardita. Ma lei non si era mai arresa. Fortuna e ostacolo del suo compito era il fatto che sapeva di avere a che fare con un essere che era stato molto amato e, se questo era da un lato uno scoglio da superare nel fargli accettare il loro amore, dall'altro costituiva le fondamenta di una personalità sana e buona, nonostante un'impetuosità connaturata che non erano mai riusciti a domare.

A differenza di tante famiglie in cui l'adozione era stata il bisogno di soddisfare un istinto esclusivamente materno, loro lo adoravano entrambi, e il marito si era gettato anima e corpo nell'educazione e nella crescita di quel figlio un po' ribelle, che amava come suo e viziava senza ritegno.

«Ora chiamiamo papà per il bacio della buonanotte», gli disse finendo di rimboccargli le coperte.

L'uomo apparve prima di essere chiamato.

«Che dice il mio piccolo calciatore stanco ma felice?» Gli fece un occhiolino.

Raffaele rise.

«Sapessi com'è bravo», continuò rivolto verso la moglie, «i suoi

amichetti in squadra lo trattavano come un campione. Tre gol ha fatto, tre.»

Si sedette sulla sponda del letto e lo abbracciò.

«Domani invece abbiamo la prima lezione di musica e, se ti piacerà come spero, l'anno venturo ti iscriveremo al conservatorio.»

«Sì, papà.»

«Buonanotte tesoro.» Lo baciò sulla fronte.

La madre chiuse le tapparelle e accese una lucina che rischiarasse appena la stanza.

Poi uscirono accostando la porta.

Raffaele si accoccolò sotto il piumone. Come ogni sera cercò di ripescare ricordi che gli sovvenivano sempre più sbiaditi e lontani. Quei ricordi all'inizio lo facevano tremare e singhiozzare, gli strappavano il cuore, e tutte le notti si perdeva in fantasticherie che lo riportassero indietro. A casa sua.

Sognava che Goldrake, l'eroe dei suoi cartoni animati preferiti, risvegliasse la mamma dal suo sonno eterno e che poi, insieme, arrivassero a Roma volando, seguiti da una grande scia di fuoco, per strapparlo a quegli estranei; o che Peppino arrivasse su una grossa moto e gli dicesse che c'era stato uno sbaglio, che quella morta non era la mamma ma un'altra persona e che dovevano tornare presto a casa ché lei li stava aspettando. Poi, a mano a mano, i sogni si erano fatti più realistici e aveva incominciato a sperare solo che Peppino venisse a prenderselo dicendogli che avrebbero vissuto insieme, loro due. Perché proprio era impensabile che fossero separati.

Ora, tante cose non le pensava più, e il ricordo della mamma era sfumato e non faceva più tanto male, ma questo non aveva mai smesso di sperarlo. Nonostante con i suoi nuovi genitori si sentisse felice, accudito e amato, ogni sera si addormentava pensando che un altro giorno era trascorso senza che Peppino l'avesse cercato.

~ Napoli, 1972 ~

Peppino chiuse a chiave la porta del basso e si avviò verso i Vergini, da dove avrebbe proseguito per via Foria. Alle sue spalle la casetta era rimasta buia e solitaria e a lui, ogni volta che lo pensava, gli si stringeva il cuore. Non c'era più nessuno lì, né Raffaele né la mamma. Nessuno da ritrovare e nessuno da cui farsi attendere. Gli occhi neri diventarono ancora più cupi, poi come sempre scacciò via quelle emozioni che lo indebolivano e si augurò soltanto che per entrambi, in cielo e in terra, le cose si fossero aggiustate. Lui, intanto, doveva imparare a sopravvivere. Doveva farlo da solo e doveva farlo in fretta.

Fece una tappa al bar dove i suoi ragazzi trascorrevano il tempo quando non erano impegnati a lavorare. Non appena lo videro entrare, lasciarono le chiacchiere e gli si avvicinarono rispettosi.

«Manco per un poco. Voi, ogni tanto, fatevi un giro vicino a casa, ché non si sa mai.»

I due annuirono.

Visti insieme erano divertenti. Tanto uno era alto e allampanato, tanto l'altro era basso e tarchiato. Due alienati senza storia e famiglia, due randagi che lo avevano riconosciuto come padrone e lo seguivano adoranti. Non erano né svegli né brillanti ma, come i randagi, gli avevano giurato fedeltà eterna e assoluta.

E il giovane di fedeltà ne aveva una totale necessità. Il giro di ricettazione che aveva creato, anche se piccolo, cominciava a dare fastidio. Le gerarchie dovevano essere rispettate in toto. Ogni alito d'indipendenza andava soppresso con forza e sul nascere. Che non fosse mai d'ispirazione per qualcun altro.

Quella sera il basso era pieno di merce e andava sorvegliato. Sì, solo di fedeltà aveva bisogno, ché all'intelligenza ci avrebbe pensato lui.

18.

Rosetta era seduta al solito banco, in fondo alla chiesa, intenta a dire le ultime preghiere dopo la fine della messa. Raffaele l'aveva osservata per tutto il tempo, non sembrava aver cambiato atteggiamento dopo gli ultimi eventi. Mesta, timida, era sempre la stessa. Si chiedeva come potesse esercitare il suo mestiere con quella personalità. Quale allegria potevano trovare in lei gli uomini che la frequentavano. Al di là del sesso, quel tipo di donne devono vendere qualcos'altro. Devono vendere illusioni. Eppure il prete sapeva che era molto richiesta e aveva un ottimo giro d'affari. L'unica spiegazione era che fosse molto brava a fingere: probabilmente quei momenti in chiesa erano gli unici in cui si consentisse di essere sé stessa.

"Come si accontentano facilmente gli uomini", pensò, "quello che gli viene mostrato in superficie gli è sufficiente, non sanno o non gli importa di capire altro. Le disperazioni altrui sarebbero come mine che farebbero saltare in aria tutte le loro sicurezze. Meglio guardare alla vernice e credere che tutto cominci e finisca lì."

«Buongiorno, Rosetta.»

La donna alzò il capo. «Buongiorno, padre.»

«Come stai? Vedo che i lividi sono andati via.»

«I lividi del corpo, prima o poi, vanno via», disse lei con un sorriso mesto.

«E quelli nell'anima no. Lo so bene, figlia mia.»

Raffaele era indeciso se proseguire. Si chiedeva se la ragazza fosse già arrivata al punto di fidarsi veramente di lui. Se fossero maturi i tempi per provare a convincerla a cambiare vita, o se invece con questo tentativo avrebbe rischiato di perderla. I tempi, i tempi, pensò, com'era importante saperli scegliere quando si doveva agire. Indovinare il momento giusto significava decidere l'esito di ogni azione. Si disse che forse era meglio aspettare ancora un poco.

«Certo, adesso Renato Capece non potrà più darti fastidio», continuò.

«No, padre, adesso non più.»

«L'avevi rivisto ultimamente?» chiese Raffaele.

«Sì, è tornato dopo quell'episodio. Ma non è accaduto nulla di spiacevole, almeno in termini di violenza. All'inizio ho pensato che don Peppino, o qualcuno per lui, l'avesse minacciato. Anche se non era sicuramente uomo da temere le minacce di chicchessia. Poi, invece, mi sono accorta che era proprio lui a essere cambiato. Mi è sembrato quasi che tornasse solo per abitudine. Come se ormai non lo interessassi più. Aveva la testa da qualche altra parte, forse per via del matrimonio imminente. Certo io non ho domandato più nulla, visto quello che mi era successo quando avevo accennato alla cosa. Comunque a me andava bene così, sembrava quasi diventato un cliente come gli altri, anche se era l'unico a non pagare.» La ragazza si fermò un attimo. «Mi scusi padre», disse mortificata.

«Non devi scusarti con me, Rosetta, so bene qual è il tuo mestiere e non siamo nella casa del Signore per dirci menzogne. E sai che io non ti giudico. È con te stessa che devi scusarti, figlia mia, solo con te stessa.» Raffaele le accarezzò la testa. «Ora vado, ti aspetto domani come sempre.»

«Grazie, padre.» Il cuore di Rosetta cercò inutilmente di trattenere le lacrime.

Il prete si allontanò pensieroso. Rosetta ci aveva guadagnato tanto dalla morte di Renato. Ma si disse che no, Rosetta non ne era capace, lei era un essere inabile alla ribellione, tutta la sua vita lo testimoniava. Neanche in grado di difendersi era, e questo purtroppo l'avevano capito tutti, e quelli che avevano deciso di sfruttarla ne avevano approfittato. Pensò al fratello ed ebbe un moto di disgusto, nonostante gli avesse assicurato di non costringere nessuno a fare ciò che non voleva, godeva dei profitti ricavati da quel terribile mestiere. Cercò di pensare ad altro. Rosetta gli aveva detto una cosa importante: Renato era cambiato. Credette d'intuire a cosa fosse dovuto quel cambiamento. Il poliziotto si stava allontanando progressivamente dalla vecchia vita. Ciò che lo circondava perdeva pian piano di senso e interesse. La proiezione in un altro mondo, ormai vicinissimo, aumentava sempre più il distacco verso quello che non aveva più nessuna attrattiva per chi, come lui, se ne era già andato col pensiero.

Finalmente, in quelle giornate piene di avvenimenti rocamboleschi, aveva trovato il tempo per andare a parlare con un'altra delle persone coinvolte in quella storiaccia. Nonostante sembrasse ai margini degli eventi poteva, invece, aver rivestito un ruolo importante.

L'indirizzo di Massimiliano glielo aveva procurato Assuntina. Era proprio su via Toledo e ci sarebbe potuto arrivare a piedi. La giornata soleggiata e frizzante era un invito a stare all'aria aperta. Quella strada era molto diversa dai tempi della sua infanzia, quando bisognava assieparsi sui marciapiedi a causa dei veicoli che la trafficavano. Ora era diventata zona pedonale e la gente si era appropriata di ogni suo spazio, passeggiando tra i negozi, o intrattenendosi semplicemente a chiacchierare. I venditori ambulanti la costeggiavano per tutta la lunghezza, riempiendola di bancarelle colorate o di merce esposta direttamente sull'asfalto. Molti erano abusivi, ma tutti, pensava Raffaele, legali o meno, pagavano un pizzo alla camorra, perché gli fosse consentito di stare lì. Questo lo riportò con la mente a Totore: l'ambulante era ancora in carcere e lui ben lontano dall'aver trovato qualcosa per aiutarlo.

Lo studio legale era ubicato in un palazzo antico e prestigioso. Una grande targa d'ottone ne elencava gli associati. Erano menzionati padre e fratelli, e da tutto il contesto si capiva che si trattava di uno studio di antica tradizione.

L'ampio e raffinato appartamento, situato al primo piano, era una vecchia dimora nobiliare trasformata in ufficio, che aveva mantenuto però tutta la sua vetusta alterigia. La segretaria, una bella bruna sobria e distinta, gli domandò se avesse un appuntamento con qualcuno. Raffaele le rispose di no, tuttavia aveva bisogno di parlare con l'avvocato Monti. La donna sparì nel labirinto delle stanze e quando ritornò gli disse che l'avvocato lo avrebbe ricevuto se avesse avuto la pazienza di attendere. Raffaele si accomodò nell'elegante sala d'aspetto e si disse che la sua veste apriva davvero tante porte. Difficilmente un comune mortale sarebbe stato ricevuto senza preavviso in quello studio che trasudava superbia da tutti i pori.

Aspettò una buona mezz'ora, poi la segretaria lo invitò a entrare.

Massimiliano era un ragazzo sulla trentina, distinto e decisamente bello. Quando si alzò dalla scrivania per salutarlo, Raffaele notò che era alto, col fisico atletico di chi pratica molto sport. S'intuiva che era sorpreso di vedere un prete. Lo fece accomodare su una poltroncina di pelle davanti a lui.

«Buongiorno, padre, a cosa devo il piacere della sua conoscenza?»

«So che lei è un caro amico di Anna d'Arco, per questo sono venuto. Sono stato da lei pochi giorni fa e l'ho trovata molto afflitta.»

L'argomento Anna aveva acceso in un attimo un lampo d'interesse negli occhi del giovane.

«Certo, Anna... è per lei che è qui. Tutti stiamo cercando di aiutarla come possiamo a superare questo momento difficile.»

«Fate bene, Anna adesso ha bisogno di ogni sostegno. È davvero una tragedia perdere il futuro sposo a pochi giorni dalle nozze, e in un modo tanto brutale, poi.»

«Certo, certo», rispose Massimiliano come un automa.

«So che il padre non era d'accordo riguardo a questo matrimonio e quando sono andato a trovarla, se devo essere onesto, mi è sembrato un poco insensibile al dolore della figlia, per questo sono venuto a parlarne con lei. Per assicurarmi che ci sia qualcuno disposto a darle un po' di conforto.»

«Stia tranquillo, padre, Anna avrà tutto il conforto di cui ha bisogno. Non deve giudicare il professore, era molto preoccupato e credo ne avesse tutte le ragioni. Non erano certo una coppia ben assortita. Lei ha conosciuto lo sposo?»

«No», rispose Raffaele, ansioso di conoscere le opinioni del giovane.

«Be', non era quel che si può definire un signore, e questo non soltanto per le sue origini o per il livello culturale. Era un essere tronfio, rozzo e maleducato. Io lo trovavo addirittura equivoco, come se nascondesse qualcosa. Non perdeva occasione di vantarsi delle sue azioni nell'Antidroga, molte delle quali, a mio avviso, inventate di sana pianta. Avevo preso qualche informazione su di lui, mi preoccupavo per Anna: non era uno che s'impegnasse nella carriera più di tanto. D'Arco era imbarazzatissimo quando doveva presentarlo agli amici. Ma, al di là di tutto questo, sia io sia il professore eravamo convinti che lui non amasse Anna. La stava semplicemente usando per una sua personale scalata sociale e lei non voleva rendersene conto. Non lo si può condannare, quindi, se ora si sente sollevato.»

«Il professore avrebbe preferito lei, immagino», disse Raffaele con un sorriso di complicità.

Il ragazzo lo scrutò.

«Sì, è molto probabile, c'era un abisso fra noi due.»

«Ne sono sicuro. E voi avete tutte le ragioni possibili, ma Anna mi è parsa una donna molto sola, il cui dolore, oltre a non essere condiviso da nessuno, è addirittura ritenuto superfluo e fuori luogo.» Poi aggiunse: «Per quanto il fidanzato fosse un essere spregevole, lei lo amava e la sua è una sofferenza autentica».

Massimiliano abbassò gli occhi e parve riflettere su qualcosa che fino a quel momento non aveva considerato.

«Ha ragione», disse, «noi teniamo tantissimo ad Anna, ma forse siamo talmente contenti di quello che a noi sembra uno scampato pericolo che non la stiamo aiutando nel modo in cui dovremmo.»

Il problema era proprio quello, si disse Raffaele. Questo amore distorto che li portava a non comprendere le sofferenze della ragazza, a cos'altro poteva averli portati? Cosa erano stati disposti a fare per riprendersela?

Cosa aveva provato Massimiliano, bello, beneducato, abituato a vincere, quando si era visto preferire un uomo come Renato? Quale rabbia, quale gelosia avevano potuto muoverlo? Che l'uomo fosse perdutamente innamorato e ancora in lizza per il cuore di Anna era lampante.

«Deve essere stata molto dura anche per lei», continuò Raffaele col suo tono comprensivo. «Perdere la sua ragazza per un uomo come quello che mi ha descritto l'avrà fatta soffrire molto. Ma alla fine le cose si sono aggiustate da sole, se un omicidio si possa considerare aggiustare le cose.»

«Sono convinto che Renato Capece, da uomo losco quale sospettavo che fosse, abbia creato da solo le circostanze della propria morte.»

«Probabilmente ha ragione», rispose.

Aveva saputo abbastanza ormai e quello che non era stato detto si era comunque palesato negli atteggiamenti del giovane. Come il padre della ragazza, sarebbe stato disposto a tutto per liberarsi di Renato e in più aveva il movente d'esserne innamorato.

«La saluto e la ringrazio per avermi ricevuto», disse, «e le raccomando Anna.»

L'uomo si alzò per accompagnarlo alla porta.

Raffaele scese le scale, riflettendo sul fatto che quell'incontro non aveva cambiato assolutamente nulla. L'unica cosa che non quadrava era la corporatura del giovane, nettamente superiore a quella ipotizzata dalla polizia. Ma Massimiliano era un brillante avvocato e poteva forse conoscere il modo di colpire confondendo le acque. Insomma, rimaneva quello che era stato fino a un'ora prima: un potenziale colpevole.

Il giro dei sospettati era praticamente terminato. Qualche incontro andava ancora approfondito, ma ormai li aveva incontrati tutti. Ne aveva visto i volti e studiato la corporatura e ora era arrivato il momento di ascoltare l'unico testimone della storia.

L'accattone lo trovò al solito posto, di fronte alla casa di Renato. Era steso sul suo cartone e avvolto in una coperta, nonostante le temperature quasi estive. Sembrava dormisse. Buste piene di stracci e oggetti non identificabili erano accatastati contro una serranda alle sue spalle.

Raffaele gli si avvicinò. Un fetore acido lo circondava, ma non era solo sporcizia, era chiaramente anche tanfo di alcol.

«Buongiorno», disse il prete ad alta voce per attirare la sua attenzione. L'uomo aprì gli occhi cisposi, ma non accennò a muoversi. «Posso parlarle un momento?»

L'altro non rispose ma si mise faticosamente a sedere. «Che c'è?» disse seccato, la voce impastata dall'alcol, «non ho bisogno né di redenzione né di assoluzione né tantomeno di prediche.»

Per un attimo, Raffaele rimase spiazzato dalla dizione colta e forbita, ma si riprese velocemente. Tra i senzatetto si trovava gente di tutti i tipi. Le motivazioni che conducevano a quella vita erano le più svariate.

«E io non sono qui per nessuno di questi motivi.» L'accattone incominciò a guardarlo più attentamente. «Sono qui per chiederle una cortesia. So bene che è già stato interrogato dalla polizia, ma vorrei che raccontasse anche a me quello che ha visto il giorno del delitto del poliziotto.»

«E perché dovrei, a lei cosa interessa?» L'uomo biascicava, ma aveva un'aria sospettosa.

«M'interessa perché penso che la persona che è stata arrestata per questo delitto sia innocente, e sto provando ad aiutarla. Le sto chiedendo solo di darmi una mano, sforzandosi, magari, di ricordare qualche altro particolare.»

«A me una mano non me l'ha mai data nessuno», rispose l'uomo con rabbia. «Nessuno si è mai preoccupato di correre in mio aiuto, neanche chi avrebbe dovuto. E io mi sento autorizzato a ricambiare il mondo con la stessa moneta.» Si fermò guardandosi la mano tremante, risultato di chissà quali sofferenze, poi riprese. «Ma se anche volessi aiutarla non potrei, io so solo quello che ho detto alla polizia. Dormivo e mi ero svegliato per bere, quando ho visto l'ambulante che entrava nel portone, l'ho riconosciuto perché passava spesso da queste parti col carretto. L'ora l'ho guardata per combinazione, perché mi chiedevo quanto mancasse all'apertura della mensa dei poveri. Ma era ancora presto e mi sono rimesso a dormire. Non c'è altro, non ho visto né sentito altro. Mi sono svegliato solo quando la sorella del poliziotto è scesa per strada urlando.»

Raffaele capì che l'accattone era sincero.

«La ringrazio, è stato davvero gentile. Mi permetta di chiederle un'ultima cosa. Per caso ricorda qualcosa di particolare avvenuto nei giorni precedenti il delitto?»

L'uomo tacque a lungo, poi mormorò: «Quando sono venuti a interrogarmi, non ero molto lucido, altrimenti, se devo essere sincero, mi sarei fatto i fatti miei. Non volevo mettere nessuno nei guai, mi creda. Quando mi sono reso conto di cosa stava succedendo era troppo tardi, avevo già parlato. Però, in effetti, c'è una cosa che non ho detto. Giorni prima del delitto, non mi ricordo quanti, ma non molti, ho visto il poliziotto e l'ambulante litigare. L'ambulante era uscito dal palazzo e lo aspettava fuori dal portone. Quando il poliziotto è uscito e l'ha visto si è messo a urlare. L'altro supplicava e quel disgraziato lo maltrattava. C'era tanto di quell'odio e di quella disperazione nell'aria che nemmeno se lo immagina. Alla fine il poliziotto gli ha voltato le spalle e se n'è andato. Come le ho detto, io di quest'episodio non ho parlato con nessuno. Ma, forse, se ci pensa un attimo, non è così improbabile che quell'uomo sia colpevole».

Raffaele rimase in silenzio. Era andato per cercare qualcosa che scagionasse Totore e invece aveva trovato un'ulteriore prova a suo carico.

«Grazie per la sua disponibilità. Spero di poterla ricambiare. Sono il parroco di Santa Maria alla Sanità, mi venga a trovare quando vuole.»

L'uomo non rispose, si adagiò sul suo cartone e si tirò la coperta fin sopra la testa.

Ce n'era tanta di gente così, pensò il prete, gente a cui il male ricevuto e le aspettative puntualmente deluse avevano tolto ogni residua speranza. Gente che non si aspettava l'aiuto di nessuno e che non credeva più a nessuno.

Si erano dati appuntamento a Santa Teresa, nessuno doveva vederli insieme. Raffaele si era avviato per tempo e ora attendeva accanto al Museo Nazionale. Superando il magnifico palazzo nato come caserma di cavalleria nel Cinquecento, si era detto che visitarlo sarebbe stata una delle cose da fare quanto prima. Da appassionato di storia, sapeva di avere davanti uno dei più importanti musei archeologici al mondo, il più importante per quanto riguardava l'arte romana, reso magnifico dalle numerose collezioni private che nel corso dei secoli erano state donate alla città.

Un'auto dai finestrini oscurati l'affiancò distogliendolo dalle sue considerazioni e lui montò velocemente a bordo.

«Andiamo», disse Peppino ai suoi tirapiedi e schiacciò un pulsante che, alla vecchia maniera, sollevò un vetro di separazione nell'abitacolo.

Alla guida l'Alto, affiancato dal Basso, non diede segno di accorgersene.

«Allora, ho avvisato zio Pasquale. All'inizio mi è sembrato sulla difensiva, poi ha detto che sarebbe stato felice di vedermi. A lui, di te non ho detto niente, volevo prima parlartene e regolarci insieme sul da farsi. Non vorrei che, l'aver ceduto a questa tua idea, si rivelasse l'inizio di un casino per entrambi.» Peppino era pensieroso.

«Cosa intendi dire?» chiese brusco suo fratello.

«Che, se riveliamo a lui la tua identità, dobbiamo poi assicurarci che non ne parli. Dovrà venire a Napoli, per il battesimo, giusto? Nel nostro quartiere, nella tua chiesa. Hai un'idea del disastro che rappresenterebbe una parola sbagliata?»

Il prete tacque, Peppino aveva ragione. «Cosa sa di te?» domandò poi.

«Molto. In qualche modo sono famoso.» Rise.

«Allora non ce ne dovremmo preoccupare più di tanto. Capirà sicuramente la situazione.»

Restarono zitti, mentre la strada scorreva riempiendosi di verde.

«Chissà come sarebbe stata felice la mamma di avere un nipotino.»

Raffaele era voltato verso il finestrino ma il boss udì quelle parole mormorate, e il pensiero della madre, nonostante il tempo e una durezza che era stata la sua scuola di vita, gli diede ancora una stretta al cuore.

«Quanto te la ricordi?» domandò.

«Non passa mai un giorno senza che io le rivolga un pensiero. Ho cominciato da piccolo, quando vivevo nel terrore di dimenticarla.»

Raffaele parlava a fatica e il fratello inghiottì aria per paura di commuoversi troppo.

Quanto aveva inciso la scomparsa di quella donna sulle loro vite nessuno avrebbe potuto immaginarlo. Ogni passo, ogni scelta, ne era stata una conseguenza e nelle loro esistenze si era creata una frattura netta. Una separazione crudele e definitiva che distingueva precisamente e per sempre il prima dal dopo.

«E papà. Te lo ricordi?» chiese come per cambiare discorso.

«No, quasi per niente. So di peccare, ma non lo ricordo e non lo penso mai. E non c'entra il fatto che sia morto da anni. Se devo pensare a un padre penso a te e a Roberto Iacono. Lui non c'è mai nella memoria, come non c'è mai stato nella mia vita.»

Non lo disse con risentimento ma come si espone un dato di fatto contro il quale non si possa fare niente.

«Non era cattivo Rafe'. Era 'nu criaturo scombinato. Un po' sciocco e superficiale e con tanta voglia di ridere. Figlio di uno che aveva campato arrangiandosi con la borsa nera durante la guerra e che manco era riuscito a dare un poco di benessere alla famiglia. Nostro padre era destinato a non combinare mai niente di buono, questo è vero, ma non era cattivo. E con la mamma era molto affettuoso, l'adorava, tant'è che, nonostante i disastri che puntualmente combinava, lei continuava a volergli bene.»

«Incredibilmente pare che tu sia più bravo di me a perdonare, Peppi'. E io che sono sempre pronto a capire tutti, sempre attento a non giudicare be', io a lui non riesco ad assolverlo, lo condanno e mi condanno per questo. Ma non posso fare altrimenti. Perché io credo, e lo credo fermamente, che noi avremmo avuto bisogno di un padre e nostra madre di un marito. E invece siamo stati la pazziella in mano a un criaturo. E i risultati ce li abbiamo davanti.»

«Amalia ha chiamato questa mattina, poco dopo che voi eravate uscito.» Assuntina andava e veniva dalla cucina trotterellando con le pietanze in mano. «Mi ha detto che il corpo di Renato sarà messo a disposizione fra tre giorni per i funerali e voleva sapere se voi potevate cominciare a occuparvene. Comunque vi richiamerà nel pomeriggio per prendere accordi.»

Raffaele osservò la pasta e fagioli fumante nel piatto.

«Va bene, me ne occuperò, ma ora ho diritto a dieci minuti di pausa da Renato Capece, sono sfinito.»

La visita a zio Pasquale alla fine si era rivelata un successo. Era stato commosso e felice di rivedere i nipoti e aveva accettato di buon grado di fare da padrino al figlio di Peppino. Era un uomo sveglio lo zio, non c'era stato bisogno di dire troppe parole ché aveva intuito prontamente la situazione. Aveva riempito Raffaele di domande e si era detto felice per la strada che si era scelto. Lui lo scrutava in ogni movimento, cercando di cogliere qualche sfumatura che gli rammentasse il padre ma, per quanti sforzi avesse fatto, quell'uomo non ne voleva sapere di far parte neanche del suo immaginario.

Il prete si sedette e si concentrò su quella squisitezza che aveva davanti.

«Mangiate, mangiate, don Raffae'. Non vi siete stato fermo un attimo da quando è cominciata questa storia. Io vado un poco in cucina. Poi, dopo il caffè, vi racconto alcune cose che sono riuscita a sapere.» Si alzò lasciandolo solo.

Raffaele fece appena due bocconi e la richiamò. «Vieni Assuntina, raccontami tutto.»

Avrebbe voluto riposarsi, ma non era possibile: quando si trovava immerso in una questione non trovava pace fino a quando non era risolta.

«Sono riuscita a parlare con Carmela», iniziò la perpetua sedendosi di fronte a lui, «e a parte quello che già sapete, ho scoperto che afferma di essersi addormentata il pomeriggio del delitto, perché si sentiva poco bene. Dice di essere stata svegliata dal chiasso della gente per strada e dalle sirene. Se sia vero non ve lo so proprio dire, però una mia amica che abita lì vicino ha notato che quel pomeriggio lei non ha lavorato e che la casa è rimasta chiusa per diverse ore. Se lo ricorda perché ha dovuto rivolgersi a un altro contrabbandiere per comprare le sigarette. Fatto sta che Carmela poteva anche non essere in casa. La mia amica l'ha chiamata ad alta voce prima di andare altrove, non le andava di farsi strada, ma lei non ha risposto.»

Assuntina lo guardava ansiosa, attendeva l'applauso.

«Bravissima, Assuntina.»

«Posso fare qualcos'altro?» chiese, speranzosa.

«Ascoltarmi», rispose Raffaele e cominciò ad aggiornarla sugli avvenimenti della giornata.

«Qua, padre, non ci diciamo mai niente di nuovo», disse Assuntina servendo il caffè, «tutte queste persone, sospette erano prima e sospette rimangono. I motivi per uccidere il poliziotto ce li avevano tutti e restano sempre gli stessi, neanche uno che sia venuto meno o che invece ci sembri più valido di un altro. Insomma siamo a un punto morto e secondo me ci rimarremo. Ci vorrebbe un colpo di fortuna e ultimamente non ne ho visti. Sono settimane ormai che mi sto giocando 'sto terno al lotto e non è uscito mai», concluse sconsolata.

«Che terno al lotto, Assuntina, di che parli?»

«Del lotto, don Raffae', del lotto! Mi sono giocata 62, 71,

41», rispose la perpetua seccata da quell'ignoranza. «Il Morto ammazzato, L'Ommo 'e niente, e il Coltello.»

«Ah, tu giochi al lotto, quindi?»

«Io, padre Raffae'? Tutta Napoli gioca al lotto! Tutti cercano un poco di fortuna per sistemarsi. Io, a dire il vero, sono già sistemata e figli non ne tengo, ma non si sa mai. E, comunque, in questo fatto i numeri da giocare erano chiari, ma non sono usciti. Tutta la Sanità se l'è giocato questo delitto. Non tutti gli stessi numeri, chiaramente, c'è chi si è giocato lo strozzino, il morto ammazzato e i soldi; chi il poliziotto, il morto ammazzato e il mendicante. Insomma ognuno ha dato la sua interpretazione. Ma fino a ora nessuno ha vinto, che io sappia. Può essere che quando si scoprirà l'assassino potrò pensare a qualche numero più azzeccato.»

«Bene, bene. Sarebbe un ottimo motivo per scoprire chi è stato», disse Raffaele ironico ma sovrappensiero. Assuntina aveva parlato da esperta. Era incredibile quella donna, pure giocatrice incallita la scopriva adesso.

La piccola perpetua intanto, incoraggiata dall'approvazione di Raffaele, gli stava dicendo che c'era un'altra persona con cui le sarebbe stato facile parlare per provare a dare una mano alle indagini, e conoscendone le abitudini l'avrebbe appostata fuori dal negozio di biancheria dove nel pomeriggio andava a dare una mano ai genitori.

Lui si scosse dalle sue riflessioni e la guardò preoccupato. Proprio lui la spingeva verso il pericolo e si sentiva colpevole e spaventato.

«Statti attenta, Assunti', non ti dico altro. Statti attenta.»

Nennella s'avviava annoiata e ondeggiante verso il negozio. Ma pure quella storia doveva finire, non ne poteva più. Non ne poteva più di lavorare, di sciorinare lenzuola e asciugamani, di dire «sigrazie», «facciapure» e «pregosifiguri» a clienti incontentabili che le facevano tirare fuori di tutto e la trattavano come se fosse a loro completa disposizione.

Quella storia doveva finire, ma sarebbe finita solo quando Gennaro l'avesse sposata. Allora sì che sarebbe diventata una signora. Una vera signora. Magari, anzi sicuramente, ce l'avrebbe avuta lei una cameriera che pensasse a tutto lasciandola libera di andare di negozio in negozio a farsi mostrare con aria di sufficienza tutta la merce.

Stava ancora sorridendo al pensiero quando si sentì chiamare.

«Nennella.» La piccola perpetua di Santa Maria agitava la mano venendole incontro.

«Donna Assuntina, come state? Che piacere vedervi.»

«Ma quanto sei cresciuta e come sei diventata bella», disse di cuore la perpetua. «Quando venivi al catechismo di padre Michele eri un esserino pelle e ossa, sempre con qualche sbucciatura sulle ginocchia.»

«È passato tantu tiempo, e giochi spericolati non ne faccio più.» Rise.

«Lo so, lo so. Sei diventata grande ed è arrivato il tempo per altre cose. Ho saputo che stai per sposarti.» Assuntina le sorrideva dolcissima. «Con Gennaro, mi hanno detto.»

«E già. In questo quartiere le voci fanno il giro prima ancora che uno pensi di fare i fatti.» Nennella diventò seria. Le voci, le voci. In quel posto nun se puteva campa'.

Assuntina se ne era accorta di quel cambio d'umore. «Ma che t'importa, è una cosa bella, no? Magari schiattano d'invidia.» Rise e poi con un'aria compunta aggiunse: «Certo ho saputo pure dei fastidi che hai avuto dal poliziotto. Come mi dispiace cara».

«E che ho detto io? Qua non si riesce a campare senza avere tutti gli occhi 'ncuollo.»

«Ma no, è che le persone erano dispiaciute per quello che ti capitava. Immagino che non sia stato facile tenere a freno un tipaccio come quello.»

Pure questo sapeva! «So badare a me stessa, Assuntina, e bene.» Aveva tralasciato il «donna» intenzionalmente. «Nel caso mi trovassi in difficoltà, Gennaro mio sa come difendermi.»

«Hai ragione, cara, si vede che sei diventata una donna forte», continuò Assuntina con gentilezza, «e comunque ormai è tutto risolto, no?»

Nennella la guardò con sospetto e restò muta.

19.

Nel suo studio, Massimiliano era distratto. I fascicoli che aveva preso per studiare le cause più urgenti non erano stati neanche aperti e attendevano impilati sulla scrivania.

Ci doveva pensare lui. Questo si diceva. Non sarebbe bastato aspettare, bisognava continuare ad agire. Lo spiraglio di nuove possibilità che si erano aperte con Anna doveva farlo diventare un portone spalancato. Ci aveva cominciato a lavorare da subito. Gentilezza, sostegno senza invadenza, affetto. Anna avrebbe ricordato quanto fossero legati, quanto si somigliassero. Quanti segni materiali e spirituali certificassero la loro predestinazione. Avrebbero avuto l'approvazione di tutti, il nucleo che avrebbero creato sarebbe stato perfettamente fuso col resto della famiglia, senza gli spiacevoli attriti che il poliziotto avrebbe fatto sorgere.

Lei avrebbe capito tutto questo e Renato, a quel punto, sarebbe stato relegato nella soffitta di una casa abbandonata, dove non si ha più voglia di tornare.

Ma, al momento, era e rimaneva solo uno spiraglio. Lei accettava la sua compagnia quietamente, rispondeva con gentilezza alle sue domande, ma lui si accorgeva che non c'era un dialogo interiore tra loro.

Forse aveva ragione il prete. C'era qualcosa di sbagliato nel suo atteggiamento, probabilmente dovuto al fatto che, nell'affetto che le dimostrava, mancavano la comprensione e l'empatia verso la causa del suo dolore. E lei avvertiva ancora che il suo sentimento d'amore era sottovalutato o addirittura ritenuto inopportuno. Avrebbe cambiato registro. E se questo avesse significato fingere, l'avrebbe fatto. Non c'era niente che potesse farlo desistere da una meta che considerava certa da sempre.

Raffaele aveva deciso di non tralasciare nessuno, gli era bastato ripensare agli occhi dell'ispettore, stanchi e senza più voglia di combattere, per dirsi che a lui questo non doveva accadere. Il professore era l'ultimo sospettato con cui parlare. Forse non sarebbe servito a niente, ma farlo era suo dovere.

Il tragitto per arrivare al Policlinico era stato lungo e complicato, i mezzi pubblici a quell'ora del mattino erano sovraffollati, il traffico intenso e nervoso.

La temperatura sulla collina era più bassa di diversi gradi e una nebbiolina leggera l'avvolgeva. Raffaele provò un brivido e si rammaricò di non aver indossato una giacca. La dolce aria di maggio, in quel posto, pareva non essere ancora arrivata.

La maggior parte degli ospedali cittadini sorgeva lì vicino, uno accanto all'altro, in una comunanza di speranza e dolore.

All'ingresso, chiese informazioni sul padiglione in cui avrebbe trovato il professor d'Arco. Glielo indicarono, dicendo che per arrivarci avrebbe potuto servirsi della navetta interna.

Il Policlinico era una piccola città: decine di costruzioni rettangolari ferite da finestre della stessa forma, migliaia di posti letto, e la Torre Biologica che svettava su tutto.

Decise di fare il percorso a piedi, il complesso ferveva affollatissimo e per quel giorno ne aveva abbastanza di fare file e accalcarsi su autobus traballanti.

Si mise a camminare per i viali alberati, costeggiati da siepi di alloro. Ne strappò una foglia e rimase deluso quando, al posto del delizioso profumo che si aspettava, sentì un aroma aspro e sgradevole. Era tutt'altra pianta. Un inganno per gli occhi, pensò. I sensi potevano essere traditi, ma non tutti insieme. Ce n'era sempre uno che ti riportava alla verità.

Nel grande stabile in cui entrò regnava la confusione più

totale: probabilmente doveva essere l'orario d'apertura alle visite dei familiari. Decine di persone si accalcavano vicino agli ascensori, altre attendevano nel grande atrio, o sedute sulle panchine dei corridoi. Infermieri e dottori si muovevano rapidi in piccoli gruppetti. Salì a piedi i due piani che lo avrebbero portato a destinazione. Nei volti di chi sedeva nei larghi corridoi, vicino agli studi, leggeva chiaramente i diversi tipi di attesa, da quella spazientita di chi non aveva nulla da temere a quella angosciata di chi aspettava una sentenza, a quella rassegnata di chi la sentenza l'aveva già ricevuta e si preparava ad affrontare la lunga lotta per la guarigione.

Fermò un'infermiera e chiese del professore. Era nel suo studio, gli disse, aveva finito di operare da poco.

Raffaele bussò.

«Avanti.» La voce arrivò debole e sfocata. D'Arco era di spalle e si stava cambiando il camice.

«Buongiorno», disse Raffaele.

Il volto dell'uomo espresse palesemente di non apprezzare quella visita.

«Cosa ci fa lei da queste parti?» chiese in modo sgarbato.

«Sono passato ad avvisarla che la polizia ha messo a disposizione il corpo di Renato Capece, dopodomani ci saranno i funerali, immaginavo volesse saperlo.» Anche il suo tono fu aspro. Per quanto ci provasse, non gli riusciva proprio di essere gentile con quell'uomo.

«Poteva anche non scomodarsi, sarebbe bastata una telefonata. Comunque non credo che interverremo. Anna sta un pochino meglio e non intendo turbarla.»

«Forse sarebbe il caso d'interpellarla», disse Raffaele, «è dei funerali del suo fidanzato che stiamo parlando.»

«Gliel'ho già detto una volta, ma sembra che lei non lo voglia capire», sibilò il professore con sprezzante alterigia. «Alla mia famiglia ci penso io, nel modo che ritengo più opportuno. Dei suoi consigli, come di quelli di chiunque, non so che farmene.»

«E fa male, molto male, professore. La sua presunzione fa soffrire le persone che ama. O meglio, che dice di amare.» Raffaele si avviò verso la porta. «Lei non capisce il dolore di sua figlia, non lo rispetta e non la sa aiutare. I figli si amano anche quando ci deludono, anche quando fanno degli errori. Anzi, in quei momenti hanno ancora più bisogno di noi. Lei vuole una figlia perfetta. Sempre all'altezza di tutte le aspettative. Solo quella è disposto ad amare.»

Raffaele chiuse rabbioso la porta alle sue spalle.

Quel viaggio, come si aspettava, era stato inutile, e anche attendere una risposta lo era.

Assuntina lo aspettava ansiosa e preoccupata.

«Ha chiamato l'arcivescovo», gli disse appena lo vide rientrare, «dice che ha bisogno di parlarvi con urgenza.» Lo guardava interrogativa: l'aria di monito che quella telefonata lasciava prevedere l'aveva avvertita anche lei.

Doveva essere davvero un uomo potente, il professor d'Arco, pensò Raffaele, per arrivare all'arcivescovo in meno di due ore.

L'alto prelato era passato ai rimproveri senza preamboli: come gli era venuto in mente di andare a disturbare persone correttissime e perbene? Dispensando loro consigli non richiesti con fare arrogante? Introducendosi senza invito sul posto di lavoro? Si rendeva conto che aveva a che fare con persone stimate e conosciute? Che si limitasse a risolvere le questioni dei suoi parrocchiani. Non voleva altri motivi per doverlo richiamare all'ordine o, suo malgrado, si sarebbe trovato a dover prendere degli spiacevoli provvedimenti.

Raffaele sapeva bene quali erano questi provvedimenti, un altro trasferimento chissà dove, e lui non aveva nessuna intenzione di spostarsi dalla sua parrocchia. Troppe cose lo legavano a quel quartiere ormai, troppi sentimenti e troppi problemi da risolvere. Tranquillizzò il prelato sulla sua futura buona condotta e si disse che avrebbe dovuto procedere con maggior cautela.

La giornata era corsa via veloce, traboccante di tutti gli impegni che si accavallavano a causa dell'indagine. Dopo cena, e dopo che Assuntina gli aveva raccontato per filo e per segno del suo incontro con Nennella, che niente toglieva e niente aggiungeva a quanto già sapevano, aveva pensato di continuare l'opera in biblioteca, ma ormai era stanchissimo e si era seduto sulla sua amata poltrona ad ascoltare un poco di musica. Avrebbe avuto più tempo quando tutto fosse finito, si disse.

E quando tutto fosse finito, forse, avrebbe avuto modo di godersi un poco quel nipote che portava il suo stesso nome. Una felicità nuova lo invase, seguita da un'ansia che non aveva mai provato prima. Un senso di responsabilità e d'impotenza per quella piccola vita. Strapparlo a una strada già scritta sarebbe diventata la missione della sua esistenza. La condanna di essere un'Annunziata doveva terminare con la loro generazione.

Cercò di scrollarsi di dosso quell'inquietudine e tornò a pensare al caso. Ma fu quasi peggio.

Si sentiva stanco, sfibrato, ma soprattutto avvilito per la mancanza di svolte. Aveva cercato di sondare gli animi delle persone coinvolte che conosceva, ed era arrivato alla conclusione che chiunque di loro, con una forte motivazione, sarebbe stato capace di uccidere. Questo l'aveva portato a un pensiero più ampio: possibile che qualsiasi essere umano, messo alle strette, fiutando il pericolo, potesse trasformarsi in una belva feroce? Le persone con cui aveva parlato erano tra le più variegate, madri, fidanzate, professionisti stimati, gente che, in situazioni normali, si poteva definire comune, innocua, addirittura banale. E nella quale invece aveva intuito un potenziale distruttivo latente. Una ferocia pronta a esplodere, se attivata dalle giuste condizioni. La faccia nera dell'anima, il marchio del male.

Raffaele aspettò che si facessero le dieci del mattino e si accinse a telefonare ad Anna.

Ci aveva pensato per tutta la notte, chiedendosi se il padre l'avesse avvisata dei funerali di Renato o se la povera ragazza l'avrebbe dovuto apprendere dal telegiornale, magari a cerimonia conclusa. Il prete non si fidava del professore, aveva capito che poteva diventare un uomo spietato e insensibile, ogniqualvolta qualcosa, arbitrariamente, usciva fuori dall'ordine che aveva stabilito per sé e per le persone che lo circondavano.

Renato era un disgraziato, questo era assodato, ma Anna lo amava al punto da essere stata in procinto di sposarlo, e chissà se anche lui, al di là dei suoi progetti e dei suoi scopi poco onorevoli, non avesse condiviso con lei quel briciolo d'inconscia umanità che ancora gli rimaneva. Le persone buone e ingenue come Anna, con la loro incapacità di vedere il male, provocano anche nei soggetti più aridi e crudeli l'involontaria nascita di qualcosa che somiglia a un sentimento.

Al telefono gli rispose la domestica che lo fece attendere in linea qualche minuto, poi la voce della ragazza.

«Buongiorno, padre.»

«Buongiorno, Anna, come sta?»

Gli sembrava mesta, ma non disperata e confusa come la volta precedente.

«Insomma, vado avanti, sto cercando di riprendermi.»

«Ascolti, io la chiamo per avvisarla che domani alle dieci ci saranno i funerali di Renato. Chiaramente lei può regolarsi come crede, non sapevo se fosse stata informata e preferivo che lo sapesse da me e non dalla televisione.»

La ragazza rimase in silenzio per qualche attimo.

«Grazie, padre. No, non lo sapevo. Non mancherò sicuramente, non potrei...»

Come aveva immaginato, il professore non le aveva detto niente.

Raffaele capì che Anna piangeva e si sentì colpevole per averle causato altro dolore.

Ma, in un modo o nell'altro, era inevitabile che lo venisse a sapere, ed era meglio che lui le permettesse di scegliere. Vivere questo dolore fino in fondo, seppellire Renato, forse, le avrebbe consentito di esorcizzarlo.

Ritornò per l'ennesima volta verso vico della Neve. Da che quella strada gli era praticamente sconosciuta, ora si trovava a percorrerla spesso: era tutto lì, infatti, il fulcro intorno al quale ruotava la sua vita in quelle ultime settimane. Stavolta andava a trovare Federico, la sua assenza alla lezione di informatica la diceva lunga su quanto stesse soffrendo. Avrebbe provato ad alleviare quel dolore come poteva.

Amalia lo accolse in una casa stracolma di scatoloni. Federico non c'era, così il prete le chiese di riferirgli che lo avrebbe aspettato in canonica nel pomeriggio per fare due chiacchiere. La donna rispose frettolosamente che lo avrebbe fatto e lui capì che voleva liberarsi di lui e tornare alle sue faccende perché, l'indomani, il funerale l'avrebbe tenuta impegnata per tutto il giorno.

Si accinse ad andarsene, in qualche modo sentiva che quella sua iniziativa sarebbe comunque stata fallimentare. Capiva ora che non avrebbe potuto più fare niente per nessuno dei due. Madre e figlio si trovavano ancora in quel luogo solo fisicamente; per il resto, tutti i ponti erano stati volutamente tagliati, proiettati com'erano nella vita che li attendeva.

La porta si chiuse piano alle sue spalle. Definitivamente, pensò.

Poi qualcosa lo fermò, qualcosa che non aveva niente a che vedere con ciò che era andato a fare. Qualcosa che aveva visto tante volte ormai, ma di cui, finora, non aveva capito l'importanza.

Una grande finestra si apriva sul fondo dell'ingresso dell'appartamento e, di fronte, c'era un palazzo distante giusto lo spazio di uno stretto vicolo.

Lo stabile che sorgeva alle spalle era fatiscente e si alzava su due piani. Al primo, quello in corrispondenza della casa di Renato, una serie di balconi, divisi da una vetrata, facevano presupporre due appartamenti, e due erano le finestre dalle quali si sarebbe potuto guardare in casa del poliziotto, proprio quelle in prossimità del divisorio. Salì le scale. Al primo piano, come aveva immaginato, c'erano due ingressi. Bussò a quello sulla sinistra.

Dall'interno provenivano chiasso e trambusto. Una donna scarmigliata e in pigiama aprì la porta – gli pareva di averla già vista, probabilmente frequentava la messa. Era circondata da tre bambini piccoli, che strepitavano e litigavano tra loro. Il più grande poteva avere cinque anni, gli altri sembravano gemelli e non dovevano superare i tre.

«Scusate, padre, non ho offerte da darvi», disse appena lo vide.

«Non vi preoccupate, signora, non sono qui per un'offerta. Posso entrare un momento?»

«Prego, accomodatevi. Purtroppo la casa è un disastro, con loro sempre tra i piedi non riesco a fare quasi niente», disse scoraggiata. «Ditemi tutto», aggiunse, chiudendo la porta alle sue spalle.

«È una cortesia quella che devo chiedervi. Mi pare che le vostre finestre siano in corrispondenza con quelle di un appartamento dove qualche settimana fa è avvenuto un delitto», iniziò Raffaele.

La donna lo interruppe subito. «Sì, sì, quel poliziotto che hanno ammazzato. Venne la polizia allora a farmi delle domande, perché pare che la finestra della mia camera da letto sia proprio di fronte alla stanza dove c'è stato l'omicidio. Interessa anche a voi? Venite, padre, se volete vederla non ci sono problemi, ve la mostro», disse facendogli strada.

La casa era davvero una baraonda, i bambini continuavano a sfrenarsi e a litigare, per nulla intimoriti dalla vista del prete. Entrarono in una piccola camera matrimoniale. La finestra, come Raffaele aveva previsto, era talmente vicina a quella dei Capece che, guardando, si poteva vedere tutto.

«Ecco qua», disse la signora aprendola, «è davvero a un tiro di sputo, infatti, i poliziotti mi hanno fatto mille domande per sapere cosa avevo o non avevo visto. Ma chi ci ha mai guardato in quella casa. Come se tenessi 'o tiempo 'e sta' affacciata al balcone senza fare niente, gli dissi. Avete visto, padre, come campo? Mio marito esce ogni santo giorno alle quattro del mattino per andare a faticare. Lui sta al mercato del pesce. E io rimango tutto il tempo sola con queste tre pesti. A volte, tipo oggi, non riesco neanche a vestirmi, per il da fare che mi danno. Quindi pensate nu poco se posso trovare il tempo per farmi i fatti degli altri.»

Raffaele l'ascoltava, mentre guardava Amalia che andava e veniva dall'ingresso, trasportando pacchi. Ogni più piccolo dettaglio di quella stanza era visibilissimo. Pensò che se avessero alzato di poco la voce avrebbe potuto tranquillamente udirli. Che peccato che in questa casa abitasse una donna così stanca e indaffarata. Ci fosse stata una come Assuntina gli avrebbe saputo descrivere nei minimi particolari pure quello che i Capece avevano mangiato a pranzo negli ultimi sei mesi!

«E a proposito», riprese la donna, «a voi come mai interessa tutto questo?»

«Perché conosco l'uomo che hanno accusato del delitto e non credo che sia colpevole. Vorrei poterlo aiutare a dimostrare la sua innocenza, se così fosse. Spero che magari qualcuno abbia potuto vedere o sentire qualcosa ed essersi dimenticato di riferirlo alla polizia, magari perché neanche lui sa quanto è importante», rispose Raffaele.

Lei lo guardò sconsolata.

«Mi spiace, padre, vorrei aiutarvi, ma purtroppo non ho niente da dirvi che vi possa essere utile. Pensate che neanche lo sapevo chi ci abitava in quella casa, fino a che non è successo il fatto. Io qua ci vengo solo per dormire, poi passo quasi tutto il mio tempo in cucina con i bambini e la cucina affaccia dall'altra parte, sul cortile.»

«Grazie lo stesso per essere stata così gentile», le disse il prete. «Mi sapete dire chi abita di fronte a voi sul pianerottolo?»

«Un vecchio solo. Mi pare si chiami Esposito, già ci stava quando siamo venuti ad abitare noi. Ma non abbiamo nessun rapporto, o meglio, siamo proprio in cattivi rapporti. Lui non fa altro che lamentarsi del chiasso che fanno i bambini. Ma io che ci posso fare, padre, ditemi voi.»

Si accomiatarono. Sul pianerottolo continuavano ad arrivare urla e capricci, immaginò cosa si udisse nelle stanze confinanti con l'appartamento di quella famiglia, doveva essere un inferno. Il vicino aveva tutti i motivi di lamentarsi.

Sulla targhetta sotto il campanello c'era scritto GIUSEPPE ESPOSITO. Suonò il campanello.

Attese qualche minuto, pareva che in casa non ci fosse nessuno, poi la voce di un uomo.

«Chi è?»

«Buongiorno, sono padre Raffaele.»

«Non tengo niente da darvi», rispose l'uomo.

Raffaele s'indignò. Tutti pensavano che un prete andasse in giro solo per fare la questua.

«Non ho bisogno di niente, non si preoccupi, vorrei solo parlarle un momento.»

Ci fu un cincischiare di serrature e la porta si aprì di uno spiraglio, la catenella ancora inserita. Un volto scavato e rugoso lo fissò con occhi sospettosi, pareva volersi assicurare che fosse realmente un prete.

«Che volete allora?» domandò.

«Posso entrare un momento?»

L'uomo esitò un attimo, poi tolse la catenella.

«Certo che in quell'appartamento», cominciò Raffaele indicando la porta di fronte, «pare ci sia una guerra.»

«Non ne parliamo, padre», rispose il vecchio facendolo entrare in un piccolo ingresso, «io non trovo pace né giorno né notte. Che cosa posso fare per voi?»

«Lei affaccia sulla casa di quel poliziotto che è stato ammazzato, e io sto cercando di aiutare la persona che è stata arrestata. Volevo chiederle se ricorda di aver notato qualcosa, qualunque cosa.»

«No, non so niente di questa storia, e non è mia abitudine guardare nelle case degli altri», rispose il vecchio.

Raffaele non sapeva dire se era stato il tono della voce o lo sguardo sfuggente, ma aveva avvertito nettamente che quell'uomo stava mentendo.

«Certo, certo. Mi chiedevo solo se, involontariamente, vista la vicinanza, non avesse assistito a qualcosa che magari lei pensa non sia importante, e che invece potrebbe aiutarmi.»

«No, ne sono sicuro, non ricordo di aver visto nulla.»

«Posso dare uno sguardo alla finestra?» chiese Raffaele.

«Va bene.»

Si capiva che Esposito non vedeva l'ora di liberarsi di lui.

La camera da letto era speculare a quella dell'altro appartamento, ma qui una piccola poltroncina era posizionata vicino alla finestra e un tavolinetto pieno di riviste le era accanto.

Raffaele allungò lo sguardo e vide che si trattava di riviste pornografiche, l'uomo ci passava parecchio tempo lì, probabilmente gran parte della giornata. E proprio a spiare nelle case di fronte, si disse. Il perché era tutto in quelle riviste. Ma era inutile insistere, l'uomo sembrava ben deciso a non dirgli nulla. Avrebbe dovuto trovare degli argomenti convincenti, più convincenti di quelli che aveva avuto la polizia, visto che sicuramente l'avevano interrogato, e senza esito.

«Certo che è proprio vicina quella casa», disse Raffaele guardando fuori, «davvero un peccato che non abbia visto niente. Pensi un po', se per caso quel giorno avesse guardato, avrebbe potuto vedere in faccia l'assassino. Comunque la ringrazio per il tempo che mi ha dedicato, e se le dovesse venire in mente qualcosa, mi venga a trovare, sono a Santa Maria alla Sanità.»

«Prego, se dovesse succedere vi avviserò», disse l'uomo accompagnandolo all'uscita.

Raffaele scese le scale due gradini alla volta. Doveva correre da Assuntina.

La perpetua stava apparecchiando i paramenti che avrebbe dovuto indossare l'indomani ed era intenta a passare l'appretto per lisciare ogni più piccola piega. Lo vide arrivare tutto agitato.

«Assuntina, forse abbiamo delle novità! Che mi sai dire di un certo Giuseppe Esposito che abita alle spalle dell'appartamento dei Capece, lo conosci?»

«Certo che lo conosco», rispose la perpetua piccata, «faceva il contrabbandiere e aveva un figlio che lavorava per don Peppino, ma poi il ragazzo è caduto sul lavoro.»

«Com'è caduto?» chiese ironico.

«Il figlio teneva la bisca clandestina prima di Gennaro, ma una sera un losco personaggio di un altro quartiere, che riteneva di aver perso troppo, l'ha aspettato all'uscita e lo ha ammazzato con due colpi di pistola. Don Peppino, da quel che si dice, passa da allora un piccolo stipendio al vecchio.»

Raffaele non si stupì: nel quartiere, ovunque si scavasse, il nome del fratello prima o poi veniva fuori. In questo caso però poteva essergli d'aiuto. Avrebbe dovuto parlare con lui.

«Ma perché v'interessa?» chiese Assuntina.

«Sospetto che sappia qualcosa del delitto. Ma non ha nessuna intenzione di parlare.»

Molti interrogativi gli affollavano la mente. Il vecchio guardone qualcosa aveva visto, ma non voleva parlare. Perché? Voleva proteggere qualcuno? Il suo benefattore magari? O pensava di non essere creduto, magari perché aveva visto un uomo distinto e palesemente appartenente all'alta società? Oppure semplicemente, come tutti nella zona, pensava che chi si fa i fatti suoi campa cent'anni?

~ Roma, 2012 ~

Raffaele avrebbe voluto, e solo Dio sapeva quanto, essere un uomo diverso. Avere i modi e usare i mezzi che la società giudicava adeguati alla sua veste.

Avrebbe voluto, ma ci riusciva raramente. Gli scopi, per carità, erano edificanti, ma la strada per raggiungerli era costantemente disseminata di massi che non sempre aveva la pazienza d'aggirare e dunque, spesso, trovava più semplice e veloce farli esplodere con la dinamite.

La sfuriata che aveva fatto al notaio davanti a tutto il personale dello studio e a un paio di clienti che lo guardavano trasecolati non aveva tardato a mostrare le conseguenze.

L'arcivescovo l'aveva convocato immediatamente e, in preda a quello che pareva stesse per trasformarsi in un colpo apoplettico, gli aveva detto senza mezzi termini che ne aveva abbastanza di lui e del suo comportamento indisciplinato, delle lamentele che puntualmente gli arrivavano da parte dei notabili della società capitolina e che una punizione avrebbe dovuto aspettarsela a brevissima scadenza.

A nulla era valso tentare di spiegargli che il suo intervento sopra le righe era dovuto alla totale indifferenza del notaio di fronte alle sue ripetute richieste d'attenzione e d'aiuto nei confronti di un figlio che si stava perdendo nella droga. E che lui, da prete ma anche da uomo, non poteva sopportare che una giovane vita si distruggesse così, tra il disinteresse di tutti.

Ma l'arcivescovo non volle sentir ragioni e ribatté che i suoi colleghi erano ugualmente prodighi di carità e di buone intenzioni, con la differenza che si muovevano nel rispetto delle regole e dei limiti a loro concessi.

L'idea che la missione che Dio gli aveva affidato fosse confinata in un recinto di barriere totalmente umane lo indispose a tal punto che perse di nuovo il controllo, e nello sguardo e nell'automatico gesticolare delle mani l'arcivescovo lesse la risposta: li stava mandando tutti al diavolo.

Don Raffaele stringeva ancora la lettera nella mano. Due settimane erano passate da quell'incontro e il provvedimento disciplinare non si era fatto attendere. Era ufficiale, sarebbe stato trasferito: Santa Maria alla Sanità la destinazione.

Si appoggiò allo schienale della poltrona e guardò fuori dalla finestra, la neve era caduta anche quella notte e l'insolito paesaggio di Roma imbiancata, che quello strano inverno aveva proposto più volte, lo placò per un istante. La neve gli dava l'impressione di avere in sé un potere purificatore, come se nel poggiarsi sul mondo potesse cancellarne il male. Ma le sue inquietudini lo riacciuffarono subito.

Raffaele accese lo stereo e infilò il CD. *Aveva scelto un'aria da un'opera minore di Bellini,* I pirati, *che in quel momento gli pareva adatta ai suoi sentimenti. Si avvicinò alla finestra. Mentre la neve continuava a cadere, la musica si diffondeva per tutta la canonica, e una bellissima Imogene cantava tramite le meravigliose vocalità della Callas:* «Ah! partiamo: i miei tormenti / sian celati ad ogni sguardo. / Tremo, avvampo… gelo ed ardo… / gonfio in sen mi scoppia il cor».

L'inverno era al suo apice. La primavera lo avrebbe visto a Napoli.

~ Napoli, 2012 ~

Il capannone dove i suoi avevano trascinato quel cretino era alle porte della città e l'Alto, alla guida, lo stava accompagnando alla velocità moderata con cui Peppino pretendeva di essere condotto. Stridii di gomme e sfrecciate da guappo non erano il suo genere. Discrezione e sobrietà tenevano in vita più a lungo, aveva deciso.

Questo era l'ultimo di una banda di fessi che aveva deciso di se-

minare terrore e scompiglio nella Sanità allo scopo di prendersi parte dei suoi affari o magari di scalzarlo del tutto.

Non era la prima volta che qualcuno provava la scalata ma fino ad allora nessuno aveva avuto successo.

A volte erano bande isolate; altre, frange di organizzazioni più articolate, ma Peppino era sufficientemente strutturato per annientarli tutti.

Aveva intessuto, nel tempo, una rete così complessa di relazioni, interessi, obblighi e rendimenti che pareva un impero aziendale, e come tale lo conduceva. Scalzarlo, dunque, non era semplice.

Ma poco contava, lui reagiva agli attacchi dei più deboli nello stesso identico modo con cui reagiva a quelli dei più forti. Niente andava sottovalutato. Tutto andava stroncato prima che potesse diventare un pericolo reale.

I fari illuminarono il capannone buio.

Uno dei suoi uomini lo raggiunse mentre apriva la portiera.

«Ossequi, don Peppino», disse aiutandolo a scendere, «'o uaglione, sta là dentro. L'avimme interrogato. Nun ce sta cchiù nisciuno della banda. Lui è l'ultimo. Per me 'o capo è isso.»

Il boss entrò nel capannone buio, illuminato in un angolo da qualche torcia elettrica che mostrava alcuni dei suoi uomini intorno a un vecchio trattore. Loro si aprirono ad ala salutandolo e Peppino nell'avvicinarsi scorse un ragazzo legato a una ruota del veicolo. Poteva avere una trentina d'anni, ma l'interrogatorio l'aveva reso quasi irriconoscibile. In mezzo a quel sangue Peppino vide aprirsi due occhi verdi che brillavano di odio e un ghigno in vece di un sorriso gli mosse la bocca.

Si fissarono per pochi secondi, abbastanza perché il boss decidesse.

Fece un cenno all'uomo che gli era più vicino e questi estrasse la pistola.

Il colpo, sparato a bruciapelo, infranse il silenzio della campagna.

20.

La chiesa era stracolma. La salma era giunta verso le nove e la gente aveva cominciato ad affluire subito dopo. Una massiccia presenza di cameraman inviati da varie televisioni aveva destato la curiosità morbosa di tutto il quartiere. La partecipazione di alcuni rappresentanti politici della città e la fama che il morto si era fatta nel rione lo rendevano un evento imperdibile.

Di morti, Raffaele ne benediceva tanti. Con le sue parole li accompagnava per mano fino al varco che separava questa vita da quella eterna. Erano parole di commiato e di speranza tra le quali introduceva sempre la sintesi della loro esistenza, provando a darle un senso positivo, meriti che facessero pensare a parenti e amici che quel passaggio terreno del caro defunto fosse stato necessario e indispensabile per questo mondo, o almeno per il loro.

Nella realtà, non tutti erano meritevoli e non tutti erano stati delle brave persone. Questo non soltanto per le cadute dovute alla comune fragilità umana, ma proprio per un'impostazione errata dell'animo che traduceva la loro vita nella somma di una sequela di mali e dolori inflitti a chiunque gli fosse vicino.

Intanto, lui era tenuto a compiere il proprio dovere e accompagnarli ugualmente a quel varco, non gli era dato di emettere un giudizio finale, in quanto essere fallibile esattamente come loro.

Comunque, chi andava non aveva più importanza, affidato, ormai, a mani onniscienti e più capaci delle sue. Era a chi restava che doveva dare comprensione e compassione.

Sia che il morto lasciasse un sentito rimpianto sia, ancor di più, se a rimanere era un vuoto dal colore imprecisato. Così, quelle parole erano importanti, e lui non pareva mai annoiato da ciò che poteva apparire come un rito inflazionato che ripeteva praticamente ogni giorno Lui pesava ogni accento, ogni parola, perché erano quelle che sarebbero rimaste per sempre impresse nei cuori di chi soffriva. Le ultime.

Però, c'erano volte, e Renato era una di quelle, che faticava non poco a mantenere questa linea. Volte in cui il suo essere passionale lo spingeva a schierarsi e a condannare. Perché troppi, davvero troppi erano i peccati e le colpe. Raffaele si accorse di non poter trovare neanche la più piccola giustificazione a ciò che il defunto era stato. Non solo, ma sentiva prevalere un senso di nemesi che quasi lo soddisfaceva.

Ma come sempre, anche se a fatica, dopo le lotte che combatteva con sé stesso, ritrovò la ragione. Si sarebbe limitato a parlare in generale e chiese perdono al Padreterno per quella parte di sé che in modo così evidente conservava il marchio del peccato originale, demandando a Lui il compito di decidere, con indulgenza, della sorte di loro tutti.

Amalia e Federico erano in prima fila, a sinistra dell'altare, seri e composti, e parevano non interessarsi a quello che accadeva intorno.

Anna era arrivata in compagnia del padre e di Massimiliano, entrambi con un'insopportabile aria di sufficienza, infastiditi da tutta quella pubblicità, di cui avrebbero fatto volentieri a meno. Chissà come aveva dovuto imporsi, quella povera ragazza, per ottenere di partecipare. Aveva portato con sé una bella foto di Renato sorridente e l'aveva posata sulla bara. Poi era andata a sedere sulla prima panca a destra, in mezzo ai due uomini, con gli occhi gonfi di lacrime.

Finalmente Raffaele ebbe modo di vedere com'era fatto, da vivo, l'uomo che gli aveva stravolto la vita in quelle ultime settimane. L'unica volta che l'aveva visto, infatti, era stato il giorno in cui era morto. E allora giaceva prono, il viso girato per tre quarti stravolto e immerso nel suo stesso sangue.

Il prete non poté non notarne la bellezza, virile e sfacciata. I capelli corvini, la dentatura perfetta. Somigliava alla sorella e ancor di più al nipote, senza averne, tuttavia, la dolcezza. Fu la luce negli occhi, infatti, quella che lo colpì più di tutto. Quello era lo sguardo di un rapace.

Le forze dell'ordine del reparto di Renato erano intervenute al completo e avrebbero portato la bara a spalla al termine della cerimonia. Di tutte le persone coinvolte non mancava nessuno: Carmela, Gennaro e Nennella, Rosetta, perfino Peppino gli parve d'intravedere un attimo sul fondo. Il professore non lo guardava mai negli occhi e Massimiliano pareva assorto nei suoi pensieri.

Poi, a un certo punto, Raffaele vide Massimiliano stringere la mano ad Anna, e pensò che pian piano le cose avrebbero ripreso il loro corso naturale, deviato dall'arrivo di Renato nelle loro vite.

A funzione terminata, Anna e Amalia si scambiarono un breve cenno di saluto. Poi la ragazza fu accompagnata fuori dai due uomini.

La bara fu introdotta nel carro funebre e il prete notò che, a parte la corona della famiglia, quella del corpo di polizia e il bellissimo cuscino di rose di Anna, non c'erano altri fiori.

Quando il carro partì, la gente cominciò a disperdersi. Lo spettacolo era terminato.

Solo Amalia e Federico avrebbero accompagnato Renato al cimitero. Raffaele soffrì per la loro solitudine.

Vide Nennella allontanarsi abbracciata a Gennaro, degli altri presenti in chiesa non c'era più nessuna traccia. I funerali normalmente accomunavano le persone nel dolore, nel caso di Renato, invece, chi era intervenuto lo aveva fatto per curiosità o per il sollievo di veder andare al camposanto, insieme al morto, prevaricazioni e infelicità. Raffaele rientrò in chiesa e si avviò verso la sagrestia per togliersi i paramenti. Qualcosa lo rendeva inquieto. Si sentiva agitato, probabilmente per il battesimo del nipote che avrebbe celebrato l'indomani. Poi si fermò. Quello che lo turbava era altro. Si sentiva come se durante l'esecuzione di una bellissima romanza qualcuno avesse preso una stecca sonora e lui non fosse stato capace d'individuarne l'autore. Una nota discordante, che non sapeva da dove provenisse. Ma, che ora, d'un tratto, avvertiva stridente. Qualcosa non era stato come avrebbe dovuto essere e l'istinto lo aveva percepito prima della sua mente razionale.

Si sedette su una panca, doveva riflettere. Piano piano, si fece tornare alla mente tutto quello che era successo dal suo arrivo alla Sanità. La gente che aveva conosciuto, le chiacchiere riportate da Assuntina, i fatti di cui lui stesso era stato testimone.

Poi, capì. Una grossa menzogna gli era stata detta, di questo ne era sicuro. Ma perché? A che scopo? Forse le cose andavano guardate da un nuovo punto di vista. E questo faceva nascere nuove ipotesi.

Di tempo ne aveva in abbondanza quel giorno, e il posto che doveva raggiungere per cominciare le sue ricerche era abbastanza vicino. Ormai tutti i tasselli erano andati al loro posto e il colpevole di quel delitto si era rivelato chiaro e certo. Quello di cui andava in cerca era solo la conferma di una tesi ampiamente dimostrabile. Si sarebbe mosso subito.

Il sacerdote di Santa Maria della Catena, padre Felice, lo accolse con piacere. Era molto anziano, e con un sorriso facile. Era assegnato a quella parrocchia da moltissimi anni e conosceva tutti nel quartiere. Raffaele non ebbe bisogno di sollecitarne la memoria, il prete era ancora perfettamente lucido e ricordava benissimo ogni cosa sulla prepotenza di Renato. Gli disse quello che sapeva. Poi lo invitò a trattenersi a pranzo, ma lui aveva fretta di proseguire. Quando però aveva menzionato il pranzo, a Raffaele era venuta in mente Assuntina: non l'aveva avvisata ed era scomparso senza lasciare traccia. La perpetua, a quell'ora, era sicuramente divisa tra la voglia di ammazzarlo e quella di allertare la polizia. Si disse che avrebbe dovuto telefonarle subito.

Padre Felice lo salutò abbracciandolo e lo invitò a ritornare quanto prima per una bella chiacchierata. Raffaele gli promise che lo avrebbe fatto.

Il parroco gli era stato davvero utile. Nella sua testa, durante il tragitto d'andata, illuminati da quella prospettiva, nuovi elementi si erano andati a incastrare perfettamente. Adesso, dopo le parole del sacerdote, quella che era stata solo una vaga ipotesi andava prendendo sempre più corpo, ma, il tutto, aveva bisogno di un'ulteriore verifica.

Padre Felice aveva telefonato a padre Casimiro annunciandogli la visita di Raffaele, e il sacerdote di Santa Maria del Parto aveva gentilmente acconsentito a riceverlo.

Una specie di foga andava impadronendosi di lui. Si sentiva finalmente vicino a una soluzione o, quantomeno, su una strada più che concreta. Prese al volo il primo autobus per raggiungere la sua destinazione.

Quando salì la lunga scala che portava alla chiesa, era così agitato che fece poco caso alla privilegiata ubicazione della stessa, e al meraviglioso panorama di cui si godeva dal suo terrazzo. Quella casa di Dio, scavata nel tufo e posta in cima a un vecchio palazzo, dominava incontrastata il meraviglioso mare di Mergellina.

Padre Casimiro, piuttosto meravigliato per la rapidità con cui il collega era giunto fin lì, l'invitò a seguirlo in canonica. Si sarebbero presi un buon caffè e avrebbero parlato. Lo stato d'animo di Raffaele era visibilmente inquieto e il prete voleva tranquillizzarlo. Era un uomo di mezza età, gioviale, grassottello e rubicondo, sicuramente amante della buona tavola; chissà quanto sarebbe piaciuto ad Assuntina, si disse Raffaele, sobbalzando, subito dopo, al pensiero di non averla ancora avvisata. Tra l'altro nella fretta di uscire aveva dimenticato il cellulare in canonica, quindi la perpetua non avrebbe potuto rintracciarlo in nessun modo.

Quando si furono seduti con un bel caffè fumante davanti, padre Casimiro gli chiese in cosa potesse essergli utile, e Raffaele glielo spiegò. Il sacerdote parve riflettere, ricordava poco, ma forse i suoi registri gli sarebbero stati d'aiuto.

Nel frattempo, l'invitò a raccontargli cosa lo aveva spinto a fare quella ricerca. Raffaele lo guardò: quell'uomo, sotto l'aria sempliciotta di cui si vestiva, era arguto e perspicace, sarebbe stato interessante ascoltarne le opinioni.

Si trattennero a lungo, e il suo racconto portò alla mente del sacerdote alcuni particolari che, in seguito, i registri della chiesa avrebbero confermato. Quando si salutarono, padre Casimiro lo accompagnò fino in fondo alle scale.

«Caro Raffaele», gli disse, «ricordati che non è compito tuo occuparti della giustizia degli uomini, e a quella di Dio ci penserà Lui stesso. Non so come te la caverai. Ma ti auguro che, qualora tu abbia ragione, riesca in qualche modo ad aiutare un innocente. E spero che questo porti un po' di pace anche nel tuo animo, che sento travagliato da turbamenti che vanno oltre questa storia.»

«Grazie», rispose Raffaele stringendogli forte la mano. Gli aveva letto in fondo al cuore. E intanto nella tasca aveva quello che cercava: un certificato di battesimo.

Quando la metropolitana arrivò a piazza Cavour, Raffaele pensò che tutto nella sua mente aveva trovato un ordine ben preciso, solo alcuni dettagli sfuggivano ancora, quelli che avrebbero chiarito il movente che aveva spinto l'assassino a uccidere.

Assuntina si precipitò nell'ingresso non appena sentì girare la chiave nella serratura.

«Bentornato!»

Le mani sui fianchi e il volto paonazzo la dicevano lunga su quanto fosse furiosa.

«Assuntina, scusami, ascolta...» Raffaele provò a dare delle spiegazioni.

«Che cosa dovrei ascoltare? Che mi potete dire? Che non mi ritenete neanche degna di una telefonata? Tanto, figuriamoci, che m'importa di Assuntina, avrete pensato.» La donna lo imitava comicamente, ma Raffaele non osava ridere. «Com'è finito il funerale non vi ho visto più. Tutto il giorno siete sparito, e io qui a preoccuparmi. Andavo avanti e indietro, non sapevo che fare, a chi rivolgermi. Ho pure pensato di chiamare la polizia. Poi mi sono detta che potevo fare qualche guaio, e che era meglio preparare la cena, visto che il pranzo era ormai inservibile. Avevo preparato un gattò di patate che parlava, avevo preparato...»

Adesso le scappavano le lacrime e Raffaele provò un'immensa tenerezza, anche se quelle lacrime, pensò, un poco erano per il sollievo che non gli fosse successo niente e un po' anche per il gattò rovinato.

L'abbracciò forte, il viso di lei contro il suo ombelico. Alla perpetua voleva un bene dell'anima ormai.

«Assunti', forse so chi è stato!»

La donna si liberò immediatamente dall'abbraccio.

«Ah sì? E chi è?» Aveva la faccia spiritata, tutto il resto era stato cancellato di colpo.

«Posso dirti solo il nome, e tu farai uno sforzo sovrumano e te lo terrai per te fin quando non te lo dirò io. Non siamo ancora alla fine di questa storia, e non so neanche come finirà. Prometti Assuntina. Me lo devi giurare.» Il prete la guardò serio negli occhi. «Poi parleremo con calma, ora devo uscire di nuovo. Immediatamente.»

«Giuro! Giuro su tutto quello che volete! Ma parlate padre Raffae'!»

Raffaele stava rischiando e si augurò che gli andasse bene, ma non aveva trovato altro modo per ricompensare la donna per quella lunga attesa angosciosa.

Quando le fece il nome, la perpetua lo guardò trasecolata. Padre Raffaele doveva essere impazzito.

Uscì, subito dopo, resistendo alle insistenze di Assuntina che voleva per forza mettergli «almeno un boccone nello stomaco». La sua ansia era sincera, ma la voglia d'interrogarlo altrettanto. E, comunque, nonostante fosse digiuno dal mattino, aveva lo stomaco stretto in una morsa. Ora, aveva solo bisogno di andare a parlare con lei.

21.

Su vico della Neve il sole stava tramontando. Un'aria dolce e tiepida annunciava una serata quasi estiva. Raffaele si rammaricò, d'un tratto, di non aver avuto ancora la pace e la serenità per godersi, almeno per un giorno, il meraviglioso clima della sua città. Vicino a casa di Renato, notò che l'accattone non era al suo posto, probabilmente, data l'ora, era andato alla mensa dei poveri.

Salì le scale quasi senza accorgersene, immerso com'era nei suoi pensieri.

«Buonasera, padre», disse Amalia, meravigliata di trovarselo fuori dalla porta a quell'ora.

«Posso entrare un attimo?»

La donna gli fece spazio tra i cartoni ammonticchiati. Aveva ancora l'abito che indossava al funerale, probabilmente era rincasata da poco.

«Prego, padre, ma non so dove farla accomodare, in casa non è rimasto più niente, a parte questi pacchi e i nostri letti. Domattina verranno per completare il trasloco.»

«Federico è in casa?» domandò Raffaele.

«No, Skizzo è passato a prenderlo poco fa, sono andati a mangiare un panino in un pub. Ma gli riferirò che è passato.» Amalia si manteneva vicino alla porta in un muto invito a lasciarla sola. Il volto era segnato dalla stanchezza di quella brutta giornata.

«Meglio così, Amalia, meglio che non sia in casa.»

La donna lo guardò interrogativa.

«È con lei che volevo parlare», proseguì Raffaele.

«Di cosa?» chiese rassegnata.

«Dell'assassinio di suo fratello. Di come io sia stato abilmente preso in giro per settimane. Di quanto dovessi essere distratto per non accorgermi che avevo davanti tutti gli elementi per capire. E di come questi abbiano sempre indicato uno e un solo colpevole.»

La donna continuava a fissarlo, muta.

«Ma sa», continuò, «forse è normale. Suo fratello, cosa di cui sicuramente è a conoscenza, nonostante abbia sempre negato, era un uomo a dir poco detestato, e tutti i possibili sospettati mi hanno confuso le idee.»

Amalia sembrava una maschera di cera, non un cenno di cedimento, non un muscolo che si muovesse.

«Poi, oggi, dopo il funerale, mentre mi rattristavo nel vedervi andar via, soli, dietro al feretro, qualcosa ha fatto scattare in me un allarme. Era come se durante l'esecuzione di una bellissima romanza, qualcuno avesse preso una terribile stecca, e non riuscissi a individuarne l'autore. Poi ho capito che il campanello era stato agitato da un'idea che ho sempre avuto sul dolore. Il dolore unisce chi è accomunato da una grave perdita. Ma per lei e Anna non è andata così: continuavate a comportarvi come due estranee, al punto che la ragazza aveva appreso la notizia della morte di Renato dal telegiornale. Per quanto questo fosse strano, poteva dipendere dal fatto che vi conoscevate pochissimo. Da quello che so, Renato non vi aveva mai fatto familiarizzare. Quella freddezza sembrava comprensibile. Eppure qualcosa ancora non tornava.»

Raffaele si sedette su uno scatolone, era stremato. Amalia in piedi, ferma davanti a lui, lo guardava inespressiva. Aspettava che continuasse.

«Quella riflessione sul dolore mi ha fatto pensare alla condivisione dei momenti brutti, ma anche di quelli belli, alla gioia che unisce. E così mi sono venute in mente delle considerazioni in merito che avevo ascoltato, e che mi avevano raccontato una versione profondamente discordante dai fatti che sono avvenuti. Chi mi aveva fatto quelle considerazioni? Lei, Amalia. Quando venni a trovarla, dopo l'omicidio. Non fece che tessermi le lodi di Anna e della sua famiglia, dicendosi orgogliosa e contenta che Renato stesse facendo un così buon matrimonio, e felice per lui. Ma alcune sue azioni, che allora non seppi valutare, e che stamattina mi sono balzate chiaramente agli occhi, dicono che le cose non stavano esattamente così, che lei, non soltanto non voleva questo matrimonio, ma era anche sicura che non si sarebbe mai celebrato».

«Quali fatti?» Amalia aveva un'aria di sfida.

«Il giorno dell'omicidio, lei è venuta a prendere Federico al corso, dicendomi che sareste andati in giro per negozi ad acquistare gli abiti per la cerimonia. La cosa era a dir poco singolare. Al matrimonio mancavano solo due giorni e voi eravate la famiglia dello sposo, i parenti più stretti. Per quella che è la mia conoscenza è improbabile che per un'occasione simile, soprattutto se si è entusiasti come lei affermava, ci si riduca all'ultimo momento per organizzarsi, quando, oltretutto, non si ha alcun tipo di problema economico. Forse non era così entusiasta come diceva di essere?»

La donna fissava il pavimento, pallida, nel suo vestito nero.

«Ma c'è di più», proseguì Raffaele, «ho ricordato precisamente che, quando vi ho raggiunti, subito dopo l'omicidio, non ho visto pacchetti da nessuna parte. Né all'ingresso, dove disse di essersi fermata al ritorno, scioccata dalla vista del morto, né sulle scale né sul marciapiede. Non c'era traccia di acquisti. Anche quel giorno, non avevate comprato niente e ormai si era alla vigilia del matrimonio. Pensando a questo mi sono ricordato di un episodio che mi era stato riferito. Normalmente lei si serviva della sarta Pinuccia per tutte le occasioni importanti, ma questa volta non ne aveva voluto sapere, nonostante la donna, delusa, l'avesse sollecitata più volte. Ora, la sua avarizia è di dominio pubblico, tanto che suo fratello, per non fare brutta figura, al matrimonio del suo comandante si era raccomandato personalmente con la sarta affinché scegliesse i tessuti migliori, non badando a spese. Persino la donna delle pulizie si lamentava di come le conteggiava le ore di lavoro. Ed è proprio la sua avarizia, Amalia, che l'ha tradita, perché, messi insieme questi fatti, sono giunto a un'unica conclusione: lei non aveva nessuna intenzione di spendere dei soldi per un abito che, sapeva bene, non avrebbe indossato mai. E perché ne era così sicura? Perché sapeva che Renato sarebbe morto prima.» Raffaele si fermò un attimo, e riprese: «Servendosi dalla sarta per farsi confezionare l'abito, sarebbe stata costretta a pagarglielo comunque. Di sicuro sarebbe stato pronto diversi giorni prima del matrimonio, ma anche se l'avesse terminato a omicidio compiuto sarebbe stata obbligata a ritirarlo. Dicendo di volere un vestito confezionato, invece, avrebbe potuto procrastinarne l'acquisto fino a non farlo mai».

«Non sono prove queste.» Amalia lo disse con aria di sufficienza.

«Non lo sono per la polizia, forse, ma io lavoro con le anime, Amalia, le prove le valuto diversamente. E comunque non ho terminato.»

«Che altro ci sarebbe? Sono stanca e non ho voglia di perdere tempo ad ascoltare i suoi vaneggiamenti.»

«C'è molto altro, mi creda, le conviene sedersi.»

Raffaele aveva assunto un tono duro e la donna rimase in silenzio, lasciandosi andare su uno dei cartoni.

«Mi sono ricordato anche di un altro fatto, che contrasta con quanto mi era stato detto su di lei e con ciò che poi ho avuto modo di constatare io stesso. Come sa, chiacchierare sui vizi e le virtù del prossimo è uno dei passatempi preferiti di gran parte dei napoletani. Se uno cerca la privacy deve andare a vivere da qualche altra parte, dice la mia perpetua. Quindi, sono anche venuto a sapere che lei è una maniaca della pulizia e, infatti, non c'è stata volta che io sia venuto in questa casa e che non l'abbia trovata in perfetto ordine. Tersa, risplendente. Ma, il giorno dell'omicidio, prima che arrivasse la polizia, guardandomi intorno per trovare qualche indizio, notai che la consolle nell'ingresso era velata di polvere e lo notai perché la polvere era uniforme e non presentava segni, impronte. Dunque, quel giorno, la casa non era stata pulita. E perché? Lei era stata lì tutto il giorno, fino a un paio d'ore prima. Forse perché già sapeva che l'appartamento sarebbe stato insozzato dal cadavere e dalle forze dell'ordine? La verità è questa: lei è una donna pratica e le era sembrato inutile pulire qualcosa che si sarebbe sporcato subito dopo. Questa è l'unica spiegazione. Infatti, io qui, di polvere non ne ho vista mai più.

«Quindi, il delitto lo aveva premeditato esattamente per quel giorno e per quell'ora, quando era certa che, con Federico al corso, sarebbe rimasta sola. Ha aspettato che suo figlio uscisse e poi ha compiuto l'omicidio, dopo di che si è rimessa in ordine ed è venuta in chiesa a riprenderlo, portando con sé l'arma del delitto, della quale quasi sicuramente si è sbarazzata durante la vostra passeggiata. Con ogni probabilità, quando l'ambulante è venuto a bussare alla porta, lei era ancora in casa. Si sarà presa un bello spavento, immagino.»

La donna non rispose.

«E ancora...» Raffaele si alzò in piedi, gli era parso che i cartoni stessero cedendo sotto il suo peso, «la sua corporatura è molto simile a quella di Totore, per cui le corrispondenze che la polizia ha trovato con le ferite possono tranquillamente riferirsi a lei. A quel punto ho capito chi e come. Ma non perché. Per scoprirlo, dovevo sapere di più sulla vostra vita prima che arrivaste qui; così mi sono recato da padre Felice, a Santa Lucia, il quartiere dove il certificato di suo fratello, che avevo richiesto per il funerale, mi diceva che eravate nati. Padre Felice si ricordava benissimo di entrambi. Rimaneste orfani che lei era ancora un'adolescente, e suo fratello poco più grande. Lei era una ragazza molto bella, timida e silenziosa; lasciò la scuola subito dopo la morte dei suoi genitori e viveva praticamente chiusa in casa. Non aveva relazioni sociali e, che lui sapesse, non ebbe mai un fidanzato o niente di simile. Mentre suo fratello, che entrò subito in polizia, cominciava a farsi conoscere per le sue prepotenze. Poi, circa quattordici anni fa, vi trasferiste improvvisamente a Mergellina, nella parte più popolare del quartiere. Ed è lì, Amalia, che ho trovato conferma di quello che era diventato ormai più di un sospetto. E cioè che l'unico padre che Federico potesse mai avere era proprio Renato.»

La rivelazione improvvisa colse Amalia di sorpresa. Lui la vide trasalire e aspettò le successive reazioni in silenzio, ma non accadde niente. Le emozioni che le erano passate sul viso erano state troppo veloci per essere interpretate correttamente. Lei ci aveva messo meno di un attimo a ricomporsi e a riassumere la postura precedente con la differenza che ora, pur continuando a tacere, lanciava sguardi velenosi.

Non avrebbe ottenuto altro, così continuò.

«Padre Casimiro ha dovuto sforzarsi un poco, perché lì cercaste di passare inosservati; poi però, cercando nei registri, ha trovato il certificato di battesimo di Federico e questo gli ha riportato alla mente la giovane ragazza madre che andò a chiedergli di battezzare il figlio insieme al fratello premuroso che sempre l'accompagnava. Sul certificato la data è di cinque mesi dopo il trasferimento. Voi eravate andati via che lei era già incinta, Amalia, probabilmente per non far nascere chiacchiere nel quartiere. La gente conosceva bene la vostra vita da reclusa e non ci avrebbe messo niente a fare due più due. A quel punto ho capito che nei vostri rapporti c'era qualcosa che poteva scatenare il peggio delle passioni umane. Ma ancora non ne capivo – e non ne capisco – il motivo. Sicuramente lei ha subito degli abusi in passato e forse ha continuato a subirli anche dopo, e questo è un inferno che solo chi lo ha vissuto può conoscere e sapere quali e quante siano state le conseguenze per la propria anima e a quali azioni queste possano spingerlo.

«Io lo immagino, Amalia, e la capisco, ma quello che non capisco è perché reagire dopo quattordici anni. Proprio adesso che se ne stava liberando. È possibile che, come succede a volte nei sequestri, lei fosse stata manipolata a tal punto da innamorarsi del suo aguzzino? Era forse gelosa?»

La donna stava riflettendo su quanto lui potesse rappresentare un pericolo. Poi sorrise, sapeva bene che il suo abito gli avrebbe impedito di riferire a chiunque quello che si sarebbero detti. Ma lei volle ugualmente una conferma: «Questa è come una confessione, vero?».

«Certo», rispose il prete, «rimarrà tutto tra me e lei, come ben sa. E poi, lo ha detto prima, queste non sono prove, non per la legge, almeno. Un vestito non comprato, un mobile pieno di polvere, chi mi crederebbe? E comunque non spetta a me la giustizia degli uomini.»

«Non l'ho fatto per niente di tutto quello che ha pensato, padre, lei è completamente fuori pista. Gli abusi?» Amalia lo guardò in tralice. «Sì, forse all'inizio li consideravo tali, quando ero ancora una ragazza e pensavo di volermi fare una famiglia mia e dovevo superare il fatto che fossimo fratelli. Ma poi con il tempo mi ero abituata, mi stava bene.»

Raffaele pensò che, di fronte, non aveva altro che un'altra delle vittime di Renato, plagiata fin da quando era una ragazzina, manipolata a tal punto da sostenere di gradire quella vita, ma le cui reazioni potevano esplodere come bombe innescate e sepolte, non meno pericolose perché dimenticate. Chiunque avrebbe capito e probabilmente giustificato.

La voce priva d'empatia lo scosse dai suoi pensieri.

«Alla fine, la famiglia, ce l'avevo lo stesso, no? Avevo un figlio e, accanto, un uomo che non mi faceva mancare nulla. Vivevo una vita migliore di quella di tanti altri e potevo dirmi soddisfatta. Quindi, non l'ho fatto per gli abusi. E neanche per gelosia.»

Raffaele l'ascoltava sconcertato, quest'ipotesi non l'aveva considerata. Quella donna metteva il proprio tornaconto prima di ogni altra cosa.

«Sa, padre Raffaele, ora le cose sarebbero cambiate», continuò Amalia come sovrappensiero. «Anna è una ragazza dell'alta società, abituata agli agi, al lusso, avrebbe introdotto mio fratello in un mondo che lo esaltava. E lui aveva cominciato a spendere come un pazzo per essere all'altezza: macchine, orologi, vita mondana. Lei viveva da principessa e lui sentiva di poter diventare un re.» La voce ora era diventata stridula, la gelosia che negava veniva fuori incontrollabile. «Probabilmente avrebbe anche avuto degli altri figli», continuò, «e quanto tempo ci avrebbe messo, secondo lei, prima di cominciare a trascurarci, e infine a dimenticarci? E per chi poi? Per una stupida. Una che, sebbene si vantasse dei suoi studi e della sua estrazione sociale, non conosceva niente della vita. Quella, padre Raffaele, quella non era buona a campare. Non sapeva accocchiare due pensieri e di mio fratello non aveva capito niente. Ma, nonostante questo, lui ci avrebbe messo pochissimo a cancellarci, mi creda. E che avrei fatto io? Sola, non più così giovane da potermi rifare una vita e con un figlio per cui desidero il meglio?»

Raffaele la guardò, era giovane e piacente e non superava certamente i trentacinque anni, ma anche la percezione della propria età cambiava a seconda del ceto di nascita. In quel tempo della vita la gente bene si sentiva e si comportava come se fosse ancora nel pieno dell'adolescenza, lei, invece, si vedeva come una donna già finita.

Il prete l'ascoltò continuare. «Il matrimonio di Renato, come vede, quel matrimonio che lei ha chiamato una liberazione, sarebbe stata, invece, la nostra rovina. Io gli avevo dedicato tutta la mia esistenza, padre, la mia gioventù. E se niente poteva fare per restituirmi la vita che mi aveva rubato, i soldi, quelli sì, me li doveva, tutti.»

22.

Non l'aveva capita, non aveva capito niente. Come poteva essersi tanto sbagliato sul conto di quella donna?

Forse perché la sua banca dati delle anime gli diceva che, nei casi come quello di Amalia, la vittima reagiva per ribellarsi agli abusi e alle violenze e non per una questione esclusivamente economica. Questo non gli era mai successo e in ogni caso il suo modo d'essere non gli avrebbe mai consentito neanche d'immaginarlo.

Sempre pronto a prendere le difese dei più deboli, ora era disorientato. Da una parte si sentiva solidale con la ragazza che immeritatamente aveva subito la tragedia degli abusi; dall'altra, condannava la persona avida, scaltra e sanguinaria, autrice di un omicidio che nulla aveva a che fare con quanto le era accaduto, ma semplicemente con una natura opportunista che, nel tempo, aveva trovato in quella relazione innaturale un tornaconto da difendere a qualunque costo. Immaginò che una qualsiasi persona, messa nelle stesse condizioni, avrebbe subito la stessa sorte. La parte più indulgente di lui si chiese se, con un passato diverso, quella donna avrebbe avuto un animo differente. Riflettendo su quanto i due fratelli si somigliassero si rispose di no ma, in realtà, non l'avrebbe mai saputo.

Ora c'era un'unica cosa da fare, pensò, e si avviò velocemente verso la casa di Peppino. Ormai sapeva che il fratello era innocente, almeno di quel delitto. Forse avrebbe potuto aiutarlo.

I dubbi lo avevano torturato solo per pochi attimi: togliere o meno Federico alla madre? Sul piatto della bilancia c'era la vita di un uomo innocente. Quella donna non era poi tanto diversa dal fratello. Avida, morbosa, disposta a tutto pur di salvaguardare i propri interessi. Il prete aveva capito che i due si somigliavano molto più di quanto lui avesse mai potuto credere. Quello dove il ragazzo era cresciuto era un ambiente malato e allontanarsene non gli avrebbe fatto che bene. Nessuno più di lui aveva avuto modo di sperimentarlo. Probabilmente sarebbe stato dato in affido, e delle brave persone avrebbero potuto aiutarlo a crescere serenamente e a superare il trauma derivante da tutta questa storia.

Le guardie all'ingresso fecero un sacco di storie: il capo era a cena e non si poteva disturbare. Ma ormai lo conoscevano e sapevano che per quel prete il boss spesso derogava alle regole, quindi si fecero convincere ad avvisarlo.

Gli aprì la domestica e lo introdusse nell'ampia sala da pranzo. La moglie si stava alzando per lasciarli soli.

L'aveva conosciuta pochissimo, ma ne aveva un'impressione positiva. Gli sembrava dolce e serena.

«Scusatemi davvero per l'orario», disse Raffaele mortificato. «Mi spiace disturbare, ma si tratta di una questione urgente.»

«Prego, padre, non si preoccupi. Io ho già finito. Mi auguro non ci siano problemi per il battesimo di domani», disse ansiosa.

«No, signora, nessun problema, può stare tranquilla. Lo celebreremo regolarmente e sono sicuro che sarà bellissimo.» Raffaele le sorrise e lei ricambiò rassicurata.

Peppino lo scrutava attento, il fratello a casa sua era in genere foriero di seccature, figurarsi se arrivava a quell'ora e con un'agitazione che gli rendeva la veste elettrica.

Però era felice di vederlo, i sentimenti che gli aveva suscitato ritrovarlo erano forti, nonostante l'abito talare gli facesse ora una strana impressione.

Un Annunziata prete. Da non crederci.

«Siediti, Raffaele, mangia qualcosa con me. Dai, ti vedo

esausto. Potrai raccontarmi tutto a tavola», gli disse sorridendo.

Al sacerdote si aprì uno squarcio nella memoria, come sempre quando si trovava vicino al fratello, e rivide il ragazzo alto e ossuto che cercava con ansia di convincerlo a mangiare. Quarant'anni prima si erano seduti per l'ultima volta alla stessa tavola e ora, con vite diametralmente opposte, ma uguali sentimenti, solo opportunamente nascosti, potevano farlo ancora.

«Ma sì», disse Raffaele, «questa parmigiana è davvero invitante.»

Lasciarono passare alcuni minuti, in cui godettero ognuno dell'imprevedibile presenza dell'altro, poi Raffaele iniziò a raccontare al fratello tutta la storia. Violava consapevolmente ogni obbligo di segretezza, ma aveva bisogno d'aiuto.

Le regole che devono prevalere, pensava, sono sempre quelle del buonsenso.

Peppino lo seguiva attento, ammirato e spaventato dall'arguzia del fratello, quell'uomo poteva davvero essere pericoloso.

«Ora», concluse il prete, «ti chiedo di aiutarmi. Io non posso denunciarla e non ho nessuna prova concreta, ma sono certo che Giuseppe Esposito ha visto qualcosa, o comunque che sappia più di quanto non abbia voluto dire. E solo tu puoi convincerlo a parlare. Non posso permettere che un innocente rimanga in galera.»

Il boss restò in silenzio per qualche minuto, valutando l'opportunità di un suo coinvolgimento. Doveva essere prudente, la sua posizione non poteva essere messa a repentaglio da una decisione istintiva. Poi prese il cellulare e compose un numero.

«Preparate la macchina, sto uscendo.» Poi, rivolto a Raffaele: «Su, andiamo».

L'auto blindata li attendeva nel viale, due uomini armati salirono a bordo insieme a loro.

«È proprio necessario?» chiese il prete infastidito.

«Sì, la Sanità di notte è un posto pericoloso», rispose suo fratello senza guardarlo.

«Ma ti rendi conto di come vivi?»

Il grande cancello si aprì davanti a loro per lasciarli passare.

Peppino non rispose.

I guardaspalle avevano ispezionato la tromba delle scale prima di dargli il via libera e ora attendevano vicino all'ingresso. Peppino suonò il campanello più volte, una voce roca e assonnata chiese chi fosse.

«Apri, Pinuccio, sono io», disse il boss.

Udirono armeggiare con le varie serrature e il vecchio in pigiama aprì la porta.

«Eccellenza, come mai da queste parti?» domandò, ammutolendo poi, alla vista di Raffaele.

«Facci entrare», disse Peppino.

«Prego, prego, entrate, non ce l'ho il salotto, possiamo andare in cucina.»

L'uomo era spaventato e cerimonioso allo stesso tempo. Li accompagnò in una piccola cucina e presero posto intorno a un tavolo.

Pinuccio non parlava ma gli occhi saettavano inquieti in cerca di risposte.

«Che mi sai dire dell'omicidio del poliziotto?» Peppino aveva un tono che non ammetteva repliche. «Il prete, qui, mi dice che sai qualcosa. E a me interessa che tu mi racconti tutto. Interessa a me, è chiaro Pinuccio?»

L'uomo abbassò gli occhi. «Come volete, eccellenza. A me dispiaceva, per questo non ho detto niente, né alla polizia né a nessun altro, pensavo che forse avevano i loro buoni motivi, tutti sapevamo chi era quel fetente.»

«Quindi tu hai visto qualcosa?» domandò Peppino

«Sì, io ho visto tutto», disse l'uomo. «Quel pomeriggio ero seduto sulla poltrona, cercavo di appisolarmi, e per caso guardavo nella finestra di fronte.»

Peppino e Raffaele si scambiarono uno sguardo ironico.

Lui se ne accorse: «E va bene, la signora di fronte è proprio una bella donna, che male c'è ad ammirarla?».

«Non importa, Pinuccio, non c'interessano i tuoi vizi, continua», disse il boss, impaziente.

«Insomma, a un certo punto vidi il ragazzo che usciva.» Federico che andava al corso, pensò Raffaele. «E dopo pochi minuti il poliziotto che, tutto elegante, si avviava alla porta, e la signora lo seguiva. Poi, a un tratto, vidi che estraeva qualcosa dal grembiule e colpiva il fratello alle spalle.»

«E perché non sei venuto subito a dirmelo?» lo interruppe Peppino. Lo sguardo era diventato di pietra, non si spostava di un millimetro dagli occhi del vecchio. Pinuccio annaspava in cerca di parole che lo salvassero ma che non trovava.

«Te lo dico io», riprese Peppino glaciale, «tu volevi trarre un tuo utile personale da quello che avevi visto.»

L'uomo teneva gli occhi bassi, consapevole che ogni parola, ogni menzogna avrebbero potuto rovinarlo definitivamente.

«Dunque quali erano le tue intenzioni? Ricattare la signora in cambio di soldi, o di altro?»

Il vecchio alzò la testa e aprì la bocca per tentare una debole difesa, ma il boss lo bloccò.

«L'hai già fatto?» chiese duro.

Pinuccio scosse debolmente la testa. «No», mormorò.

I due fratelli capirono che stavolta era sincero. Probabilmente in tutti quei giorni non aveva pensato ad altro, ma il coraggio di fare la prima mossa non l'aveva ancora trovato.

«Di questo ne riparleremo a quattrocchi», disse Peppino, «ora finisci di raccontare questa storia. Allora, hai visto la signora che colpiva il fratello alle spalle...»

«Sì, l'ho vista scagliarsi addosso al poliziotto come una forsennata e iniziare a colpire. È stato allora che si è aperta la porta d'ingresso e il ragazzo si è trovato davanti quella scena terribile.»

«Il ragazzo?» chiesero in coro Peppino e Raffaele.

Certo, pensò il sacerdote, doveva aver dimenticato qualcosa ed era tornato a prenderlo. La pennetta USB sicuramente. Skizzo lo aveva rimproverato più volte, per quella dimenticanza.

«Sì, il ragazzo», rispose Pinuccio. «La madre stava ancora accanendosi sull'uomo a terra, ma l'ha guardato per un attimo e ha continuato.»

«E lui che ha fatto, non ha detto niente?»

Raffaele soffriva per l'orrore che doveva aver provato Federico.

«Lui è rimasto immobile, la fissava. Poi lei si è alzata, il poliziotto era in una pozza di sangue, a me è parso che il ragazzo dicesse qualcosa, ma posso essermi sbagliato.»

«E cosa avrebbe detto?» chiese Peppino.

«Eccellenza, non so, ero lontano, forse ho capito male.» Qualcosa impediva a Pinuccio di continuare.

«Va bene, non importa, diccelo ugualmente», gli intimò il boss.

Pinuccio alzò gli occhi increduli. «Io non l'ho udito, ma credetemi, gliel'ho letto sulla bocca. "Brava", ha detto: "Brava".»

Raffaele scese le scale come in trance, ora Pinuccio sarebbe andato a raccontare tutto all'ispettore Vitiello. Il prete si era raccomandato che chiedesse direttamente di lui.

Totore sarebbe uscito, e una certa parvenza di giustizia sarebbe stata fatta. Ma i danni, i danni che Federico aveva nell'anima, chi li avrebbe potuti guarire? Il sangue infetto, il marchio buio dei genitori era già gonfio e purulento sulla sua pelle.

La serenità, l'indifferenza, l'assenza di emozioni che il ragazzo aveva mostrato per tutto il corso della lezione nonostante avesse appena assistito a un brutale omicidio la dicevano lunga sui guasti della sua anima.

Le guardie del corpo introdussero velocemente Peppino in macchina.

«Sali, presto», intimò al fratello, «ti diamo un passaggio in canonica.»

«No, grazie», rispose freddo Raffaele, «vado a piedi, ho bisogno di respirare un po'.»

Improvvisamente aveva cominciato a piovigginare e Peppino vide il grosso prete incamminarsi piano lungo il vicolo bagnato.

«Non vi muovete», disse il boss ai suoi, voleva aspettare che il fratello uscisse fuori dal vicolo per immettersi sulla strada principale.

Voleva guardargli le spalle.

"E da chi?" pensò poi. Chi si sarebbe mai sognato di aggredire un prete? L'unico che avrebbe avuto dei buoni motivi per farlo era proprio lui.

Rise di gusto.

«Possiamo andare», disse, «portatemi a casa.»

23.

Un'alba cupa e brumosa aleggiava fuori dai vetri della piccola finestra, per molti piena di promesse, per altri di dubbi. Per qualcuno, invece, derubato di ogni possibile sogno, era solo un'altra alba priva di speranza.

Nella piccola stanza, Federico aspettava. Lo avevano separato dalla madre quasi subito, e avevano interrogato i due in posti diversi. Ora non gli restava che attendere, e non sapeva cosa.

Raffaele lo trovò di traverso su una panca, rannicchiato ma con gli occhi aperti, asciutti di lacrime.

«Ciao, Federico.»

Il ragazzo si mosse appena. «Quando potrò vedere mia madre?» chiese senza rispondere al saluto.

«Non lo so», il prete era accorato, «potrebbe passare del tempo, quello che è successo è molto grave, questo lo capisci, vero?»

Il ragazzo lo guardò con disprezzo.

«Grave? E quello che lui ci avrebbe fatto non era grave?»

Raffaele fece un passo indietro, la rabbia nella voce del giovane era stata come uno spintone.

«Io lo sapevo da un bel po'», riprese Federico guardandosi intorno, come se per la prima volta capisse dove si trovava. «Lo sapevo, anche se avevano fatto di tutto per nascondermelo. Io lo sapevo che era lui mio padre. Mio padre, capisce?»

Avrebbe voluto dirgli che capiva. Che l'orrore che era all'origine di quella famiglia sballata lo comprendeva appieno, ma non poteva. Non poteva perché Federico era il frutto di quella mostruosità e sottolinearlo avrebbe messo in discussione la sua stessa esistenza. E qualunque vita, indipendentemente dalle sue origini, è sacra.

Aveva denunciato Amalia anche per questo, per permettere al ragazzo un futuro diverso, lontano dall'influenza negativa e malata di quella madre. Per dargli un'occasione, come tanto tempo prima gli assistenti sociali l'avevano data a lui.

«Sì, Federico, capisco. Non tutti abbiamo i genitori che vorremmo. Ma loro sono loro e noi siamo noi. Distinti, separati. Non lasciarti travolgere la vita dai crimini e dagli errori degli altri.»

«Lei non capisce, padre Raffaele. Io ero suo figlio, il suo primo figlio. Toccava tutto a me, a me solo, a me per primo.» Adesso Federico aveva atteggiato la bocca in un sorriso che pareva un ghigno. «Invece lui mi avrebbe abbandonato al mio destino per seguire quella cretina che, come dice la mamma, è più stupida di una gallina e che, come una gallina, avrebbe sfornato altri figli. Io la vedevo piangere mia madre, la sera nella sua camera, e capivo quello che stava per succedere. Ci avrebbe lasciati soli, soli e senza soldi. E quei soldi, padre, erano i nostri, no anzi, i miei. Non glielo potevamo permettere, padre. Semplicemente non glielo potevamo permettere.»

24.

Di padri e figli, di sorelle e fratelli. Di sangue, voleva parlare con Peppino quel giorno. Di sangue che identifica e lega, di quello che scorre nelle vene e sulle strade. O di quello che ti lega a un luogo così visceralmente da farti sentire d'appartenergli anche dopo anni di lontananza.

Di quell'amore incontrollabile che non è giustificato da nulla, tanto diverse sono le vite, le esperienze e i pensieri, se non da quella corda che stringe il cuore e che lui chiamava «sangue».

E anche l'odio, quanto era più viscido e scuro, di quello provato per un estraneo.

Il sangue colorava tutto, potenziava, espandeva, trasferiva.

Raffaele si preparava al battesimo sapendo che tante parole andavano ancora dette, ma avrebbe dovuto aspettare.

Quel giorno si sarebbe chiuso così, pieno d'interrogativi senza risposta.

Peppino gli sembrò bellissimo – lì in prima fila: da un lato c'era zio Pasquale, dall'altro la moglie sorridente che cullava il piccolo Raffaele avvolto da una nuvola di sangallo.

Una visione bellissima e spaventosa.

I loro occhi si sorrisero incrociandosi e lui si lasciò pervadere da un'ondata di calore così intensa che temette di perdere la lucidità necessaria a districare quel garbuglio di nodi che erano le loro vite.

Poi, ritrovando tutta la determinazione che Dio nella sua infinita bontà gli mandava in soccorso, si apprestò a celebrare la funzione.

Il grosso dito unto d'olio si posò sulla piccola fronte bianca. Il neonato gli sorrise e lui fu sicuro che fosse un cenno d'intesa, il suggellarsi di un'alleanza.

D'improvviso la voglia di stringerlo tra le braccia e scappare via di lì, di portarlo al sicuro, fu irresistibile. Raffaele l'accarezzò piano, abbandonando il folle sogno.

Dovevano rimanere lì e lì combattere la loro battaglia.

Che il sangue vincesse su di loro, questa volta, non l'avrebbe permesso.

Finito di stampare nel mese di marzo 2022
da Grafica Veneta s.p.a., Trebaseleghe (PD)

Questo libro è stampato col sole

Azienda carbon-free